Léana Soal

Léana Soal

Playlist

Morgan Wallen « Cover me up »

Slimane « Des milliers de je t'aime »

Ashley McBryde « Never wanted to be that girl »

Jack Ingram – Miranda Lambert – Jon Randall « In his arms »

Gabby Barrett « Pick me up »

Alan Jackson « The older I get »

Tyler Braden « Try to losing one »

Brett Young « Would you wait for me »

Cody Johnson « 'Til you can't »

Tenille Townes « The last time »

Katelyn Tarver « You don't know »

Joshua Hyslop « Behind the light »

Alexandra Kay « That's what love is »

Coldplay – Selena Gomez « Let somebody go »

Hunter Hayes « Tell me »

Billiane « Simply the best »

Le Code de la propriété intellectuelle et artistique, aux termes des alinéas 2 et 3 de l'article L.122-5, n'autorise d'une part que les « copies ou reproductions strictement réservées à l'usage privé du copiste et non destinées à une utilisation collective » et, d'autre part, que les analyses et les courtes citations dans un but d'exemple et d'illustration. Aux termes de l'article L.122-4 du Code de la propriété intellectuelle, « toute représentation ou reproduction intégrale, ou partielle, faite sans le consentement de l'auteur ou de ses ayants droit ou ayants cause, est illicite ». Cette représentation ou reproduction, par quelque procédé que ce soit, constituerait donc une contrefaçon sanctionnée par les articles L335-2 et suivants du Code de la propriété intellectuelle.

Cette œuvre est un ouvrage de fiction. Les noms, les personnages et les événements sont le produit de l'imagination de l'auteur ou utilisés de façon fictive. Toute ressemblance avec des faits réels, des personnages existants ou ayant existé serait purement fortuite.

« Chaque femme a besoin d'un homme qui ruine son rouge à lèvres et non son mascara. »

– Marilyn Monroe –

PROLOGUE

– Veux-tu un chocolat, mon petit ?

Armée d'un sourire sincère et chaleureux, ma voisine de rangée tend un papier argenté dans notre direction. Blottie dans mes bras, bercée par les secousses régulières du car et apaisée sous mes caresses au cœur de ses mèches dorées, Charlie ne réagit pas. Épuisée par le voyage, elle se contente de fixer la vieille dame du regard.

– Eh bien, insiste cette dernière avec indulgence, aurais-tu perdu ta langue ?

Même s'il s'agit d'une simple remarque bateau, cette allusion inconsciente au mutisme de Charlie heurte douloureusement mon cœur de maman.

– Oui, réponds-je tout en essayant de ne pas me montrer trop sèche.

Si je déteste paraître impolie, il me faut protéger ma fille au maximum face à la maladresse des gens qu'elle rencontre. Cette gymnastique est devenue fréquente, ces derniers temps.

– Oh, je suis désolée, vraiment...

La confusion avec laquelle l'inconnue replie son emballage me touche, et je ne peux m'empêcher de la rassurer.

– Vous ne pouviez pas savoir, Madame.

– Oui, mais c'est quand-même pas de chance, je lance une simple bêtise et voilà que c'était justement ce qu'il ne fallait pas dire. Comme je suis malhabile, parfois ! Et vous savez pourquoi ? Elle n'a jamais parlé, ou bien est-ce arrivé subitement ? Pardonnez ma curiosité, hein, mais je…

– S'il vous plaît, coupe une voix masculine quelques sièges en arrière, il nous reste plus de quatre heures de car à faire et on aimerait bien se reposer !

– Oui, pardon ! se confond à nouveau la vielle dame en excuses, je parle toujours trop fort, c'est ce que mon fils me rabâche sans arrêt.

Soulagée que cette intervention inopinée m'évite de répondre à un interrogatoire gênant, je laisse dériver mon regard sur le paysage qui défile à travers la vitre terne de ce vieux bus. Le soleil se lève tout juste, dévoilant par-dessus la majestueuse ligne des rocheuses canadiennes des couleurs incroyablement apaisantes. Ces images à elles seules rechargent sans peine mon esprit épuisé par ce voyage interminable depuis la Floride. Après cinq premières heures de car pour rejoindre l'aéroport de Miami depuis Tampa, puis dix de plus afin de rallier Calgary en avion, voilà environ six heures que ce bus faiblement fréquenté avale les kilomètres nous menant jusqu'au parc national de Jasper. Devant mes yeux brûlants de fatigue, de gigantesques mélèzes dessinent un contraste saisissant avec le bleu laiteux des lacs disséminés entre les roches. Un sentiment de liberté me gagne peu à peu devant cette immensité sauvage, abrupte, insaisissable. Si les quelques photos affichées sur Internet montraient déjà une beauté impressionnante, elle n'est en rien comparable avec l'harmonie que dégage ce panorama somptueux. Il y a quelque chose de presque poétique dans ce mélange de couleurs, ces nuances aussi tranchées que complémentaires.

J'ai choisi cet endroit pour son éloignement autant que pour les possibilités de dépaysement qu'il pouvait nous offrir. J'espère que Charlie se sentira bien ici, mais surtout, que la magie de cette nature spectaculaire saura produire son effet sur le traumatisme de ma fille. La quasi-totalité de mes économies sont passées dans ce voyage au grand air, mais je sens, à cet instant, le regard happé par la splendeur du décor, que nous nous trouvons au bon endroit.

CHAPITRE 1 - Tara

— Centre-ville de Jasper, terminus, tout le monde descend !

La voix du chauffeur me tire du sommeil dans lequel j'ai sombré sans même m'en apercevoir. La fatigue intense, le bruit du moteur et les cahots incessants de la route m'ont probablement bercée au point de vaincre la moindre de mes résistances. Toujours blottie contre moi, Charlie s'étire lentement tout en gardant les paupières closes. Je ne sais combien il nous reste de route avant de poser enfin nos valises au ranch, mais j'ai vraiment hâte de la voir dormir enfin dans un vrai lit et récupérer de ces heures interminables de voyage.

— Toujours pas de chocolat ? tente une dernière fois la vieille dame en se levant de son siège.

Interpellée, ma petite marmotte ouvre un œil. Mais je le sais, et son attitude le confirme, elle ne lui accordera aucune interaction.

— Excusez-la, tenté-je de masquer l'évidence, le voyage l'a assommée.

— Oh, je me doute oui, je le trouve déjà bien difficile pour moi, alors j'imagine pour une enfant de son âge. En tout cas je vous félicite, elle est vraiment très sage.

Si seulement il ne s'agissait que de sagesse. Ma fille s'est éteinte un soir d'automne il y a cinq mois, voilà la vérité. Mais ce n'est pas quelque chose que l'on confie à une inconnue, dans un bus de campagne perdu au cœur des rocheuses canadiennes. Je nourris énormément d'espoir dans ce voyage, pourtant une nouvelle fois à cet instant précis, seule la culpabilité m'étrangle.

– Merci beaucoup...

– Je vous souhaite un bon séjour à Jasper, conclut-elle en passant l'anse de son bagage à main sur son épaule.

– Merci c'est très gentil, à vous aussi.

Désormais bien réveillée et interloquée par l'arrêt du car, Charlie s'approche de la vitre pour contempler les lieux. Toujours à l'affût de la moindre de ses réactions afin de saisir ce qui peut la toucher ou la heurter, je regarde ma fille découvrir les monts lointains aux cimes encore enneigées qui semblent déjà accaparer son esprit. Ses lèvres qui s'entrouvrent pour délivrer un son qui ne viendra pas, sa petite main qui s'élève contre le carreau pour le percuter timidement à rythme lent et régulier, je peux voir l'émerveillement qui la gagne.

– Ça te plaît, mon ange ?

Un léger mouvement de balancier s'amorce d'avant en arrière, valant réponse affirmative de sa part. Soulagée de voir que notre destination semble produire son effet, je rassemble nos affaires et m'engage dans l'allée maintenant que tous les passagers ont déserté leur siège.

– Viens, Charlie.

Son lapin en peluche blotti contre elle, ma fille s'extirpe calmement de notre rangée puis vient glisser sa petite main dans la poche arrière de mon jean, comme chaque fois qu'elle ressent un besoin de contact mais que je ne peux serrer mes doigts autour des siens.

Lentement, nous descendons les deux marches abruptes et rejoignons le trottoir sur lequel se retrouvent visiblement plusieurs familles ou amis. Épuisée, je dépose nos bagages à mes pieds avant de déplier enfin mon dos courbaturé. Les quelques pauses depuis Calgary n'ont pas suffi à prévenir l'endolorissement conséquent de chacun de mes muscles, et j'avoue ressentir de plus en plus l'envie de prendre une bonne douche avant de m'autoriser quelques heures de vrai repos, allongée sur un matelas douillet et sans aucun vrombissement de moteur quelconque.

– Madame Reed ? résonne une voix masculine près de nous.

Levant le nez tandis que Charlie s'agrippe à ma cuisse, je découvre dans le contre-jour une grande silhouette élancée surmontée d'un chapeau de cowboy. Après deux pas de plus dans notre direction pour cacher le soleil qui m'éblouissait, je peux enfin distinguer un visage souriant sur lequel une large moustache vient adoucir quelques rides matures, sans nul doute provoquées par le travail au grand air.

– Oui, confirmé-je timidement, je suis Tara Reed, et voici ma fille Charlie.

– Bienvenue à Jasper, M'dame. Tommy Spencer, c'est moi qui suis chargé de vous conduire au ranch.

La main qu'il tend dans ma direction me prend au dépourvu, et c'est avec une pointe d'appréhension que j'y glisse mes doigts pour la serrer doucement.

– Enchantée, Monsieur Spencer.

— Non, c'est Tommy, M'dame. Je prends vos bagages, laissez.

Saisissant les sacs à mes pieds pour les soulever avec aisance, le cowboy dépose le tout à l'arrière d'un énorme pick-up noir. Puis, ouvrant la portière passager d'un geste assuré, il offre une main à Charlie afin de l'aider à grimper les deux énormes marches menant à l'habitacle.

— Mam'selle, sourit-il en s'inclinant à sa hauteur.

Impressionnée par la stature de l'homme, tout comme ce code vestimentaire qu'elle n'avait encore jamais vu, ma petite sauvage ne répond pas à l'invitation et je dois la prendre dans mes bras avant de me hisser moi-même à l'intérieur du véhicule.

— Désolée, le voyage l'a beaucoup fatiguée.

— Oh, je comprends. C'est que ça vous fait une trotte, depuis la Floride !

Claquant la portière derrière nous, notre guide contourne le capot pour venir prendre place à nos côtés.

— Sommes-nous encore loin ?

— Du ranch ? Non, une petite demi-heure à tout casser.

Un énième vrombissement de moteur, et nous voici reparties au cœur des sapins, roches et lacs pour traverser le parc national de Jasper.

— Alors racontez-moi, qu'est-ce qui vous amène par chez nous ? demande le cowboy sans quitter la route du regard.

Même si j'ai toujours du mal à étaler les raisons de notre voyage, l'attitude avenante de cet homme me pousse à en livrer quelques bribes. Après tout, si je veux que ce séjour soit bénéfique pour Charlie, il faut bien que je commence par lâcher prise moi-même.

— Je cherchais un endroit dépaysant, calme et au plus proche de la nature pour essayer d'aider ma fille.
— Bon, sur la description, vous avez tapé dans le mille. Pour le reste, vous voulez l'aider à quoi la petite ?
— Elle ne parle plus, avoué-je comme pour déposer ici et maintenant ce poids devenu trop lourd pour mes seules épaules.
— Oh...

Un court silence ponctue cette réaction sincèrement émue, juste avant qu'il ne reprenne.
— Ça fait longtemps ?
— Plusieurs mois.
— Pauvre gosse, vous savez ce qui la chagrine ?
— Si je savais d'où vient le problème, je connaîtrais la solution et n'aurais probablement pas traversé les États-Unis ainsi qu'une partie du Canada pour tenter d'en trouver une autre.

Ce ton sec ne me ressemble absolument pas et je m'en veux immédiatement.
— Je suis désolée, Monsieur Spencer, je...
— Tommy. Vous faites pas d'bile, j'me doute que ça doit pas être facile tout ça.
— En effet... J'avoue ne plus savoir comment l'aider. J'ignore même si ce voyage pourra changer quoi que ce soit, mais votre annonce est apparue dans mes recherches et quelque chose m'a immédiatement attirée. Charlie ne va plus à l'école depuis quelques temps, nous pouvions donc bénéficier de billets à prix intéressant en partant à cette période. Je crois bien n'avoir pas vraiment réfléchi plus loin que cela...

Un rire sincère résonne à mes côtés.

— Vous êtes au bon endroit, M'dame. Vous verrez, on va en faire une vraie pipelette de votre jolie blondinette.

S'il savait comme je l'espère. S'il avait la moindre idée de ce que mon cœur de maman donnerait pour revoir ne serait-ce qu'un sourire illuminer le visage de ma fille.

Une nouvelle fois, un enchaînement de paysages époustouflants défile sous nos yeux, happant l'attention de Charlie qui ne décolle pas son nez de la vitre poussiéreuse. Ballotée sur cette route étroite et sinueuse traversant les rocheuses, bercée par la voix grave de notre chauffeur qui nous raconte avec un enthousiasme non feint les grands espoirs que son épouse et lui fondent dans leur nouvelle activité touristique, je lutte contre le sommeil qui me fait régulièrement piquer du nez.

— Et voilà, arrivées à bon port ! clame-t-il sans réaliser notre état de fatigue.

Le frein à main serré, l'homme ouvre sa portière et s'extirpe du véhicule avant de venir nous aider. Étonnamment, Charlie semble accepter ce contact sans montrer autant de réticence qu'à l'habitude. Je suppose que la personnalité joviale et avenante de Tommy Spencer y est pour beaucoup, ou bien est-ce la magie des lieux qui opère déjà…

Autour de nous, une propriété pleine de charme nous plonge immédiatement dans l'ambiance sereine et sauvage d'un ranch canadien. La maison principale, dressée en murs de pierres grises et consolidée par de larges poutres de bois, dégage une sérénité absolue. Le contraste des matériaux, accentué par une toiture en ardoise ainsi que quelques jardinières fleuries de tous côtés, lui donne une touche presque poétique. À quelques dizaines de mètres, une grange aux portes grandes ouvertes laisse deviner les écuries, et sur la dalle bétonnée qui le devance, trois chevaux sellés attendent attachés à un rondin solidement fixé au sol.

Tout comme moi, Charlie semble fascinée par leur musculature autant que par leur calme communicatif. Levant son petit index fébrile dans leur direction, elle agrippe le bas de mon tee-shirt de l'autre main pour attirer mon attention. Sans un son, ma fille amorce enfin une interaction avec moi comme avec d'autres êtres vivants, et cela me suffit pour confirmer que cette destination était la bonne.

CHAPITRE 2 - Tara

– Bienvenue au Baker Old Ranch ! chantonne une voix féminine dans mon dos.

Un demi-tour sur les talons me laisse découvrir une petite femme souriante, dont les volumineux cheveux blonds attrapés en une queue de cheval rebelle s'agitent au rythme de ses pas pressés.

– Je suis Rosie Spencer, avez-vous fait bon voyage ? s'enquiert-elle en venant me serrer la main avec enthousiasme.

Une énergie folle se dégage de cette silhouette aux courbes généreusement arrondies, si bien que j'ose tout juste la couper pour lui répondre.

– Oui, merci...

– Vous devez être épuisées, mais vous avez choisi l'endroit idéal pour vous reposer et découvrir un tas de belles choses !

– Je n'en doute pas...

– Venez, nous allons finaliser votre réservation, et vous pourrez prendre un repos bien mérité. Vous avez tout ce qu'il faut pour manger aujourd'hui, cela vous permettra d'attendre demain pour aller faire quelques courses si besoin.

– Merci, c'est très gentil.

– Je vous en prie, nous sommes perdus au milieu du parc national, continue-t-elle en me conduisant à l'intérieur de la maison principale, il n'est pas évident d'aller faire des emplettes après vingt-quatre heures de voyage !

– Vingt-six...

– Eh ben !

L'intérieur se révèle tout aussi charmant que le reste, témoin en revanche d'une vie familiale bien remplie. De nombreuses photos de cowboys plus ou moins jeunes trônant sur les différents meubles, quelques chapeaux accrochés aux murs, une ou deux vestes égarées, et sur une large table en bois massif, une chemise cartonnée avec quelques papiers qui semble nous attendre.

– Voilà, il ne manquait plus que votre signature sur le contrat de location et votre règlement du solde, mais vous ne m'aviez pas donné de durée de séjour, n'est-ce pas ?

– En effet, nous ne savons pas encore combien de temps nous resterons, acquiescé-je avec une légère pointe d'angoisse.

– Ah. Écoutez, si vous souhaitez séjourner ici tout l'été, nous avons de la place puisque notre activité de location débute tout juste. Dans ce cas, il vous suffira de me prévenir dès que votre décision sera prise. En attendant, si cela vous convient nous pouvons opter pour un règlement à la semaine ? Vous êtes nos toutes premières vacancières, vous bénéficiez donc comme précisé du tarif spécial de lancement.

– Oui, ce sera parfait. Je vais déjà régler les deux premières.

– Très bien, on fait comme ça.

Allégée de six cents dollars canadiens, soit plus de la moitié de ce qu'il restait de mon budget, je suis Rosie Spencer jusqu'à une petite jeep dans laquelle nous attendent déjà nos bagages, Charlie accrochée à mon bras. Jusque-là, même si donner autant d'argent d'un seul coup m'inquiète un peu, les choses se déroulent comme je les avais anticipées. Il était clair depuis le départ que si nous souhaitions rester plus longtemps que ces deux premières semaines, il me faudrait trouver un petit travail d'appoint. Et si Charlie se sent bien ici, c'est exactement ce que j'ai l'intention de faire.

– Alors, qu'est-ce qui vous amène aussi loin de chez vous ? demande notre hôtesse tandis que nous traversons la propriété.

Sous nos regards ébahis, des enclos de toutes tailles bordés d'énormes lices en bois retiennent quelques bisons par petits groupes. Je n'avais encore jamais vu de mes propres yeux le moindre de ces animaux majestueux, dont la fourrure épaisse et la musculature imposante me coupent le souffle.

– Je cherchais des vacances atypiques, me contenté-je d'articuler sans pouvoir détourner l'attention de ce décor incroyable.

– Ah, alors je pense que vous serez servie, ricane Rosie.

Émerveillée comme une enfant qui découvre le monde, je tourne vers elle un regard fasciné.

– Ce sont de vrais bisons ?

– Ha ha, oui Madame, des bisons des bois. Nous en élevons depuis plus de cinquante ans sur ce domaine.

– Qu'est-ce qu'un bison des bois ?

– Eh bien il s'agit de la seconde sous-espèce de bisons en Amérique du Nord, un peu plus grand que le bison des plaines, mais qui se compte en nombre bien plus restreint sur le territoire.

– Et vous... Que deviennent-ils ? Enfin je veux dire, vous les élevez pour...

– Nous participons à la préservation de l'espèce. Ils sont élevés en semi-liberté sur la totalité du parc national de Jasper, tout comme les bisons des plaines sur le parc national de Banff. Ce sont des troupeaux de conservation, nous ne les élevons pas pour la viande ni pour le tannage.

– Oh, je vois... C'est impressionnant en tout cas.

– Oui, lorsque l'on n'a pas l'habitude de croiser un animal de cet ordre, j'imagine que ça fait drôle. Nous, on a grandi au milieu, alors on les voit différemment. Ceux-là sont parqués en attente de soins ou d'identification, ils ne restent généralement dans les enclos qu'un jour ou deux, voire moins si on le peut. Mais sur le parc, nous comptons un peu plus de huit cents têtes.

Ce chiffre me donne le tournis, même si je ne réalise absolument pas ce que cela représente lorsqu'il est question d'une éventuelle extinction d'espèce.

Quittant les allées poussiéreuses de cette partie du ranch, la Jeep s'engage sur un étroit chemin en herbe bordé de feuillus. Ballotée contre moi, Charlie continue d'observer les lieux avec attention.

L'ambiance change rapidement du tout au tout, délaissant cette ambiance rustique pour un décor bucolique. Après plusieurs dizaines de mètres entre les arbres, la voie herbeuse débouche sur une plaine verdoyante entourant un lac dont les eaux turquoise rappellent ceux que nous avons pu admirer durant notre voyage. Disséminés sur les berges, cinq chalets en rondins se dressent face à la ligne des rocheuses qui surplombe l'ensemble.

— Oh… Comme c'est beau !

— C'est chez vous pour le temps que vous voudrez, déclare Rosie en coupant le contact devant le cabanon le plus reculé.

Bouche bée, je lui emboîte le pas jusqu'aux marches menant à une petite terrasse couverte, et me retourne pour admirer une nouvelle fois la majesté des lieux tandis qu'elle ouvre la porte.

— Je vous ai attribué celui qui restera le plus au calme si les autres venaient à se remplir, étant donné que vous aviez précisé ce besoin lors de votre réservation.

— Oui, Charlie est très sensible au bruit et à l'agitation, mais nous nous serions adaptées si vous ne pouviez pas nous…

— Nous pouvions, ne vous inquiétez pas. Je vous l'ai dit, notre activité débute tout juste. Vous êtes les premières, et pour le moment, les seules locataires. Alors c'est sans problème.

— Merci beaucoup.

— C'est moi qui vous remercie, de nous accorder votre confiance et d'être venues de si loin ! s'exclame-t-elle dans un large sourire. Je vous trouve bien courageuse d'entreprendre un tel voyage sans votre mari, pas sûr que j'aurais été capable d'en faire de même.

Gênée que le sujet dévie sur cette partie de notre vie, je me racle la gorge pour gagner un peu de temps et trouver une réponse qui ne soit ni trop expansive, ni trop sèche.

— Nous... Charlie et moi ne vivons désormais que toutes les deux, confié-je en parcourant l'endroit des yeux pour trouver un autre sujet à aborder.

Par la fenêtre, un petit sentier attire mon attention.

Parfait.

— Ce chemin mène quelque part ? questionné-je en écartant le léger voilage d'un doigt.

— Oui, c'est celui qui débouche sur l'arrière des écuries. Vous pouvez l'emprunter, il y a une petite bifurcation sur la droite à mi-distance, qui vous guidera à travers la forêt. Ça grimpe fort par endroits, mais les points de vue sont magnifiques.

— Et il va jusqu'où ?

— Jusqu'au bout du monde, sourit notre hôtesse.

Mon regard interloqué la pousse à m'adresser un clin d'œil rassurant.

— Ce passage rejoint à environ cinq kilomètres un itinéraire de randonnée qui sillonne le parc national. Vous pouvez redescendre sur les lacs, ou bien continuer à arpenter les bois jusqu'aux glaciers, vous arrêter aux chutes ou aux sources chaudes. Le parc fait onze mille kilomètres carrés, et si cela ne suffit pas, en vous dirigeant vers le sud vous rejoindrez celui de Banff. Et si cela ne suffit toujours pas, en partant à l'ouest de Banff, il y a encore Yoho ou Kootenay.

— Je crois que de petites promenades quotidiennes nous iront très bien, la stoppé-je dans son élan. Surtout que nous nous trouvons dans une région peuplée d'ours, si je ne me trompe pas ?

— Surtout des grizzlys, même si vous pouvez effectivement croiser la route de quelques ours noirs. Mais, sur de petites promenades, sauf à tomber nez à nez avec une mère et ses oursons, vous auriez peu de chance d'être importunées. Ils se montrent bien plus intéressés par les campements de randonneurs.

Malgré son discours assuré, une boule d'angoisse m'oppresse la gorge.

— Vous... Y a-t-il un risque qu'ils viennent jusqu'ici ? articulé-je sans cacher la crainte qui s'empare de ma voix.

— Ha ha, ne vous inquiétez donc pas, ils ont bien trop peur de nos ours à nous pour s'aventurer près du ranch !

Interloquée, je hausse un sourcil.

— Vos ours à vous ?

— Mon père et mon frère. Leurs chalets se trouvent juste derrière ces arbres, montre-t-elle d'un doigt pointé vers la fenêtre. Et croyez-moi, aucun grizzly ne peut rivaliser avec leurs rugissements. Les quelques spécimens qui ont osé pousser jusqu'ici sont d'ailleurs vite repartis.

— Cela peut donc arriver, relevé-je avec résignation.

Comme si elle parvenait à percevoir cette peur qui me tenaille sans cesse au sujet de la sécurité ou du bien-être de ma fille, Rosie pose une main compatissante sur mon bras.

— Je vous assure que vous ne craignez strictement rien ici. Sur le meuble de la cuisine, vous trouverez un fascicule avec toutes les consignes à suivre pour être tranquille, ainsi qu'un spray anti ours à emporter en promenade, au cas où.

– D'accord, je... Je suppose que si vous vivez ici depuis plus de cinquante ans, alors nous pourrons tenir quelques semaines, lâché-je dans un sourire encore légèrement crispé.

– Mais oui. Vous savez, mes fils vivent ici eux aussi, et partent même en promenade à cheval. Ils savent comment se conduire en cas de problème, et tout se passe très bien.

Soit. Après tout, j'ai choisi ce voyage pour nous dépayser. Évidemment, cela inclut de sortir de ma zone de confort et de m'adapter à quelque chose de nouveau. Le sourire de Rosie m'aide à me détendre, son attitude rassurante me pousse à lui accorder un peu de ma confiance. Nous allons profiter de nos vacances ici, découvrir ce lieu magnifique et faire le point sur la vie qui nous attend.

CHAPITRE 3 - Tara

Notre hôtesse repartie à bord de sa Jeep, nous nous retrouvons enfin seules dans ce qui sera notre chez nous pour plusieurs semaines. Je n'ai aucune idée du temps que nous passerons ici, mais une chose est sûre : tant que Charlie s'y sentira bien, nous resterons.

Immobile face au magnifique décor formé par le lac et la chaine montagneuse qui le surplombe, mon trésor observe cette nature hypnotique depuis la terrasse. La sachant enfermée bien en sécurité dans sa bulle imaginaire, je m'affaire à déballer nos bagages tout en jetant un coup d'œil régulier par la fenêtre.

Ne connaissant absolument rien au climat que l'on rencontre en Alberta à cette période, j'ai pris soin d'emporter autant de vêtements légers que de tenues un peu plus chaudes, et range celles de Charlie par catégories dans la petite commode en chêne massif près de son lit. Sur celui-ci, un épais patchwork atteste que les nuits sont probablement encore bien fraîches. Je choisis donc de laisser sorti son pyjama long et de garder sa chemise de nuit pour plus tard, si les températures nocturnes le permettent.

Une fois son sac vidé, je rejoins ma chambre pour m'attaquer au mien. Un bref regard vers la terrasse en traversant le salon me confirme qu'elle n'a toujours pas bougé et continue de s'imprégner de l'endroit, une main appuyée sur l'un des poteaux soutenant la structure. Rassurée par l'intérêt que semblent susciter les lieux dans son esprit si difficile à capter, je laisse un léger sourire étirer mon visage fatigué.

Une dizaine de minutes plus tard, tous nos vêtements ont trouvé leur place, nos sacs sont rangés sous les lits et je savoure le silence incroyablement puissant de ce coin de campagne. Seul le chant des oiseaux ponctue régulièrement la douce ondulation du vent dans les arbres majestueux qui jouxtent notre chalet. Comparé à la ferveur incessante que nous connaissons en Floride, et bien que je ne doute pas que le climat ici soit bien plus rude que chez nous, le calme qui règne dans cet endroit me semble déjà particulièrement apaisant.

Comme promis, je trouve dans les placards de quoi préparer un bon petit déjeuner demain matin, et le réfrigérateur contient déjà quelques denrées appétissantes. Deux plats prometteurs patientent sur le rayon central, une note écrite sur le couvercle de l'un d'eux m'informe que notre repas de ce soir se verra composé d'un pain de viande et d'un gratin de pommes de terre au cheddar. Un nouveau sourire prend naissance sur mes lèvres devant cette générosité à laquelle je ne suis pas habituée. Une véritable bonté émane de ce couple accueillant, et cela me conforte dans l'idée que nous nous trouvons au bon endroit pour permettre à Charlie de s'ouvrir à nouveau.

Réalisant soudain que je n'ai pas regardé par la fenêtre depuis un certain temps, je me dépêche de rallier la plus proche donnant sur la terrasse et constate avec angoisse qu'elle ne s'y trouve plus.

– Charlie ? appelé-je tout en me précipitant sur la porte.

Ce silence, pourtant habituel depuis des mois, m'étrangle comme jamais.

– Charlie ?

Ma voix tremblante peine à trouver suffisamment de puissance, bien trop effrayée à l'idée qu'elle ne sache réutiliser la sienne en cas de problème. Dépasserait-elle ce mutisme verrouillé si le danger la guettait ? Portée par une peur viscérale qu'il ne lui soit arrivé quelque chose, je dévale les quelques marches en bois et cours à toutes jambes en direction du lac. Seigneur, si elle y était tombée, serais-je seulement capable de vaincre ma terreur de l'eau pour aller la rattraper ?

À cet instant, je ne sais plus si ce séjour était finalement si bien choisi, vu le nombre incalculable de dangers qui rôdent autour de nous. Un lac, des ours, des bisons, peut-être même des rodeurs... Quelle mère responsable emmènerait sa petite fille dans un tel endroit pour la laisser s'y perdre dès les premières heures ? Jack avait finalement raison...

Les eaux scintillantes ne laissant apparaître aucun petit corps flottant ni aucun remous suspect, je m'accorde un soupir afin de déverser mon soulagement sur la berge avant de me remettre à courir. Sans savoir dans quelle direction aller, je laisse mes jambes me guider vers ce chemin dont Rosie m'a parlé. Si Charlie ne prononce plus le moindre mot, elle comprend tout et a probablement entendu qu'il menait aux écuries.

Avalant des dizaines et dizaines de mètres sans me préoccuper de ce souffle qui me manque cruellement, je cours aussi vite que mon corps me le permet jusqu'à ce qu'enfin, des barrières m'indiquent que j'approche du but. De chaque côté du chemin, des enclos vides se succèdent. Tous, sauf le dernier.

Et c'est à cet instant que mon cœur manque de tomber à mes pieds.

La main tendue en l'air, Charlie tente de nouer contact avec le nez d'un cheval à la carrure impressionnante. Visiblement intrigué sans pour autant répondre à sa demande, l'animal la fixe du regard, l'encolure arrondie et les jambes sans cesse en mouvement. Depuis le bout du chemin, je peux entendre son souffle menaçant racler l'air et faire violemment pulser le sang qui martèle mes veines. Interdite devant l'image de ma fille désormais penchée entre les deux rondins horizontaux, je tente d'accélérer sans pouvoir faire plus qu'hurler son nom.

– Charlie ! Non !

Mais il est déjà trop tard. Enfermée dans sa bulle, comme hypnotisée par l'aura envoûtante de cet animal piaffant de nervosité, l'être le plus important de ma vie franchit lentement la barrière pour se retrouver face à un troupeau de chevaux agités par sa présence. La peur anesthésie les muscles de mes jambes aussi brutalement que ceux de ma gorge, m'empêchant d'accélérer comme de hurler plus fort. L'impuissance me terrasse, l'évidence pulvérise mon âme tandis que je fais mon maximum pour la rejoindre au plus vite et l'extirper de cet enclos.

Mais, comme si un pur cauchemar s'acharnait sur notre sort, la presque totalité des chevaux s'avance autour de Charlie, tel un piège se refermant sur elle sans aucune chance de s'en détourner...

CHAPITRE 4 - Wade

— C'est quoi, ce nouveau cheval ?

Assis comme chaque jour sur sa fidèle chaise pliante dans un coin des écuries, le vieux Ed mâchouille le filtre de sa cigarette en taillant au canif un morceau de mélèze. Pas étonné le moins du monde par cette question qui revient chaque matin, je resserre les phalanges sur le manche de ma fourche et continue de retirer les souillures de la litière de paille.

— Ce nouveau cheval, c'est Banjo, p'pa. Il a dix-huit ans et il est né ici. D'ailleurs, c'était ton dernier collègue, avant que tu ne lui préfères tes bouts de bois.

— Foutaises. Je suis jamais monté à cheval.

— Si tu veux.

— Je sais c'que j'dis.

— Si tu veux, p'pa.

Inutile de chercher à lui démontrer quoi que ce soit lorsqu'il se braque de cette manière. Aussitôt replongé dans les détails de sa sculpture, il ne sait probablement déjà plus de quoi nous venons de parler, et lèvera peut-être même le nez d'ici quelques minutes pour saluer son pauvre cheval. Couché à ses pieds, mon chien Big ne prête plus attention à nos prises de bec et dort d'un œil, levant régulièrement l'autre pour s'assurer qu'aucun danger ne guette.

Une fois ce box terminé, j'en ressors avec ma fourche et ma brouette pour passer au suivant. Certains éleveurs rechignent sur ces tâches pourtant nécessaires et les refilent à leurs employés. Personnellement, elles ne me dérangent pas. Tant qu'on me fout la paix, rien dans ce boulot d'éleveur ne me pose problème. J'aime me retrouver seul face à mes bêtes, arpenter les bois ou les plaines à cheval, travailler sur les clôtures ou déplacer les troupeaux. Les gars qui bossent pour nous le savent, puisque la consigne est claire : on ne me pose une question que si elle nécessite d'être posée, et on ne me donne une info que si je ne l'ai pas. En dehors de ça, chacun connaît son boulot et personne n'a besoin que je vienne lui tenir la main.

— Et c'est quoi, cette mioche ?

Une nouvelle fois, la voix raillée de mon père perce le silence. Ouvrant le loquet de la stalle suivante, je ne prends même pas la peine de chercher à comprendre, tant j'ai l'habitude de ses délires.

— Les enfants de Rosie sont des garçons, p'pa. Vue l'heure, je suppose qu'ils reviennent de l'école.

Après quelques secondes durant lesquelles il doit certainement replacer ces informations dans son esprit embrumé, mon paternel se remet à grommeler.

— Rosie fait porter du rose à ses p'tits gars ?

Mais qu'est-ce qu'il raconte...

Agacé par ses interventions continuellement inutiles, je pose ma fourche avec humeur et me tourne dans sa direction. Surpris par la fermeté de mon geste, Big se lève pour s'écarter.

— Tu peux m'expliquer de quoi tu parles, là ?

D'un coup de menton, il m'indique l'extérieur des écuries.

— Si j'te dis qu'il y a une mioche dans l'enclos ! râle-t-il à son tour, j'ai pas encore perdu la boule !

Me gardant bien de répliquer que ce point mériterait d'être largement nuancé, j'avance jusqu'à l'entrée du barn pour vérifier ses salades, ignorant les aboiements de Big qui réagit sûrement à nos levées de voix. Il va falloir que j'aie une conversation avec Rosie et qu'on trouve un moyen d'occuper le vieux, parce que me le coltiner dans les pattes sans arrêt ça devient...

Bordel de merde !

Malgré le nuage de poussière soulevé par les sabots du troupeau, je distingue effectivement une petite silhouette terminant de se faufiler entre les rondins. Au loin, une femme accourt dans une gestuelle paniquée et tente de rappeler la gamine au moyen de gémissements pathétiques.

C'est quoi ces foutues conneries ?

Gardant mes questions assassines pour plus tard, je me concentre sur l'urgence de l'instant : sortir cette gamine inconsciente du danger dans lequel elle vient de se fourrer. Je rejoins l'enclos à grandes enjambées et y entre sans attendre.

— YAP ! YYAAP ! claqué-je d'une voix forte en frappant des deux mains sur mes cuisses avec le plus d'amplitude possible, aidé par mon fidèle assistant canin.

Aussitôt apeurés, les chevaux déguerpissent en se bousculant les uns les autres, et je peux attraper la gamine d'un geste ferme pour la soulever contre ma poitrine. Un regard noisette accroche alors mes yeux froncés de colère tandis que je l'emporte de l'autre côté de la lice en bois, où la jeune femme en larmes vient la récupérer directement dans mes bras.

— Oh, ma puce ! chouine-t-elle en serrant la fillette contre elle.

Je passe à mon tour de l'autre côté, sans desserrer les dents. À la manière dont elle étreint l'enfant, je suppose que la mère saisit douloureusement le danger duquel cette dernière vient de réchapper. Mais elle va tout de même devoir entendre ce que j'en pense.

— Est-ce que vous réalisez que votre gosse aurait pu se faire tuer ?! fulminé-je en retirant mon chapeau afin que l'exaspération se lise bien dans mon regard.

Comme si ma présence ne lui sautait aux yeux qu'à cet instant, la jeune femme lève le visage dans ma direction pour me considérer avec un déchirement qui pourrait presque me radoucir.

Presque.

— Je… Je suis vraiment désolée, elle était sur la terrasse et… seulement quelques minutes ont suffi, je n'aurais pas dû la quitter des yeux…

— Ça non, vous n'auriez pas dû ! On n'est pas dans une cour d'école, ici !

— Pardon, je… Merci de l'avoir récupérée…

— Je ne veux pas la voir traîner près des enclos, continué-je avec autorité en comprenant qu'il s'agit de l'une de ces foutus touristes qui vont commencer à roder dans les parages. Ni elle, ni vous ! Imaginez qu'elle soit entrée dans celui des bisons, ça aurait pu tourner au drame !

Son regard désolé peine à soutenir le mien, tandis que ses bras se resserrent autour de l'enfant.

– Oui, je... Je suis vraiment navrée, nous ne vous embêterons plus. Merci...

Elle rebrousse chemin dans un demi-tour paniqué, encore tremblante de la peur qui vient de la traverser. J'y suis certainement allé un peu fort, mais je m'en cogne. Je ne veux pas de ces touristes dans mon ranch, encore moins d'une gamine et sa mère qui me traînent dans les pattes.

Je me suis pourtant montré clair avec Rosie sur ces locations de chalets qu'elle a absolument voulu mettre en place pour la saison : je suis contre, et si le moindre de ses clients vient me gonfler, je lui fais la peau.

Les muscles encore bandés d'exaspération, je retourne aux écuries en replaçant mon chapeau d'un geste furieux. Toujours sur sa chaise, mon père continue de tailler son bâton sans daigner lever le regard, mais son petit sourire en coin me prouve qu'il n'a rien perdu de la scène et qu'il est tout bonnement en train de se foutre de ma gueule.

– Tu sais où est Rosie ? le questionné-je avec humeur en retirant mes gants pour les fourrer dans ma poche avant de ranger le matériel d'écurie sans aucune douceur.

– Ça dépend, tu demandes ça à ton père, ou à celui que tu prends pour un con qui perd la boule ?

Bordel, ce n'est pas le moment pour une séance de psychanalyse, je ne suis vraiment pas d'humeur.

– Tu sais où elle est, oui ou merde ?

– Merde.

— Super.

Saisissant ma veste d'une main, je l'avertis solennellement de l'autre.

— Tu ne touches pas aux barrières extérieures.

Un quart de tour sur sa chaise pour m'envoyer me faire voir, attitude typique du vieux bougre qui ne supporte pas de recevoir de consigne de la part de ses gosses. Plutôt puéril, mais ça va avec tout le reste, alors je ne cherche pas à lui faire entendre raison. Dans l'immédiat, j'ai plus urgent à traiter.

***

— Rosie ! hélé-je en poussant la porte de chez ma frangine.

Immédiatement, une odeur de cookies envahit mes narines.

— Dans la cuisine, répond-elle d'un air enjoué.

À pas décidés, je traverse le grand salon pour la découvrir au milieu de ses fourneaux, un tablier noué autour de la taille et entre les mains une plaque pleine de ces gâteaux délicieux avec lesquels elle sait pouvoir m'acheter sans difficulté. Mais pas cette fois-ci.

— On avait un deal, menacé-je d'un doigt tendu, qu'est-ce que tes touristes viennent foutre au milieu de mes bêtes ?!

— Ouh làààà, on se calme, petit frère.

Je déteste qu'elle m'appelle comme ça. Parce que je mesure facilement deux têtes de plus que son mètre soixante, mais surtout parce que ce sobriquet ridicule me rappelle constamment qu'elle est la personne la plus importante de ma vie et m'interdit de rester en colère contre elle.

— La gamine aurait pu se faire piétiner, Rosie !
— Est-ce que tu parles de la petite Charlie ?
— J'en sais foutre rien, je te parle d'une gosse qui est venue risquer sa peau dans mes enclos !
— Wade, baisse d'un ton.

Ses yeux froncés, ses poings sur ses hanches et son nez retroussé ne m'impressionnent pas. Je sais pourtant qu'ils peuvent être annonciateurs de la prochaine étape, à savoir qu'elle me balance son rouleau à pâtisserie à travers la cuisine.

— On avait conclu qu'ils ne poseraient pas un pied sur *ma* partie du Ranch, je me trompe ?
— Laisse-moi simplement le temps de le leur expliquer, elles sont arrivées aujourd'hui.
— Rosie, on n'élève pas des chèvres, bordel ! On parle de mustangs et de bisons, alors non, ça ne peut pas attendre demain ! Tu te débrouilles pour qu'aucun de tes abrutis de citadins ne vienne me faire chier, sinon je m'en occupe moi-même.

Le coup d'œil en coin que je reçois me laisse penser qu'elle ne me prend pas au sérieux, et son petit sourire en bonus vient renforcer mon impression.

— Tu te fous de ma gueule en plus ?
— Non, ricane ma frangine, mais j'avais justement l'intention de te demander ton aide pour cette petite, alors quand je vois ta réaction, je me dis que mon idée pourrait te faire autant de bien qu'à elle...

Pardon ?

– Je ne sais pas de quoi tu parles, mais oublie. J'ai accepté de te laisser ouvrir tes locations seulement parce que ma blessure m'empêche de participer aux prochains rodéos, et uniquement pour cette saison. Après ça, notre vie reprend son cours.

– La gosse a un problème, continue-t-elle comme si je ne venais pas d'objecter.

– Je m'en fous. Je ne la veux pas dans les pattes, point.

Puis, refusant d'entrer dans une conversation que je sais parfaitement étudiée d'avance, je tourne les talons et quitte la pièce.

– On en reparle bientôt, petit frère, lance sa voix moqueuse dans mon dos.

C'est ça...

C'est avec humeur que je file aux écuries, poings serrés et visage fermé. Ras le bol de ses idées à la con ! Bon sang, je veux qu'on me laisse tranquille, qu'il y a-t-il de compliqué là-dedans ?

– Salut oncle Wade ! m'interrompt Nate en croisant ma route, suivi de près par son petit frère.

Chapeau sur la tête, chaps aux pieds et lasso à la main, ils sont visiblement prêts pour...

Eh merde ! Avec tout ça, leur leçon de capture m'est complètement sortie de la tête.

– Désolé les gars, pas le temps aujourd'hui.

Le ton sec que j'emploie malgré moi les surprend et leur visage décomposé me peine. Décevoir mes neveux ajoute encore une pièce dans la machine de ma colère, et je dois pousser un profond soupir pour me calmer les nerfs.

– Oh non, on devait passer aux manœuvres à cheval ! proteste Simon dans une moue qui me serre la gorge.

– Je sais mon pote. Il y a eu un imprévu, mais je te promets que ce n'est que partie remise. On remet simplement notre séance à plus tard, d'accord ?

Les garçons acquiescent en boudant avant de rebrousser chemin, les épaules basses et les pieds qui shootent dans tous les cailloux qu'ils trouvent.

Foutus touristes. Je savais bien qu'ils ne nous attireraient que des ennuis.

CHAPITRE 5 - Tara

— Il ne faut plus jamais recommencer ça, mon ange... soufflé-je contre sa tempe en hâtant le pas vers notre chalet.

Aucun mot, pas même le moindre hochement de tête, mais le resserrement de ses petites phalanges dans mon cou me suffit. Charlie perçoit chacune de mes émotions et s'y montre particulièrement sensible. Je sais qu'elle réalise à quel point j'ai eu peur, mais je garde en moi cette sensation déconcertante de n'avoir à aucun moment de cette terrible scène, décelé la moindre crainte dans son attitude. Et surtout, je me rends soudainement compte que pour la première fois depuis longtemps, ma fille a tenté d'établir un contact avec un être vivant.

Il y a une éternité que cela n'était pas arrivé. Rien, de tout ce que nous avons pu essayer jusqu'ici, ne nous a permis d'éveiller sa curiosité comme cela. Devant ce constat déroutant, je réfléchis à discuter de ce point avec Rosie dès demain. Peut-être trouvera-t-elle une idée qui puisse permettre à Charlie d'explorer ce nouvel intérêt, sans devoir se heurter à un quelconque cowboy mal luné.

La voix grave et autoritaire de cet homme ne cesse de résonner dans mon esprit, et l'image de ses bras rustres extirpant Charlie de l'enclos me gifle en boucle depuis que nous avons fui son regard empreint de fureur. J'ignore qui il est, mais une chose est sûre, s'il accueille tous les clients de cette manière, la pauvre Rosie ne gagnera pas une fortune avec la location de ses chalets.

Comme chaque nuit depuis environ un mois, Charlie a rythmé notre sommeil au gré de ses cauchemars. De caresses en berceuses, de verres d'eau en longues étreintes, elle a finalement trouvé le sommeil au petit matin et dort désormais à poings fermés. Après une douche rapide durant laquelle je n'ai cessé de prier pour qu'elle ne disparaisse pas une nouvelle fois, je m'affaire à lui préparer un petit déjeuner réconfortant avec ce que nous a laissé Rosie.

Un mug de café fumant entre les mains, je rejoins la terrasse pour profiter du paysage et de ce silence apaisant. Il n'y a pas à dire, l'ambiance matinale qu'offre ce lieu est incroyablement singulière. Ces couleurs magnifiques, encore différentes d'hier comme si chaque jour avait sa particularité, cette nature qui s'éveille à son propre rythme et vous oblige à la suivre... Tout, ici, semble voué à ancrer l'être humain dans l'instant présent. Plus rien n'existe, plus rien ne compte. La peur ressentie hier n'égale nullement l'écrasante sérénité qui émane de ce lac aux eaux turquoise, de ces arbres majestueux dansant au gré du vent, de ces envols d'oiseaux piaillant au-dessus de ce tableau que je voudrais graver à jamais dans ma mémoire afin d'y revenir chaque fois que j'en ressentirais le besoin.

Un bruit de moteur attire mon regard, et au loin, le sourire de Rosie approchant au volant de sa Jeep déclenche aussitôt le mien. À ses côtés, un vieil homme semble particulièrement boudeur tandis qu'à l'arrière du véhicule, deux garçonnets m'adressent un signe amical de la main.

— Bonjour ! lance la mère de famille jovialement en serrant le frein devant notre chalet. Voici mon père Ed, et mes garçons Nate et Simon.

— Bonjour, Rosie. Bonjour Messieurs.

— La nuit s'est bien passée ?

Ne pouvant lui confier nos tourments, j'opte pour broder autour de la vérité.

— Très bien, je vous remercie.

— J'ai su ce qu'il s'est passé hier, comment va votre petite ?

Confuse que notre présence provoque déjà des remous, je tords les lèvres.

— Elle va bien, je… Je suis vraiment désolée pour ça…

Le vieillard bougonne des mots que je ne peux entendre depuis son siège, mais Rosie lui décoche un discret coup de coude avant de m'adresser un sourire lumineux.

— Ne vous en faites pas, affirme-t-elle sur un ton rassurant, c'est moi qui suis désolée que vous ayez vécu une telle frayeur dès le premier jour. Avez-vous tout ce qu'il vous faut pour le petit déjeuner ?

— Oui, c'est vraiment parfait, merci beaucoup. Charlie dort encore, mais elle ne devrait pas tarder à en profiter.

— Très bien. Je voulais vous dire que si vous souhaitez faire quelques courses, le village de Jasper est à une dizaine de kilomètres et vous y trouverez tout ce que vous voudrez. C'est là-bas que mon mari vous a récupérées hier.

– D'accord, merci pour ces précisions, acquiescé-je sans oser lui demander comment m'y rendre.

De toute façon, s'il le faut, Charlie et moi nous habituerons à parcourir ces kilomètres en marchant et à prendre garde de ne rien oublier lors de nos courses. À nous deux, nous n'avons pas besoin de grand-chose et je trouverai bien un petit caddie à roulettes pour ramener nos provisions sans trop d'effort. Comme si mon questionnement intérieur n'avait aucun secret pour elle, Rosie incline la tête sur le côté en m'adressant un nouveau sourire.

– Il y a une navette qui relie le parc au centre-ville de Jasper, elle passe à un peu moins de deux kilomètres de l'entrée du ranch. Sinon, vous pouvez également profiter de nos voyages, nous devons justement y aller aujourd'hui pour récupérer les panneaux signalétiques que nous avons commandés.

Touchée par sa proposition, et encore plus par la facilité avec laquelle elle semble comprendre la complexité de notre situation, je peine à trouver quoi répondre.

– C'est très gentil Rosie, je... Je ne voudrais pas...

– Tara, si je vous le propose, c'est que nous avons de la place pour vous, votre fille et vos emplettes. Ne vous sentez surtout pas gênée, cela me vexerait.

Le clin d'œil qui ponctue sa phrase m'aide à me détendre.

– Bien, dans ce cas... Je vais aller réveiller Charlie. À quelle heure devons-nous être prêtes ?

– Oh, d'ici une grosse heure, le temps que je dépose les garçons au ramassage scolaire et qu'on termine nos tâches.

– D'accord. Merci beaucoup Rosie, je ne sais comment vous...
– Stop, ma jolie. C'est avec plaisir. À tout à l'heure ?
– Oui, à tout à l'heure.

C'est donc une heure plus tard que nous rejoignons les abords de la maison principale, ne sachant trop où nous placer pour attendre notre hôtesse sans gêner les hommes qui vont et viennent sous nos regards perdus. Certains portent des sacs de grains, d'autres chargent une remorque de matériel de clôture ou passent à cheval. L'endroit fourmille de cowboys concentrés qui s'affairent comme si nous n'existions pas.
– Pile à l'heure, chantonne la voix de Rosie depuis le perron.
Tournant la tête dans sa direction, je l'aperçois descendre les quelques marches avec entrain, suivie de... cet homme talonné par son chien. Grand, large d'épaules, des cheveux ébouriffés négligemment rangés en arrière sous son chapeau, les avant-bras ornés de bracelets de cuir et un regard toujours aussi noir. Particulièrement gênée de devoir ainsi lui faire face après notre rencontre houleuse de la veille, je ne sais quelle attitude adopter lorsqu'ils approchent.
– Tara, voici mon frère Wade. Il gère toute la partie du ranch pour laquelle il est bien meilleur que moi, à savoir les chevaux, les bisons et les clôtures.
La brève œillade que le cowboy m'adresse ne laisse aucune place au doute, notre présence le rebute au plus haut point.

– Bonjour, le salué-je timidement, sachant désormais à qui j'ai affaire.

Un signe de tête peu enthousiaste avant de prendre le volant d'un énorme pick-up, voilà visiblement la seule considération à laquelle nous aurons droit.

– Vous verrez, Wade est un homme particulièrement charmant, glousse Rosie avec ironie en me faisant signe de prendre place à l'arrière.

Le moteur vrombit avant même que je ne termine d'installer Charlie, et je dois m'empresser de sauter à mon tour sur la banquette tandis que le véhicule démarre dans un nuage de poussière. Ma portière tout juste refermée, le rétroviseur me renvoie le reflet d'une Rosie désapprouvant sans réserve cette provocation, à en juger par le coup d'œil autoritaire envoyé vers notre chauffeur qui l'ignore royalement.

À leurs attitudes silencieuses mais criantes de quelque chose que je ne saisis pas encore, il me semble bien qu'un désaccord soit en cours.

– Vous verrez, lance Rosie comme pour meubler le silence imposé par son frère, Jasper est une petite ville très sympathique. Sans prétention, mais très sympathique.

– Je n'en doute pas, tenté-je d'abonder dans son sens.

– Alors racontez-moi, comment la petite Charlie a-t-elle vécu sa première nuit dans son joli chalet ?

Touchée par le sourire qu'elle affiche en se tournant de quart sur son siège pour mieux nous considérer, je laisse sa bienveillance me détendre légèrement.

– Quelques cauchemars, concédé-je, mais nous avons l'habitude de gérer cela. Je pense qu'elle a plutôt apprécié son tout premier réveil à la campagne.

— J'en suis ravie. J'espère sincèrement que votre séjour pourra l'aider à retrouver la parole.

Le regard intense du cowboy silencieux me surprend dans le rétroviseur avant de se reporter sur la route. Je suppose qu'il ignorait cette information et que le mutisme de Charlie lui donne une vision différente de l'incident d'hier. Ou peut-être que justement, cet élément renforcera sa réticence à nous voir graviter autour de lui.

— Je l'espère aussi. Mais, même si ce n'était pas le cas, la seule chose qui m'importe est de retrouver au moins son sourire.

— Pardonnez mon indiscrétion, mais... Avez-vous une idée de ce qui a pu provoquer son état ?

Comme chaque fois que cette question revient, mon cœur se pulvérise avec autant de force que l'impuissance m'étrangle. Je ne pourrai jamais tout exposer, mais comment aider Charlie sans prendre en compte la réalité ?

— Une grosse frayeur... laissé-je échapper comme pour déposer ici un morceau de notre fardeau.

Rosie reçoit mon aveu comme une marque de confiance de ma part, et c'est le cas. Je ne saurais comment l'expliquer, mais quelque chose chez cette femme m'inspire une compréhension sans jugement, et je pourrais même presque en convenir, un certain sentiment de sécurité.

— Bien, nous tâcherons de l'aider, assure-t-elle en soulignant sa phrase d'un clin d'œil complice.

Puis, reportant son attention sur notre chauffeur, elle reprend sa place face à la route.

— Pas vrai, Wade. On va tâcher de l'aider, n'est-ce pas ?

Aucune réponse. Concentré sur sa conduite, l'homme ne daigne donner la moindre considération à notre conversation.

– Vous ai-je dit que mon frère était un type particulièrement charmant ? ironise Rosie en s'adossant à son siège.

Après une bonne demi-heure de trajet, je reconnais la jolie bâtisse devant laquelle le car nous a déposées hier. À bien y regarder maintenant que le sommeil ne me dévore plus les yeux, je peux constater qu'il s'agit en réalité de l'office de tourisme de la ville. Comme un certain nombre d'infrastructures qui bordent l'avenue que nous parcourons, les murs de pierre grise mêlés aux poutres en rondins confèrent un réel charme à ce village montagnard.

L'imposant pick-up parcourt encore deux autres rues dont je tente de graver les détails dans ma mémoire, puis le cowboy se gare sur le parking d'un supermarché.

– Prenez le temps qu'il vous faut pour faire vos courses, propose Rosie en tournant vers moi un regard toujours aussi bienveillant, nous en avons de notre côté pour au moins une heure, peut-être plus. Nous viendrons vous récupérer ici.

– D'accord, acquiescé-je avant de descendre du véhicule, Charlie sur mes talons.

Je referme la portière juste à temps lorsque le moteur vrombit avec puissance, me faisant sursauter avant de s'éloigner. J'ai bien saisi que ce monsieur Wade n'apprécie pas vraiment notre présence, mais tout de même... Si son but est de me mettre mal à l'aise, c'est particulièrement réussi.

La petite main fraîche de Charlie se glisse au creux de la mienne, comme pour me recentrer sur l'essentiel. Bien décidée à la placer au centre de tout et ne donner d'importance à rien d'autre que son bien-être, je pousse un profond soupir pour regonfler mon courage de maman.

– Allez mon cœur, trouvons déjà un distributeur de billets.

D'un coup d'œil circulaire autour de nous, j'en repère un à quelques dizaines de mètres du magasin. Le cœur battant à tout rompre de peur que mes comptes ne soient déjà coupés, je m'avance vers l'automate sans lâcher la paume de ma fille.

Tout ça, c'est pour elle. Quoi qu'il se passe, il y aura une solution...

Cette voix fluette qui résonne en moi à chaque doute, chaque incertitude, m'aide continuellement à retrouver ce qu'il me faut de positivité pour ne rien abandonner. La respiration en suspens, j'insère ma seule et unique carte de crédit dans la fente qui happe avec elle mes dernières doses d'espoir. Suivant les indications de l'appareil, je prie à chaque palier passé, et demande cent trente dollars canadiens, soit environ cent dollars américains. C'est beaucoup et peu à la fois, puisque je suis parfaitement consciente qu'il s'agit là de la dernière somme que je pourrai retirer.

Le sablier menace dangereusement mon rythme cardiaque, et le couperet ne tarde pas à tomber. L'opération est refusée. Prenant une profonde inspiration pour éviter de céder au désarroi qui s'insinue violemment au creux de mes muscles tremblants, je loue les cieux que ma carte me soit rendue. Un regard désolé sur la chevelure dorée de ma fille qui n'a aucune conscience de ce qui se joue à cet instant, puis je décide de retenter ma chance. Peut-être que mon plafond est différent d'un pays à l'autre et qu'en demandant un peu moins, j'aurais plus de chance. Je réinsère donc ma précieuse carte de crédit dans l'appareil, et croise l'intégralité de mes doigts après avoir tapé la somme de cent dollars canadiens. Comme les secondes sont interminables, dans ce genre de situation !

Pitié, pitié, pitié...

Après un temps d'attente un peu moins long que le précédent, l'écran affiche enfin le message espéré : « *Veuillez patienter pendant que nous préparons vos billets* »

Le soupir de soulagement qui m'échappe interpelle Charlie tandis que je finis par récupérer ma carte et mon argent.

– Bien, il va nous falloir tenir un maximum de temps avec ça, mon cœur... soufflé-je en rangeant le tout dans mon sac.

Si le supermarché de Jasper me semble de taille plutôt modeste, il propose néanmoins tout ce dont nous pourrions avoir besoin en matière d'alimentation, d'hygiène et d'entretien du chalet. Je note même dans mon esprit ce joli rayon de loisirs créatifs. Charlie aime beaucoup colorier, peut-être qu'il me sera possible d'ici quelques temps de lui offrir un joli cahier de mandalas et une boite de feutres de qualité. Pour le moment, la priorité reste de nous acheter de quoi manger, mais surtout de bien choisir des denrées qui périssent le moins possible afin d'optimiser l'autonomie que ces quelques courses vont nous permettre.

Ressortir de ce magasin les bras chargés de victuailles alors même que je n'étais pas certaine d'arriver jusqu'à Jasper suscite un étonnant sentiment d'accomplissement. Nous avons désormais un toit, ainsi que de quoi manger. Voilà les deux cases principales qu'il nous fallait cocher au plus vite, et c'est chose faite.

Ne sachant trop où attendre le retour de Rosie, je balaye le parking des yeux et suis surprise d'apercevoir le pick-up déjà garé. Adossé contre la carrosserie, son frère antipathique nous remarque à son tour, et d'un signe de tête, me fait signe de le rejoindre tandis que son chien admire les environs par la fenêtre ouverte.

– Rosie n'est pas avec vous ? m'inquiété-je tandis qu'il récupère sans un mot le carton de courses dans mes bras.

– Les panneaux que nous devions récupérer n'étaient pas prêts, grogne-t-il en le chargeant à l'arrière, elle règle le problème.

– Oh, d'accord... Mais, il n'était pas urgent de venir nous chercher, Rosie avait peut-être davantage besoin de vous, non ?

Il ouvre la portière, porte Charlie pour l'installer sur la banquette puis m'indique le siège passager d'un geste bref.

– Nous avons chacun une manière bien à nous de régler les ennuis, bougonne-t-il en prenant place au volant. Pour le bien de tous, il a été convenu que la mienne ne soit utilisée qu'en dernier recours. Alors c'est Rosie qui gère, point.

Son explication ne me rassure pas beaucoup. Évoque-t-il un tempérament instable, voire violent ? Son attitude semble pourtant tellement froide, distante, détachée de tout...

— Dois-je me faire du souci ? osé-je en me surprenant moi-même au moment d'attacher ma ceinture.

Le regard qu'il tourne dans ma direction prouve que lui non plus, n'avait pas vu venir cette question directe.

— Du souci pour quoi ?

Plus le choix que d'aller au bout du raisonnement. La prochaine fois, je m'abstiendrai. Le moteur rugit lorsque nous quittons le parking, et je trouve un soupçon de courage niché au fond de mes entrailles pour m'expliquer.

— Vous parlez d'une certaine difficulté à gérer les... *ennuis*. Or, hier, j'ai bien compris que ma fille et moi représentions un problème de poids pour votre tranquillité. Alors, je voudrais simplement savoir si je dois m'inquiéter.

— Mais de quoi on parle, là ? Vous me prenez pour qui ?

— Notre présence vous dérange.

Un soupir d'exaspération s'échappe de ses lèvres crispées, affaissant légèrement son torse imposant tandis que ses mains fermées sur le volant comme ses poignets parés de bracelets noirs dévoilent des avant-bras puissants, aux muscles particulièrement tendus.

— Oui.

— Pourquoi ? Vous ne nous connaissez pas.

Il gare le pick-up sur une place le long de la grande avenue, serre le frein à main et coupe le contact avant de se tourner vers moi.

— Je ne veux pas de touristes chez moi, c'est tout. Rien à voir avec vous.

Son regard noir happe le mien avec une intensité à laquelle je ne m'attendais pas. Sa stature imposante et robuste, mêlée à cette attitude sévère, me met mal à l'aise.

Charlie et moi avons-nous vraiment une place ici, même pour de simples vacances, si l'un des propriétaires des lieux ne souhaite pas notre présence ? Ne pas développer de relations sociales ne représente aucunement un problème pour moi, je ne sais pas à quoi cela ressemble. Mes parents sont décédés il y a des années et notre vie à Tampa ne m'a jamais permis de développer la moindre fréquentation amicale. Mais j'aimerais éviter que ma fille ne finisse aussi esseulée que moi. J'ai choisi cet endroit pour l'éveiller au monde, pas pour qu'elle se sente rejetée, même par des inconnus.

L'ouverture de la portière arrière interrompt brusquement notre conversation, et la silhouette généreuse de Rosie s'engouffre dans l'habitacle.

– Et voilà, se félicite-t-elle sans remarquer la tension qui se lit encore dans les yeux du cowboy, ils vont terminer notre commande en priorité. On devrait pouvoir récupérer nos jolis panneaux d'ici la semaine prochaine.

Ce n'est qu'une fois sa ceinture bouclée qu'elle lève le nez pour nous considérer d'un air suspicieux.

– Tout va bien ici ?

J'acquiesce timidement, tandis que Wade démarre pour s'insérer avec agilité dans le flot de circulation. Les choses sont claires et n'ont nullement besoin de se voir développées avec plus de précision. Charlie et moi éviterons soigneusement de nous trouver sur son passage, voilà tout.

– Avez-vous trouvé ce qu'il vous fallait au supermarché ? continue Rosie comme pour ramener un peu de chaleur humaine dans ce véhicule.

– Oui, acquiescé-je, nous avons de quoi tenir une semaine ou deux.

– Parfait.

Le soupir de notre chauffeur interpelle sa sœur, qui tourne immédiatement vers lui un regard appuyé.

– Tara aura probablement besoin de ton aide, lui jette-t-elle dans un sourire provocateur.

– Pardon ? Sûrement pas.

– Oh que si. La petite doit reprendre contact avec la nature, les animaux et tout ce qui pourrait éveiller à nouveau ses sens.

– J'suis pas thérapeute. Elle n'a qu'à l'emmener à Calgary ou Edmonton, dans un de ces centres spécialisés. Mais moi, vous me foutez la paix.

Visiblement amusée par cette réaction bougonne, Rosie se tourne de quart pour m'adresser une œillade complice.

– Je ne sais plus si je vous ai dit à quel point il était charmant ? plaisante-t-elle.

Gênée de nous sentir aussi dérangeantes pour quelqu'un, je baisse les yeux sans trop savoir de quelle manière me comporter. Si cet homme est capable de se montrer charmant, alors il le cache avec talent.

CHAPITRE 6 - Wade

Une semaine plus tard.

Sous les accords mélodieux d'Alan Jackson, le paysage caractéristique du Wyoming défile par la fenêtre au rythme de mon fidèle pick-up. Voilà plus d'une heure que nous longeons le parc national de Yellowstone, et immanquablement, l'aura singulière que dégage ce lieu mythique me projette déjà dans ma rencontre avec le nouveau mustang qui m'a été attribué par le BLM*. Je ne connais encore rien de lui mis à part son numéro, sa taille et sa couleur. Une poignée de photos et vidéos d'un troupeau d'individus, sélectionnés pour correspondre à la tranche de dresseurs dans laquelle j'ai été rangé. Pour des raisons d'équité, les participants à l'Extreme Mustang Makeover se voient proposer des chevaux convenant à leur corpulence, et pour ma part depuis trois ans, je fais partie de ceux à qui on destine les grands costauds.

Les seuls éléments que j'ai pu déceler avec ce qu'on m'a envoyé, c'est que celui-ci semble particulièrement réfléchi et observe beaucoup. De belles qualités chez un animal lambda, mais qui peuvent m'apporter de grosses difficultés dans le début de travail avec un mustang. Qu'on le veuille ou non, ces chevaux sauvages ne peuvent être abordés de la même manière que ceux qui naissent dans un environnement domestique. D'une part, ils ne connaissent strictement rien de l'humain et ne l'ont jamais côtoyé jusqu'à leur capture. D'autre part, ils sont le résultat d'une adaptation naturelle à un environnement difficile, de siècles de survie dans des conditions particulièrement complexes.

Je sais donc déjà que chacun de mes gestes sera analysé, chacune de mes failles mémorisée. Aucun droit à l'erreur, et cela va commencer dès l'embarquement dans ma remorque, tout comme ma façon de m'occuper de lui jour après jour. Le moindre instant de relâche de ma part donnera à la proie qu'il est, de précieuses indications sur le prédateur que je suis.

Et si, jusqu'à aujourd'hui, j'ai pu être efficacement vigilant sur ces détails pouvant foutre en l'air le dressage d'un mustang en un claquement de doigts, un paramètre vient tout perturber cette année. Un paramètre pas bien grand et encore moins bruyant, mais qui pourrait provoquer de sacrés dégâts, notamment pour sa propre sécurité face à un animal capable de tuer pour sa survie.

Depuis son arrivée il y a un peu plus d'une semaine, la gamine a pris l'habitude de venir m'observer chaque jour, discrètement cachée derrière les barrières. J'ai bien essayé de la pousser à partir, en vain. Impossible de savoir s'il s'agit d'incompréhension ou bien si elle n'en a purement rien à foutre, la seule chose qui ressort de nos échanges, c'est qu'elle ne bouge pas d'un pouce tandis que je perds du temps sur mon travail. Alors je me contente de l'avertir, de lui répéter que je ne la veux en aucun cas dans les pattes et que la lice en rondins constitue un obstacle à ne pas franchir. De toute façon, sa présence ne dure jamais bien longtemps. Dès que sa mère s'aperçoit que la mioche lui a encore échappé, elle sait maintenant où la trouver et vient la chercher sans délai.

En revanche, le début de mon programme de dressage avec ce nouveau mustang va changer la donne. Hors de question de prendre le moindre risque avec la gosse, que ce soit envers elle ou pour la relation qu'il me faudra établir entre lui et moi, brique après brique, progrès après progrès. La moindre étincelle peut tout pulvériser et compromettre ma participation au Makeover cette année. Si nous ne sommes pas prêts au terme des trois mois qui nous sont accordés, c'est la disqualification assurée. Il va donc me falloir mettre les points sur les i à cette bonne femme et lui imposer de surveiller sa gamine correctement. Pour ma part, je ne suis pas en vacances et il est hors de question que ces abrutis de touristes, en plus de venir me gonfler chez moi, foutent en l'air des projets sur lesquels je suis engagé depuis des années.

L'après-midi est déjà bien avancé lorsque nous passons les grilles du *Wheatland Off-Range Corral**. À mes côtés, Ray a pris le volant sur ces derniers kilomètres pour me permettre de recharger les batteries avant l'épreuve fatidique de la montée en van, tandis que, vautré entre nos sièges et la tête lascivement posée sur mon avant-bras, Big roupille allègrement.

Ce n'est certainement pas dans les plaines du Wyoming que mon nouvel ami aura appris à embarquer, l'exercice risque donc de prendre un certain temps. Bien sûr, on pourrait faire ça à l'ancienne en ne laissant surtout pas le temps à l'animal de réfléchir ou de comprendre quoi que ce soit à ce qui lui arrive. Mais je fonctionne à l'opposé de tout cela, et les organisateurs de l'EMM également. Aucun moyen coercitif n'est toléré pour la préparation des mustangs, et les méthodes employées par les dresseurs sont particulièrement surveillées. Ray et moi avons prévu de passer le temps nécessaire afin que les choses se déroulent au rythme du cheval, nous nous tenons même prêts à rester un ou deux jours sur place si besoin.

Sur les indications de l'employée qui nous accueille, Ray positionne la remorque de manière à ce que les portes arrière communiquent avec celle du couloir prévu pour l'embarquement des chevaux. Le sachant parfaitement habile dans ce genre de manœuvre, je laisse mon copilote gérer sa marche arrière sans intervenir, déjà pleinement dans ma concentration pour la suite.

– Bonjour ! lance une voix aiguë derrière-moi.

Extrait de ma bulle, je me retourne sur une petite femme marchant dans ma direction, chewing-gum au bord des lèvres, porte dossier et stylo entre les mains.

– Il me faudrait votre nom et le numéro du mustang qui vous a été attribué, ajoute-t-elle une fois sous mon nez.

– Wade Baker, le numéro neuf-mille-trente-et-un.

Elle fouine sur sa liste et en coche rapidement une ligne avant d'acquiescer.

– Vous avez vos justificatifs ?

Je lui tends le tout en m'efforçant de ne sortir à aucun moment de mon état de concentration. Elle n'a pas le choix que de vérifier mon identité avant de me remettre un animal protégé par des conventions gouvernementales, c'est la procédure et personne ne peut s'y soustraire, qu'on trouve ça marrant ou non.

— Parfait, souhaitez-vous procéder à l'embarquement vous-même, ou bien que nos grooms s'en chargent ?

— Je vais m'en occuper, merci.

— Bien, alors prenez ce qu'il vous faut et rejoignez-moi au corral numéro huit.

— Ça marche.

Une fois le pick-up en place, j'y récupère mes gants de cuir, chapeau, longes et mon long stick en carbone.

— Toi tu restes ici, ordonné-je à Big qui se couche aussitôt contre la roue arrière.

Connaissant la chanson, Ray attrape les carrés de luzerne déshydratée que nous avons préparés dans une sacoche et m'emboîte le pas jusqu'à l'enclos numéro huit, à l'intérieur duquel trottinent trois mustangs en plus de celui qui attend presque sagement dans la cage de départ.

— Nous allons vérifier ensemble son Freezebrand* avant de l'envoyer dans le corridor, précise la petite blonde en approchant des barrières contre lesquelles l'animal coincé commence à s'agacer.

Calme et concentré, je me hisse près de son encolure et soulève délicatement les crins emmêlés qui frémissent vigoureusement. Comme à chaque rencontre, la découverte de ce tatouage singulier me renvoie un profond sentiment de respect. Cet être dont le corps couvert de cicatrices tressaille sous ce contact imposé est un pur condensé de force et d'intelligence, deux facultés sans lesquelles il n'aurait pu survivre au cœur des plaines surpeuplées du Wyoming. Un esprit libre, seulement rattaché à notre monde par ce marquage à l'azote liquide lors de sa capture qui se dévoile sous mes yeux émus.

– Làààà, mon grand... murmuré-je rien que pour lui, ça va aller.

Des muscles impressionnants crépitent sous ce poil sombre maculé de marques d'une vie passée à survivre au milieu d'un troupeau surpeuplé. Son souffle exprime toute la puissance qui l'habite, son regard à la fois fuyant et intimidant me transperce chaque seconde où il croise furtivement le mien.

– Tout est bon, si vous voulez bien vérifier.

La voix nasillarde de la femme qui se tient toujours à mes côtés vient rompre cette bulle dans laquelle je m'étais déjà engouffré. Une sphère intimiste qui ne verra que nos deux âmes chercher à communiquer durant les trois prochains mois. D'un bref regard, je confirme que les symboles figurant sur le papier sont identiques au tatouage ornant l'encolure de l'animal.

– Parfait, conclut-elle, vous pouvez procéder au chargement.

J'acquiesce en silence avant de fixer en douceur le mousqueton de ma longe à l'anneau du licol déjà en place sur la tête de l'animal. Il me laisse faire sans perdre la moindre miette de chacun de mes gestes, et malgré son apparente immobilité, une tension impressionnante se ressent dans tout son corps. Je vis ce même instant d'année en année, pourtant à chaque fois, ces quelques secondes marquant le départ d'un « nous » me transcende et me donne l'effet d'une remise à zéro de tous mes compteurs. Je ne peux absolument pas m'appuyer sur un quelconque apprentissage passé de ce cheval, il n'existe pas. En revanche, contrairement aux autres, celui-ci se montre bien moins hésitant lorsque je donne le signal d'ouverture du sas de contention. Dès que celui-ci se déclenche pour le délivrer, l'animal s'avance directement vers la remorque ouverte. Il l'observe sous plusieurs angles tandis que je lui laisse tout le mou de longe nécessaire, en renifle les parois, puis le sol recouvert de sciure de bois. Immédiatement intrigué par le filet débordant de foin à l'intérieur, mon nouveau partenaire s'engouffre dans le van d'un bond souple et entame son déjeuner sans se soucier des copains qui l'appellent en arrière. Ne cherchant rien de mieux qu'une telle entrée dans sa nouvelle vie, je lâche la corde pour qu'elle le suive et adresse un signe de tête à Ray, qui actionne immédiatement la fermeture des portes. Sur ce coup-là, on peut avouer que la faim dont ils souffrent nous est d'une aide précieuse.

– Prenez-en bien soin, me sourit la bénévole en me tendant les papiers.

– Merci.

Ray et moi nous dépêchons de prendre place en voiture. Ce n'est pas parce que ce mustang plutôt téméraire est entré là-dedans comme une fleur qu'il acceptera d'y rester, nous le savons d'expérience. Plus vite nous nous mettrons en route, plus de chances nous mettrons de notre côté pour que tout se passe pour le mieux.

Dès les premiers mètres, le bruit significatif d'un cheval déséquilibré par un sol mobile résonne jusque dans le pickup. Rien d'anormal, les plaines du Wyoming n'ont jamais bougé sous ses pieds et il doit simplement trouver son équilibre. C'est exactement pour cette raison que je ne l'ai pas attaché. Il sera bien plus à l'aise si nous lui laissons la possibilité de se positionner à sa guise, sans compter qu'attacher un cheval qui ne connaît aucunement la pression du licol pourrait tout bonnement nous mener au drame.

Parfaitement rodé à la conduite d'animaux sensible, Ray gère avec brio la sortie du site ainsi que les quelques mouvements d'agitation de notre passager. À mes côtés, Big s'installe confortablement et pose une tête apaisée sur mes genoux.

C'est parti, direction Jasper...

BLM : Bureau of Land Management (bureau de gestion du territoire). Le Bureau of Land Management gère et protège les chevaux et ânes sauvages sur 26,9 millions d'acres de terres publiques dans 10 États de l'Ouest dans le cadre de sa mission d'administrer les terres publiques pour une variété d'utilisations. Le BLM est responsable de déterminer et de maintenir des niveaux de gestion appropriés pour chaque troupeau et travaille à atteindre cet objectif de population grâce à divers processus de gestion, y compris la limitation de la reproduction dans certains troupeaux grâce à l'utilisation de contraceptifs et de captures qui éliminent les animaux excédentaires de l'aire de répartition. En l'absence de gestion et de prédateurs naturels, ces troupeaux peuvent doubler en seulement 4 à 5 ans et dépasser rapidement la capacité de la terre à les soutenir.

Freezebrand : tatouage à l'azote liquide permettant d'identifier tous les mustangs capturés par l'agence gouvernementale des États-Unis, afin de les répertorier dans la base de données du BLM. Toujours situé sur la partie haute du côté gauche de l'encolure, le Freezebrand est constitué d'une série de signes, empruntés au système « International Alpha Angle ». Il comporte l'organisme d'enregistrement, l'année de naissance du mustang et son numéro d'identité.

Wheatland Off-Range Corral : installation privée de plus de 200 acres sous contrat BLM dédiée à l'hébergement de jusqu'à 3 500 chevaux sauvages. Il sert de centre de préparation pour les chevaux sauvages rassemblés dans les zones de gestion de troupeaux surpeuplées.

CHAPITRE 7 - Tara

Les paupières closes sous le débit régulier d'eau chaude, je laisse ce parfum d'ylang-ylang envahir mes narines et détendre en profondeur mon corps épuisé. Extrêmement excitée aujourd'hui, Charlie n'a cessé de m'obliger à courir pour la récupérer à un endroit ou un autre du ranch. Je ne sais si cette attitude doit être imputée à notre nouvel environnement particulièrement stimulant pour elle, ou bien si quelque chose la perturbe. Ce dont je suis certaine, c'est que son envie de découvrir le monde me demande une attention sans faille et ne me laisse plus beaucoup de moments de répit. Voilà trois jours qu'il me faut attendre qu'elle s'endorme pour m'autoriser une douche ou une simple pause-café.

Cet après-midi, c'est à la suite d'une énième récupération aux écuries qu'elle s'est enfin écroulée de fatigue sur le canapé de notre chalet, me permettant de prendre quelques minutes pour me laver et délasser mes muscles éprouvés. Savourant cet instant rien qu'à moi aussi intensément que je le peux, j'en profite pour faire le point sur notre première semaine à Jasper.

Un constat que je ne peux nier, c'est que cet endroit opère bel et bien un effet sur Charlie, même si j'ai encore du mal à percevoir si celui-ci lui est bénéfique ou non.

Peut-être éveille-t-il au contraire certaines angoisses qui pourraient expliquer son comportement ? Cherche-t-elle à explorer ce monde qu'elle semble enfin redécouvrir, ou bien seulement à s'éloigner de moi ?

Terminant d'essuyer mes cheveux en rejoignant le salon, je stoppe net devant l'évidence. Charlie ne se trouve plus dans la pièce, et aucun bruit ne provient de sa chambre. Les dents serrées, le cœur en panique, je lâche ma serviette et me précipite pour vérifier chaque pièce.

– Charlie ? Où es-tu ma puce ? tenté-je désespérément.

Ce silence insupportable me poignarde violemment, tandis que je me jette au dehors en priant pour qu'elle n'ait pas eu le temps de s'éloigner ou se mettre en danger. Comme à chacune de ses escapades, le lac reste ma première obsession. Cette peur viscérale de l'eau qui me torture depuis l'enfance s'ajoute immédiatement à celle de la disparition de ma fille. Inlassablement, des images de son petit corps flottant sans vie viennent torturer mon esprit apeuré, s'enchaînant bien plus rapidement que mes pas. Une mère ne court jamais assez vite lorsqu'elle craint pour la sécurité de son enfant.

À mesure de mes foulées, deux silhouettes semblent se dessiner dans mon champ de vision, assises sur la berge comme si rien ne pouvait les perturber. Reconnaissant rapidement le gilet fuchsia de Charlie aux côtés du père de Rosie, je m'autorise un ralentissement significatif afin de reprendre mon souffle et ne pas effrayer ma fille, qui semble enfin interagir avec quelqu'un. Bien sûr, la peur qu'elle vient de m'infliger pourrait éveiller une colère spontanée dans mon cœur de maman. Mais j'estime être la seule coupable si ma fille de six ans parvient à se soustraire aussi facilement à ma surveillance, et surtout, il m'est impossible de tuer dans l'œuf ses rares tentatives de trouver sa place dans ce monde bien trop complexe pour elle.

Marchant désormais à pas comptés pour profiter de cette vision inespérée, j'observe les attitudes de ces deux êtres de générations opposées, partageant un silence criant de communion. Assise en tailleur, les mains jointes au-dessus de ses petits genoux rondouillets, Charlie contemple patiemment les gestes du vieil homme occupé à tailler un bâton. Si la vue de son canif aussi près de ma fille déclenche immédiatement un frisson d'inquiétude qui me dévale l'échine, l'instant est trop précieux pour que je n'ose le perturber avec des remontrances. Il me faudra simplement demander à ce que ce couteau ne traîne pas à portée de main, voilà tout.

Sans un bruit de la part de l'un ou de l'autre, le temps semble seulement réglé par les scarifications à l'aide desquelles le vieil homme façonne la chair de son morceau de bois. Prudemment, je rejoins leur bulle tout en m'efforçant de ne surtout pas la faire voler en éclats, et prends place près de Charlie. Comme si son corps menu devinait le mien sans même avoir besoin de tourner les yeux dans ma direction, elle pose aussitôt la tête sur mon épaule, quémandant ainsi mes caresses maternelles dans ses mèches dorées. Interrompu dans sa méditation active, Ed me considère d'une brève œillade avant de retourner à sa besogne. Le silence perdure, et, happée dans leur sphère intimiste, je savoure l'instant ainsi apaisé qui m'est offert.

C'est un bruit de moteur et de taules entrechoquées qui finit par nous tirer tous les trois de nos rêvasseries. Au loin derrière les arbres, en direction des écuries, un nuage de poussière s'élève à mesure que ce vacarme s'amplifie. Surprise et visiblement angoissée, Charlie se redresse pour tenter d'en identifier l'origine.

– C'est rien, grommelle l'octogénaire, seulement le nouveau mustang qui arrive.

Comme si cette explication sommaire lui suffisait, ma petite curieuse se relève en un éclair pour prendre la direction du ranch.

– Charlie ? Charlie, attend !

Bien moins souple qu'elle, je peine à l'imiter suffisamment vite pour la suivre et c'est auprès de la remorque que je la retrouve, accueillant à sa manière le convoi fraîchement arrivé. Les deux mains jointes pour contrer l'excitation qui s'empare de son corps, elle observe les cowboys descendre de leur pick-up tandis que d'un regard en biais, Wade remarque sa présence et vient s'accroupir devant elle. Sans que je n'en entende rien, il lui glisse quelques mots avant de la prendre doucement dans ses bras, puis se dirige vers moi. Son regard se montre aussitôt plus dur, plus froid.

– Avec ce cheval-là, grogne-t-il en la déposant contre ma poitrine, je ne veux pas la voir traîner ici.

J'acquiesce et récupère ma fille, dont le bras tendu vers l'homme qui s'écarte aussitôt de nous m'interpelle. Comment cet individu rustre et antipathique peut-il ainsi inspirer confiance à une petite fille de six ans, qui refuse d'interagir avec qui que ce soit depuis des mois ? Cette question en suspens dans un coin de ma tête, je passe derrière les barrières d'acier galvanisé que les hommes installent tout autour de la remorque. Si j'en juge au dispositif mis en place en quelques minutes pour assurer la descente de l'animal, il semblerait effectivement que ce dernier ne soit pas des plus coopératifs et nécessite un procédé complexe. Comme Charlie continue de réclamer à sa manière la présence de Wade, je décide de rester pour le débarquement du mustang tout en nous tenant suffisamment éloignée des barrières au cas où un problème surviendrait. Pendant que les hommes terminent d'assurer les jonctions de chaque segment de barricade, le cowboy réajuste son chapeau, enfile une paire de gants de cuir et contrôle les cordes dont il dispose. Je remarque que sa concentration augmente peu à peu, ses gestes se font précis, automatisés, son regard s'abaisse comme pour se soustraire au brouhaha ambiant et lui permettre d'entrer dans une bulle hermétique à la moindre distraction. Ce n'est que lorsque tout est prêt entre ses mains que son visage se relève en direction de la remorque.

– Ok pour vous ? demande-t-il en posant la main sur la poignée.

– Oui patron, répondent les hommes en chœur.

– Bien, alors on y va. Comme d'habitude, quoi qu'il se passe, personne ne franchit les barrières mais tout le monde se débrouille pour qu'elles restent en place.

– Oui patron.

Ces derniers mots prononcés, le silence s'impose autour du dispositif et seul le bruit du loquet se fait entendre, ainsi que les grattements des sabots à l'intérieur du van. Dès que Wade en ouvre la porte, ces derniers cessent et plus un son ne transperce l'air. L'espace d'un instant, le temps s'arrête et tout le monde semble retenir son souffle tandis que le cowboy concentré s'appuie contre le battant. Je suppose que le choix est donné au cheval de descendre de son plein gré, et que l'homme ne montera qu'en dernier recours pour l'y aider s'il ne se décide pas.

Comme si cet événement me concernait directement, je peux sentir mes propres muscles se figer et ma respiration s'atténuer lentement. Quelques grattements de sabots laissent deviner l'agacement de l'animal, suivis par ce souffle renâclant contre les parois de sa prison métallique. Je n'y connais pas grand-chose en la matière, mais j'aurais presque l'impression que ce cheval cherche à évaluer chaque paramètre avant d'envisager une éventuelle sortie. Le nombre d'humains sur le point de l'accueillir, la distance qu'il devra parcourir pour leur échapper, la hauteur de cette remorque dont il n'ose descendre...

Alors qu'un nouveau silence alourdit l'atmosphère depuis quelques minutes, Wade se redresse, puis, dans une attitude parfaitement calme et assurée, se hisse avec souplesse à l'intérieur de la bétaillère. Aussitôt, l'animal surpris s'affole et remue violemment contre les cloisons. Je ne perçois que le dos du cowboy, qui reste parfaitement stoïque devant le mustang dont je devine l'attitude menaçante, à en juger par ces ronflements de colère ou cette fureur avec laquelle il frappe le sol de ses sabots. À cet instant, le courage de cet homme ne fait aucun doute. Comment peut-il se tenir ainsi face à une bête de plusieurs centaines de kilos sans même vaciller ? Aucune incertitude n'émane de son corps solidement ancré, pas la moindre trace de crainte pendant que la remorque tangue sous l'agitation de l'animal. Une fois que celui-ci se stabilise,

Wade entreprend un pas en avant, prenant bien soin de raser les murs pour ne pas se trouver sur la trajectoire de l'animal. Désormais, plus personne ne peut voir ce qu'il se passe là-dedans, si ce n'est le cowboy assurant la solidité des premières barrières de sécurité. Directement dans l'axe, ce dernier ne quitte pas la scène des yeux et envoie de discrets signaux à ses collègues pour qu'ils se tiennent prêts.

Soudain, des mouvements lourds se font entendre tandis que la remorque se remet à tanguer. La respiration de l'animal emplit le silence, suivie du martèlement précipité de ses sabots sur le plancher métallique recouvert de copeaux en une litière pourtant épaisse. En un éclair, une masse sombre bondit sous nos yeux pour traverser le couloir de sécurité. Le diable aux trousses, la bête vise la lumière naturelle jaillissant de l'enclos qui l'attend à l'extérieur, et galope jusqu'à elle sans laisser la possibilité à quiconque de l'attraper au passage. La puissance qu'il dégage m'envahit de manière totalement inattendue, et je ressens la force de cet esprit libre qui l'anime. J'éprouve même de la peine pour lui, qui vivait dans les plaines sans aucune connaissance de l'existence humaine et se retrouve aujourd'hui ici, prisonnier et isolé des siens.

– On ferme ! ordonne Wade en sautant à son tour de la bétaillère.

En quelques secondes, les barrières les plus proches de l'enclos sont rabattues jusqu'au dernier box de l'écurie dont la porte est bloquée en position ouverte, donnant ainsi la possibilité à l'animal de venir s'y réfugier s'il en éprouve l'envie. Une fois le tout solidement fermé, la pression redescend. Les corps se détendent, quelques sourires reviennent sur les visages et les conversations reprennent. Légèrement à l'écart de ses hommes, Wade replie consciencieusement ses cordes. La concentration semble ne pas l'avoir quitté, même si un discret rictus se dessine au coin de ses lèvres lorsqu'une blague arrive jusqu'à lui. Levant un œil en direction de ses hommes, il accroche mon regard sans que je ne m'y attende. Gênée de me laisser ainsi surprendre en train de l'observer, je me détourne à la recherche de Charlie qui vient encore d'échapper à ma vigilance. Je la retrouve bien évidemment devant l'enclos du mustang.

– La nuit va tomber, il est temps de rentrer au chalet, ma puce.

Ma main dans ses cheveux interrompt ses songes. Elle saisit la mienne et me suit sans difficulté, mais s'arrête brusquement lorsque nous passons devant le cowboy occupé à refermer sa remorque.

– Qu'est-ce que tu fiches encore ici, toi ? grommelle-t-il en contournant le véhicule, alors que Charlie le suit comme son ombre.

– Viens ici ma puce, tenté-je de la récupérer avant qu'il ne s'agace de trop.

– Va falloir lui imposer de vraies règles avant qu'elle ne se fasse tuer sous l'une de nos bêtes, lance-t-il depuis l'autre côté.

Piquée au vif par cette remarque aussi menaçante qu'humiliante de la part d'un homme qui ne connaît absolument rien de nous, et encore moins de ce que nous avons pu traverser jusqu'ici, je me retrouve face à lui en quelques foulées dynamiques et saisis la main de Charlie.

— Bien, alors pour *imposer de vraies règles* et éviter qu'elle ne se fasse tuer, je vous demanderai de veiller à ce que votre père cesse de brandir une arme sous le nez de ma fille.

Le haussement de sourcils qu'il m'oppose marque sa surprise. Est-elle due au ton que je viens d'employer, ou bien à l'information qu'il tente d'assimiler ?

— Une arme ? De quoi parlez-vous ?

— Du couteau avec lequel il taille ses morceaux de bois.

Sa façon de ricaner m'agace profondément.

— Quel est le rapport entre une arme et un canif ? Et puis c'est à vous de surveiller votre gosse.

— Je suis derrière elle. Constamment.

— Derrière, c'est pas ce qui la sauvera des pieds d'un bison.

Je suis de nature patiente, gentille, conciliante. Mais s'il y a une chose dont j'ai horreur, c'est de ce genre de jugement gratuit.

— Vous feriez mieux que moi, peut-être ? demandé-je en inclinant la tête pour l'inviter à la franchise.

— Probablement pas, c'est bien pour ça que j'ai pas de gosse.

Cette attaque à peine masquée m'irrite, me lacère le ventre.

— Vous ne savez rien de nous, persifflé-je en opérant un pas en avant pour estomper la distance qui nous sépare.

— Et je ne veux rien savoir, confirme-t-il en m'imitant.

Nous nous faisons face, les yeux dans les yeux, fureur contre fureur. Sa manière de me mépriser m'envahit, me consume. Je n'ai pas toujours été forte ni téméraire, et on peut d'ailleurs me ranger dans la catégorie des personnes incapables d'affirmer leur désaccord. Mais, parce que je me suis justement juré de ne plus jamais me laisser marcher dessus par quiconque, pour moi mais surtout pour Charlie, il est hors de question de m'effacer cette fois-ci. Prenant une grande inspiration censée me donner du courage, je fronce les sourcils pour tenter d'accentuer une attitude que j'espère sacrément déterminée.

– Vous n'êtes...

Oserai-je seulement terminer cette courte phrase ?

– Vous n'êtes qu'un...

Son regard interrogateur, presque amusé alors que je m'empêtre dans cette réaction qui ne me ressemble absolument pas, termine de me pousser à bout.

– Vous n'êtes qu'un sale type !

Lâchée comme un caillou dans une fontaine, cette insulte me rend immédiatement honteuse et je préfère disparaître au plus vite. Sans prêter attention à sa grimace moqueuse censée ironiser une peur effroyable, je prends ma fille dans mes bras et tourne les talons aussi vite que j'en suis capable.

Une nouvelle fois, la promesse de croiser cet homme le moins possible résonne en boucle dans ma tête.

CHAPITRE 8 - Tara

Le lendemain matin

– Miranda !

Ce timbre déchirant de douleur perce le silence matinal. Tirée brutalement du sommeil, je consulte l'heure et m'étonne de ne pas avoir ouvert les yeux plus tôt.

– Miranda !

Un nouveau cri, de cette voix rauque et suppliante. Je saute de mon lit et file dans la chambre de Charlie pour m'assurer qu'elle ne se soit pas réveillée avant moi. Je ne sais pas qui hurle ainsi dehors, mais vu comme s'est déroulée ma dernière conversation avec Wade, ce n'est certainement pas le moment que Charlie aille traîner aux écuries. Poussant doucement la porte, je constate avec soulagement que ni l'heure, ni les cris provenant de l'extérieur ne sont parvenus à la déranger.

– Miranda !

Intriguée par ces supplications incessantes, je décide d'aller voir ce qu'il se passe. Le coup d'œil passé par la fenêtre du salon ne dévoilant absolument rien, il me faut sortir et contourner le chalet pour enfin apercevoir celui qui réveille la montagne à lui seul.

Déambulant dans un pyjama rayé bleu et blanc, Ed s'essuie le visage d'un revers de manche maladroit.

— Miranda... gémit-il avec désespoir.

Sa voix fébrile me poignarde violemment. Je ne connais pas réellement ce monsieur, mais ce que j'ai pu en percevoir me laissait l'image d'un vieil homme plutôt rustre et solide, montrant peu d'émotion. Celui qui marche aujourd'hui dans l'herbe humide du matin me semble au contraire complètement perdu, démuni, malheureux.

— Miranda ! continue-t-il d'appeler, la voix secouée par un sanglot.

Intimidée, mais incapable de le laisser ainsi dans la douleur, j'approche doucement.

— Est-ce que tout va bien ? demandé-je avec prudence, ne sachant trop de quelle manière sera perçue mon implication dans une situation qui ne me concerne pas.

L'homme tourne vers moi un regard surpris, mais plus que tout, complètement désemparé.

— Miranda... Elle m'attend là-bas, je dois me dépêcher !

La plus grande confusion s'invite dans mon esprit dérouté.

— Où ? Où vous attend cette dame ?

Son regard se durcit.

— Cette dame ? Ce n'est pas n'importe quelle dame, mon petit ! C'est ma femme, et je dois aller la chercher ! Elle ne peut pas rester seule, vous comprenez ?

J'acquiesce, notant dans ma tête les informations au fur et à mesure de ses explications.

— D'accord, et où se trouve-t-elle ?

— À Edmonton, je devais aller la chercher à la gare, mais je ne me suis pas réveillé ! Son train a dû arriver depuis longtemps, il faut qu'on se dépêche ! Vous voulez bien m'y emmener ?

Complètement perdue, je ne vois qu'une seule solution pour l'apaiser.

– Je... Je n'ai pas de véhicule, mais je vais appeler quelqu'un pour vous y conduire. En revanche, vous n'allez pas y aller en pyjama ? Venez, je vous raccompagne à votre chalet, et j'irai trouver de l'aide pendant que vous vous habillerez.

Le vieillard baisse les yeux sur ses vêtements, comme s'il découvrait seulement maintenant qu'il n'avait pas pris le temps de se préparer.

– Oh, ben oui alors ! Si Miranda me voit arriver dans cette tenue, pour sûr elle va me tirer les oreilles ! D'ailleurs il faut aussi que je me rase, Miranda déteste que je pique. Je file me faire tout beau, et vous m'emmènerez à Edmonton, n'est-ce pas ?

Le père semble aussi têtu que son fils. Mais le sourire retrouvé qu'il affiche ne me donne pas le courage de le contredire.

– Oui, je vais me débrouiller, concédé-je en posant une main rassurante sur son épaule affaissée, allez vous préparer.

– Miranda vous aimera beaucoup, mon petit ! glousse-t-il en opérant un demi-tour empressé pour rejoindre son chalet.

Moi-même désorientée par ces quelques minutes face à lui, je tente de reprendre mes esprits en me dirigeant hâtivement vers la maison des Spencer. Inquiète pour le vieil Ed, je toque sans ménagement pour m'assurer que quelqu'un m'entende.

Aucune réponse.

Je recommence, plus fort encore, mais n'obtiens pas le moindre signe de présence en retour. Il faut absolument que je trouve Rosie, ou même son mari afin que l'un ou l'autre prenne le relai. Frappant une dernière fois contre la porte au cas où, je finis par rebrousser chemin et opte pour l'arrière des écuries. J'y ai aperçu quelques fois notre hôtesse en train d'étendre des draps, avec un peu de chance c'est là qu'elle se trouve.

Je ne tombe malheureusement que sur quelques parures de lit claquant au vent. L'endroit semble aussi désert que la maison, et visiblement, tout le reste du ranch. Tandis que je balaie désespérément les environs du regard, le souffle bruyant d'un cheval me surprend. Accroché à une barrière, une monture harnachée attend patiemment. À l'instant même où je réalise avoir laissé Charlie seule au chalet, un sifflement retentit, suivi d'un jappement. Wade sort des écuries en réajustant son chapeau, talonné par son chien. Il repère ma présence et darde sur mon attitude angoissée un regard intimidant.

– Je ne suis pas certain que vous voir traîner ici sans votre fille soit bon signe, grogne-t-il en vérifiant le sanglage de sa monture.

– Je... Il faut que vous veniez, osé-je difficilement.

Cet homme me met mal à l'aise. Cette carrure imposante, la nonchalance qu'il m'oppose à chacune de nos rencontres, l'air renfrogné que ses traits durs affichent constamment, tout en lui me donne plus envie de fuir que de lui adresser la parole. Nul doute qu'il sache se faire respecter de ses hommes ou de ses bêtes, tant il paraît bourru et intransigeant.

– Que je vienne ? relève-t-il en haussant un sourcil soupçonneux.

– Oui, je...

– Ne me dites surtout pas que votre gosse est allée foutre le bordel dans mes enclos, sinon je vous jure que...

– C'est votre père, le coupé-je d'une voix un peu plus affirmée.

Ses yeux se froncent tandis qu'il cherche à analyser mes mots. D'un bras tendu vers le lac, j'essaie de lui donner plus d'explications.

– Je l'ai trouvé en pyjama dehors, il appelait une certaine Miranda, qu'il doit aller chercher à la gare, si j'ai bien compris.

Le visage de Wade se crispe aussitôt. Relâchant le sanglon de sa selle, il se détourne de son cheval pour me faire face.

– Où est-il ?

– Je l'ai envoyé s'habiller le temps d'aller chercher Rosie, mais elle n'est pas...

– Rosie est au marché avec Tommy. Je vais m'en occuper.

Visiblement préoccupé, l'homme frôle mon épaule pour partir hâtivement en direction des chalets, toujours suivi par son chien. Je ne comprends pas grand-chose à ce qu'il se passe mais j'espère vraiment avoir agi dans l'intérêt de tout le monde. Prenant moi aussi le chemin qui mène aux cabanons, j'accélère en priant pour que Charlie dorme toujours. Je m'en veux atrocement à cet instant de l'avoir laissée seule, mais plus j'y pense, plus je m'accorde l'impossibilité d'agir différemment vu la situation. À quelques mètres devant moi, Wade ne me laisse aucune chance de le rattraper tant sa foulée est efficace. Pourtant, à l'instant où l'allée s'ouvre sur le large panorama qu'offre le lac bordé par les petites habitations en rondins, il ralentit nettement le pas lorsqu'il aperçoit Ed se diriger vers ma porte.

– Papa ? l'interpelle-t-il en se pressant pour le rejoindre.

– Ah, te voilà, toi ! gronde le vieil homme avant de m'apercevoir derrière son fils.

Immédiatement, son visage se détend et c'est à moi qu'il s'adresse.

– Avez-vous trouvé une voiture pour m'emmener à Edmonton, mon petit ?

Embarrassée de me retrouver ainsi entre eux, je peine à trouver une réponse à lui donner.

– Eh bien, euh... Rosie n'était pas chez elle...

– Papa, intervient Wade, on va rentrer. Viens.

– Mais je ne veux pas rentrer, je dois aller chercher Miranda ! Elle m'attend à la gare, tu sais bien !

– Papa...

Le timbre du cowboy me surprend. Bien plus calme et pacifique que ce que j'ai pu entendre jusqu'ici, tout comme ses gestes qui se révèlent pleins de tendresse lorsqu'il le saisit doucement par le bras pour le détourner de ma porte d'entrée.

– Ah, c'est toi qui m'emmènes alors ? Mais elle peut venir, hein, je l'aime bien moi, cette petite. Et ta mère l'aimera aussi.

– Viens, continue Wade de cette voix emplie d'indulgence, on rentre. Tu veux bien me montrer où en est ta dernière sculpture ?

Le regard du vieux monsieur s'attarde un instant sur les berges du lac, comme s'il cherchait à remettre les choses en places dans son esprit visiblement confus.

– Ma dernière... Oui, c'est une tête de grizzly, tu ne l'as pas encore vue ?

– Non, papa.

– Oh eh bien alors qu'est-ce qu'on attend ? Il faut que tu me dises si tu le reconnais. Tu sais, c'est celui qu'on a croisé sur le chemin des glaciers le mois dernier. Quelle belle gueule il avait, celui-là !

L'air enjoué de cet homme, que je comprends complètement perdu dans ses souvenirs, me touche profondément. Particulièrement enthousiaste, il descend les marches de la terrasse et prend de lui-même la direction de son chalet. L'air préoccupé, Wade replace son chapeau et m'adresse un signe de tête reconnaissant avant de le suivre. Je n'ai aucune idée du mal qui touche le patriarche, mais une chose est sûre, celui-ci affecte son fils bien plus qu'il ne veut bien le montrer. Et quelque part, cette donnée inattendue repositionne ma vision de ce cowboy un peu trop rustre et antipathique. Je le découvre aujourd'hui particulièrement affecté par une situation difficilement maîtrisable, et je commence à comprendre qu'il puisse voir d'un mauvais œil la présence d'étrangers sur ses terres, mais surtout au cœur de ce noyau familial qu'il semble seulement vouloir protéger.

CHAPITRE 9 - Wade

Deux jours plus tard.

– Làààà mon grand, tout va bien.

Face à moi, mon nouveau compagnon observe attentivement le moindre de mes gestes. Solidement ancré dans le moment présent, rien ne lui importe plus que ces secondes qui s'égrènent les unes après les autres. Dans son esprit libre et sauvage, il n'y a ni passé, ni futur. L'unique chose qui compte, la seule qui conditionnera la suite, c'est ce que lui et moi vivons maintenant. La manière dont je vais chercher à entrer en contact avec lui sera particulièrement décisive. Chaque choix de ma part déterminera sa réponse, ainsi je suis seul responsable de la direction que prendra la relation qui débute aujourd'hui.

Pour l'heure, il semble que ces deux jours passés à observer la vie du ranch depuis son enclos lui ont permis de m'identifier comme un élément récurrent, pas forcément négatif. J'ai pris soin de nourrir et manipuler les chevaux dans son champ de vision, de passer puis repasser devant sa barrière sans jamais le regarder, de parler et faire de grandes pauses tout près de son propre coin repos.

La façon dont il me considère d'un œil franc et fixe révèle un cheval à la prestance remarquable. Du peu que j'ai pu observer, je vois en lui un animal plein d'esprit et d'assurance, ce qui me donne quelques pistes sur la méthode que je devrai utiliser. Pour sûr, je devrai me montrer aussi confiant que lui. La moindre hésitation lui donnera une raison de douter de mon leadership, et c'est alors au sien qu'il se référera sans me laisser aucune chance de lui prouver que je suis digne d'assurer ses besoins vitaux.

– Regarde, soufflé-je en sortant une carotte de ma poche, ce truc ne pousse pas dans les plaines du Wyoming mais tu verras, c'est super bon.

Je lui tends la racine orangée tout en sachant d'ores et déjà qu'il ne viendra pas y goûter, mais l'intention que je place dans ce geste est importante pour nous deux. Puis, une fois qu'il fixe davantage son attention sur le légume que sur ma main dressée dans sa direction, j'abaisse mon bras et d'un lancer contenu, l'envoie jusqu'à ses sabots. Surpris, l'animal s'écarte en frémissant avant de revenir de biais pour analyser mon projectile. L'odeur de la carotte l'intrigue. Il souffle bruyamment dessus, puis la pousse légèrement du bout du nez avant de l'écraser du sabot.

– Ok, tu n'as aucune idée de ce que c'est, je comprends. Tu apprendras.

Amorçant quelques pas vers la gauche pour réduire progressivement la distance sans l'approcher de front, je m'efforce de garder le regard rivé au sol. À aucun moment, il ne doit se sentir menacé par mon approche, mais à tout moment, j'ai besoin de savoir où se trouvent ses pieds. Ce sont donc ses sabots que je fixe du coin de l'œil, et après trois petites foulées prudentes, je m'arrête pour respirer profondément.

Rien ne doit se passer de manière précipitée, et s'il y a bien un point sur lequel il me faut rester vigilant en permanence, c'est mon état émotionnel. Ainsi, avec un animal aussi affûté sur le comportement d'un prédateur tel que moi, les pauses sont nécessaires et me permettent de remettre mes émotions à zéro. Expiration, jambe semi fléchie, épaules basses. Crispation, frustration ou précipitation sont mes pires ennemis.

Concentré sur chacun de mes mouvements, l'animal m'observe. Quelque chose en lui me happe complètement, je le trouve différent des autres mustangs qui m'ont été confiés jusque-là.

Celui-ci ne craint pas l'homme.

Certains pourront trouver que c'est un avantage, de mon côté je serais plutôt d'avis de nuancer cet enthousiasme. Un animal conscient de sa puissance peut se révéler bien plus dangereux qu'un sujet auquel on a tout à apprendre. Le mustang s'est forgé pour survivre, et si un individu craintif ou hésitant préférera s'éloigner d'une barrière, un autre doté de plus de confiance n'aura aucun mal à la traverser.

Si j'en juge à la multitude de stries de poils blancs qui marquent sa robe sombre, celui-ci est un combattant. De ceux qui protègent le troupeau ou vont à l'affrontement pour l'agrandir. Ces marques ne sont autres que des cicatrices, et pour grand nombre d'entre-elles, de vieilles traces de morsures ou de coups de sabots aiguisés.

Maintenant qu'on s'est bien observés, il est temps de se mettre en mouvement. Ma longe dans une main et mon stick en carbone dans l'autre, je l'invite à bouger d'un claquement de langue tout en écartant légèrement les bras.

Aucun geste brusque, je dose au plus bas les différents stimuli afin de me donner une chance de trouver la limite à laquelle il réagit. Chaque cheval possède son propre seuil de tolérance, et je dois définir celui qui lui convient si je veux agir au plus juste avec lui. Comme il se met en marche après une tape un peu plus marquée sur mon jean, je peux déjà noter que celui-ci a besoin d'être convaincu sans pour autant nécessiter une montée en phase trop forte. Dans une démarche relativement calme, le mustang longe la barrière en reniflant le sol. Ses oreilles sont particulièrement mobiles, il se préoccupe de tout ce qui nous entoure. L'enclos a été adapté spécialement pour lui : des barrières tubulaires en acier galvanisé, les plus solides que l'on puisse trouver et suffisamment hautes pour l'empêcher de sauter par-dessus, disposées en un large cercle. Pas d'angle, ainsi aucune chance de le voir s'y réfugier en ne me présentant que sa croupe, une bonne couche de sable au sol pour préserver ses articulations et lui permettre de se détendre en s'y roulant à souhait.

Aujourd'hui, mon but est de parvenir à établir un premier vrai contact physique. Pas forcément avec ma main, mais s'il parvient à tolérer le bout de mon stick dans une attitude à peu près détendue et sans m'opposer de défense, j'aurai atteint mon objectif. Pour cela, je dois d'abord le lui présenter et banaliser sa présence auprès de lui. Cet objet fera partie intégrante de notre parcours ensemble, outil indispensable pour nos premiers apprentissages. Véritable prolongement de mon bras, ce stick me permettra tout d'abord d'explorer ses limites corporelles sans prendre le risque de l'approcher de trop près pour me servir directement de ma main. Si un coup ou une morsure devait arriver, je préfère que ce soit ce morceau de carbone qui prenne plutôt que mes phalanges.

– Allez gamin, on marche un peu.

Le garder en mouvement sur les premiers temps d'approche me semble essentiel. On croit trop souvent qu'un cheval qui ne bouge pas montre son acceptation, or il n'y a pas plus faux que cette théorie. Un équidé statique, ou pire encore, que l'on force à rester statique pour lui imposer un contact dont il ne veut pas, est une proie piégée. Et une proie piégée représente un véritable danger pour qui se trouve à côté.

Dans mon travail avec les mustangs, je garde à l'esprit que leur premier réflexe sera de bouger leurs pieds. C'est purement et simplement ce simple détail qui leur a permis de traverser des décennies à l'état sauvage. Bouger pour trouver de quoi se nourrir, bouger pour fuir les prédateurs. Si je veux entrer en communication avec lui, je ne dispose pas d'autre choix que de me mettre à sa portée et donc, de prendre en compte ce qu'il est. Je n'ai pas face à moi un cheval né et élevé pour une utilisation humaine, et si je perds de vue ce détail, alors aucun résultat n'est possible, en tout cas certainement pas celui auquel j'aspire.

D'une foulée plutôt calme et régulière, l'animal arpente le sillon déjà creusé par ses allées et venues depuis deux jours. Puisque je le sens plutôt décontracté dans son allure bien déroulée, j'entreprends quelques premiers mouvements de stick. Larges, mais lents et distants de lui. Je veux seulement qu'il puisse voir cet objet bouger sans se sentir acculé. Qu'il en ait peur ou non, le simple fait qu'il ait le droit de changer de direction pour s'en écarter peut faire la différence.

Effectivement, la vision de ce grand bâton qui fend l'air provoque une légère réaction de sa part. L'encolure relevée, les oreilles tendues dans ma direction, il observe mes gestes avant d'opérer un demi-tour puis de s'arrêter pour regarder encore. Si j'avais procédé au même exercice en utilisant un licol pour le contenir, j'aurais pu provoquer une réaction beaucoup plus violente. Pas forcément liée au stick, mais à la peur de ne pas pouvoir s'écarter de cette situation qu'il ne connaît pas. Ici, au contraire, je lui permets de trouver la place qui lui convient pour réfléchir à ce qu'il se passe. À aucun moment, je n'arrête de balancer ma badine, mais sa semi-liberté lui laisse le choix de ce qu'il veut faire. Observer, bouger, approcher, tourner le dos... Peu m'importe, à ce stade j'attends seulement de lui qu'il intègre l'absence de danger.

Il me faut un peu plus de trois heures pour parvenir à un premier toucher, timide mais toléré de son plein gré. Du bout de mon stick et avec beaucoup de douceur, je gratte son épaule dans un geste aussi lent que régulier tout en observant ses réactions. Si au départ, son encolure haute et ses lèvres particulièrement crispées m'indiquaient une certaine tension, je peux désormais le voir commencer à cligner des paupières avant de laisser le poids de sa tête vaincre sa méfiance. C'est donc à cet instant précis que je choisis de retirer mon stick et d'arrêter la séance. Voilà donc un premier contact établi, mais surtout une rencontre tactile qui se termine dans un début de décontraction. C'est tout ce qu'il me fallait pour qu'il associe positivement les prémices de notre communication.

Comme la concentration ne me quitte jamais totalement, je rejoue l'intégralité de la séance dans ma tête en rentrant chez moi. Je revois précisément les points sur lesquels j'aurais dû me montrer plus vigilant, les instants où j'estime que mon timing aurait pu être meilleur, mais aussi les quelques belles réponses que ce cheval m'a données. Il n'y a pas à dire, d'année en année, cette aventure avec les mustangs se révèle la compétition qui prend le plus de sens dans mon parcours.

Pendant que je réfléchis à la manière la plus sécuritaire d'aborder les prochaines séances sans trop solliciter mon épaule parfois encore douloureuse, une présence attire mon attention le long du chemin. Ou plutôt deux.

Concentrées sur leur cueillette de fleurs sauvages, mère et fille ne me voient pas approcher et ce n'est que lorsque je me racle la gorge auprès d'elles que les yeux surpris de Tara se lèvent dans les miens. Son regard paraît aussi chargé de crainte que celui des mustangs que j'ai pu rencontrer. Une certaine fragilité se dégage de cette femme, à peu près aussi évidente que le silence de la fillette. Je ne sais pas d'où elles viennent, et je n'ai pas vraiment envie d'en connaître plus sur leur passé mais quelque chose me laisse penser qu'il n'y a rien de beau là-dedans.

– Bonjour, murmure-t-elle timidement sans oser soutenir mon regard.

– Bonjour.

Interpellée par ma voix, la petite Charlie se tourne et m'adresse un sourire avant de reprendre sa cueillette.

– Je… Merci pour l'autre jour, lâché-je dans un soupir.

Je n'ai jamais été très doué pour faire la conversation et cela se ressent probablement, mais si Tara n'avait pas su gérer mon père et sa foutue crise, je ne sais pas où on l'aurait retrouvé ni dans quel état. Son aide mérite un effort de ma part. Comme elle ne semble pas comprendre à quoi je fais allusion, je reprends en me concentrant pour trouver les bons mots.

– Mon père. Vous avez été chouette avec lui. Je n'ai pas eu l'occasion de vous voir depuis pour vous remercier.

Levant courageusement le menton, elle croise les bras contre sa poitrine.

– Eh bien, nous nous efforçons de ne pas traîner dans vos pattes, comme vous nous l'avez demandé.

Ce timbre légèrement plus sarcastique que d'habitude pourrait me chatouiller, mais je l'ai bien mérité. D'un sourire en coin, je lui concède la victoire sur ce point et me contente de la saluer d'un coup d'index sur le bord de mon chapeau.

– Passez une bonne journée, toutes les deux.

Ses lèvres s'étirent légèrement, presque craintivement, tandis que je m'éloigne de quelques pas en arrière avant de reprendre ma route en direction du chalet. Une nouvelle fois, sa fragilité me déstabilise et je préfère rompre le contact.

CHAPITRE 10 - Tara

Le souffle du vent dans les arbres, le chant mélodieux des oiseaux, le bruit régulier de nos pas sur ce petit chemin boisé, l'odeur significative des mélèzes majestueux qui s'élèvent tout autour de nous, les camaïeux de vert et de brun... Il y a bien longtemps que je n'avais ressenti une telle sérénité. Mais, plus que n'importe quoi, c'est cette voix fluette fredonnant un air de comptine qui gonfle mon cœur d'une ivresse indescriptible. À quelques mètres devant moi, Charlie marche calmement d'un arbre à un autre, laissant glisser ses petites mains sur les larges troncs comme pour les caresser chacun leur tour. Même si elle garde la bouche fermée et ne prononce aucune parole de sa chanson, l'entendre exprimer ainsi une aisance que je ne lui connaissais plus suffit à apaiser mon âme. Pour la première fois depuis des années, je me sens bien, ici et maintenant.

Alors que j'appose à mon tour une main délicate sur l'un des conifères imposants pour m'imprégner de sa force, des voix masculines se font entendre depuis le cœur de la forêt. Quelques secondes plus tard, quatre cowboys à cheval apparaissent sous nos yeux. À leur tête, Wade nous repère immédiatement et stoppe sa monture tandis que Charlie continue de chantonner à mi-voix en caressant chaque arbre, chaque plante, chaque roche. Le regard perplexe de l'homme s'attarde un instant sur sa petite silhouette avant de chercher une explication dans le mien. Je suis touchée de voir que les progrès de ma fille ne le laissent pas indifférent alors qu'il nous connaît à peine.

— Bonjour, articule-t-il en touchant son chapeau de l'index pour me saluer.

— Bonjour...

— Vous ne devriez pas vous aventurer trop loin du ranch.

Son timbre rauque accentue la puissance de ce contact visuel qu'il ne rompt à aucun moment, même lorsque son cheval opère un pas de côté.

— Oh... Pourquoi ? Nous ne comptions pas aller au-delà du chemin, de toute façon...

— Des empreintes de grizzly ont été relevées à moins de dix kilomètres d'ici. Je ne pense pas qu'il s'approchera beaucoup plus, mais on ne peut le certifier.

Un frisson d'effroi me parcourt l'échine. Je n'ai même pas emporté le spray anti-ours, quelle idiote ! La panique doit se lire aisément dans mon attitude saccadée lorsque je récupère la main de Charlie, puisque Wade laisser échapper un léger sourire en coin.

— Vous avez largement le temps de rentrer avant de le croiser, Miss Reed, relativise-t-il tandis que j'entraîne ma fille dans le sens du retour.

— Je... Nous avions terminé notre promenade, me contenté-je de rétorquer.

Hors de question de prendre le moindre risque. Nous ne sommes pas des aventurières, et on ne peut pas dire que la chance ait pour habitude de se trouver de notre côté. Alors, quel que soit le pourcentage de probabilités qu'un Grizzly se dresse face à mon absence de courage, j'aime autant ne pas tenter le diable.

Ce n'est qu'une fois revenues sur le plateau du lac que je nous sens enfin en sécurité et m'autorise à ralentir le pas. Toujours aussi bucolique, le décor somptueux des chalets bordants les berges apaise aussitôt mes angoisses, peut-être cette fois-ci aidé par la présence de Wade et ses hommes non loin d'ici. Après ces quelques échanges avec lui, je comprends désormais les mots de Rosie à notre arrivée. Nul doute que son frère soit de taille à tenir tête à un ours...

Alors que nous traversons la prairie à une allure un peu moins hâtive, le moteur de la Jeep attire mon attention. Accompagné de quatre inconnus, Tommy se gare devant le chalet voisin du notre et y dépose un tas de bagages. À bien y regarder, j'aperçois Rosie sortir d'un second chalet, suivie de deux autres personnes.

– On dirait bien que les locations se remplissent, murmuré-je pour moi-même.

Si cette idée me réjouit pour les Spencer qui méritent de voir leur activité se développer, j'avoue que notre presque solitude me convenait plutôt bien jusqu'ici. J'espère vraiment que Charlie continuera de progresser malgré cela, et que de mon côté, je saurais gérer cette proximité sans me renfermer. Pour l'heure, je me contente d'un simple hochement de tête souriant pour répondre à la salutation joviale de Rosie et Tommy imitée par leurs nouveaux clients, avant de nous réfugier à l'intérieur de notre chalet.

Cette promenade matinale semble avoir dévoré les dernières réserves d'énergie de Charlie, qui s'écroule sur le sofa et sombre rapidement dans un lourd sommeil.

– Repose-toi ma puce, maman va trouver de quoi préparer le déjeuner.

Ces quelques mots affirmés comme si j'y croyais, j'ouvre les placards sans grand espoir. Voilà deux semaines que nous vivons sur les seules provisions achetées en début de séjour, et il va me falloir trouver rapidement une solution. La première urgence sera de me dégoter un petit travail d'appoint, qui soit compatible avec la présence de Charlie et qui puisse me permettre une rémunération à la journée ou à la semaine. Quelque chose comme de la distribution de journaux ou prospectus, des sondages rémunérés ou encore de petites missions de ménage chez des particuliers conciliants. Je pense en parler à Rosie dès que possible, elle aura peut-être des conseils ou des connaissances auxquelles m'adresser.

Ce n'est qu'en fin d'après-midi que j'ose aller à sa rencontre, prenant soin de tenir fermement la main de Charlie lorsque nous longeons l'enclos de travail au sein duquel Wade discute avec son mustang sous le regard attentif de ses neveux. Affairée à trier des cagettes de légumes qui viennent visiblement de lui être livrées, Rosie peste toute seule.

– Enfin tout de même, autant de courgettes abîmées, c'est fort de café ! Je veux bien être conciliante, mais faudrait voir à pas trop me prendre pour une imbécile...

Levant le nez pour replacer une mèche de cheveux indocile, elle perçoit notre présence et nous adresse un sourire.

– Oh, navrée, je parle comme une vieille mégère. Avez-vous besoin de quelque chose, mes jolies ?

Comme toujours, son tempérament jovial m'aide à me sentir à l'aise. D'ordinaire, jamais je ne me risquerais à solliciter de l'aide auprès de qui que ce soit, mais avec Rosie, tout est différent depuis les premières minutes.

– Eh bien, peut-être que vous sauriez me conseiller, en effet...

Ma voix frêle l'interpelle, son regard se fait plus profond tandis qu'elle posse sa cagette sur la première marche du perron.

– Oh oui ? Avec plaisir, Tara, expliquez-moi ce qu'il vous faut ?

Ne sachant trop de quelle manière aborder ma demande, je décide de me jeter directement au cœur du sujet.

– Je... Je vais avoir besoin de trouver un petit travail, et... Enfin, il me faudrait quelque chose qui soit compatible avec... avec Charlie...

Ses lèvres généreuses se tordent au son de mes paroles saccadées. Elle réfléchit.

– Est-ce que tout va bien pour vous ? s'enquiert notre hôtesse avec cette sincère franchise qui ne ressemble qu'à elle.

– Oui, je... J'aurais bientôt liquidé toutes les économies que j'avais mises de côté pour notre séjour, mais cet endroit semble faire tellement de bien à Charlie... Je voudrais lui offrir quelques semaines supplémentaires.

– Oui, je vois. Il vous faudrait un petit job payé à la mission, et pour lequel la présence de la petite ne gêne pas.
– C'est cela...

D'un coup d'œil circulaire sur l'ensemble du ranch, Rosie se concentre quelques secondes avant de plonger ses iris bruns dans les miens.

– Et si je vous proposais un job saisonnier ici ?

Incrédule, je prends le temps de scruter son visage à la recherche d'une quelconque trace de plaisanterie. En vain. Ses traits restent souples, son regard interrogateur, en attende d'une réponse de ma part.

– Ici ? demandé-je confirmation.
– Oui, ici. Les chalets se remplissent, nous attendons encore deux familles et ils ont tous demandé l'option table d'hôte. Je pense avoir vu un peu grand, jamais je ne m'en sortirai sans aide et je songeais justement à prendre quelqu'un pour l'été. Si vous avez des connaissances en cuisine d'ailleurs, cela m'arrangerait bien. Et la petiote pourrait rester avec vous sans aucun souci.

J'ose à peine croire à sa proposition. La chance pourrait-elle réellement nous sourire, après toutes ces années désastreuses ?

– Je... Je ne sais quoi vous dire...

Le rire de Rosie me réchauffe le cœur.

– Je pense que « oui » nous conviendrait à toutes les deux, glousse-t-elle en m'adressant un clin d'œil.
– C'est vrai. Oui, j'accepte avec plaisir et vous remercie sincèrement pour votre aide.
– Ce sera probablement moi qui vous remercierai très vite de votre aide, ma belle. Si cela vous va, comme chaque

emploi saisonnier ici, Charlie et vous serez logées, nourries et vous gagnerez cent dollars par semaine.

Je n'en reviens pas. Suis-je en train de rêver ?

– Sérieusement ?

– Oh mais je suis très sérieuse, oui. Et vous verrez, avec tout ce qu'il y a à faire ici, ce n'est pas cher payé ! Si c'est bon pour vous, je vais avoir besoin de vos services dès demain.

– Bien sûr, vous pouvez compter sur moi. Encore merci, Rosie. C'est vraiment très gentil de votre part.

– Vous avez besoin d'un job, j'ai besoin de quelqu'un. Ce serait quand-même idiot de faire nos recherches chacune de notre côté, non ?

– En effet, bafouillé-je dans un sourire contenu.

– Alors c'est parfait ! Je vous attends demain à neuf heures ? Cela nous laissera le temps de nous mettre au point sur une organisation avant de préparer le repas de midi.

– D'accord, neuf heures c'est très bien.

– Génial. Je suis certaine qu'on va bien s'entendre, sourit-elle généreusement.

CHAPITRE 11 - Tara

Trois jours plus tard

Je commence à bien prendre mes marques au ranch. Voilà presque trois semaines que nous en arpentons les moindres recoins, mais désormais, c'est en tant qu'employée que je m'approprie les lieux, et ce simple changement me rend extrêmement fière.

Indépendance.

Ce mot prend une valeur bien plus significative maintenant qu'il se justifie dans mon quotidien. Jusqu'ici, ce terme ne représentait qu'un but à atteindre, un objectif que je ne pensais même pas pouvoir envisager. Mais la seule décision d'emmener Charlie en Alberta a sans aucun doute tout changé. Nous avons eu la chance de tomber sur les Baker et de nous sentir immédiatement à la bonne place. Et, depuis que je travaille avec Rosie, cette sensation se confirme de jour en jour.

En trois jours, cette dernière m'a déjà fait découvrir quelques recettes typiques de ce pays magnifique comme la tourtière ou la soupe aux pois, le pain Bannock ou la tarte aux noix de pécan, appelées ici pacanes. J'ai également appris que la cuisine en Alberta est très fortement liée au temps des chariots et des Amérindiens, et je trouve cela tellement passionnant. Suivre les conseils culinaires de Rosie tout en l'écoutant me raconter l'histoire de chaque plat ou les anecdotes de ses arrière-grands-parents arrivés sur ces terres en 1907 est un véritable enrichissement.

Seulement deux ans après l'admission de l'Alberta comme province canadienne, c'est en premier lieu auprès de la compagnie de chemin de fer que les pionniers de la famille ont trouvé du travail, avant que le boom pétrolier ne leur promette prospérité. Conscient qu'une grande partie du territoire avait été subtilisée aux Amérindiens, notamment par le massacre des troupeaux de bisons dont ils dépendaient, le père de Rosie a éprouvé très vite le besoin de réparer, à son échelle, les torts causés par ses ancêtres et leurs semblables. C'est ainsi qu'il s'est porté volontaire pour participer à la conservation de l'espèce et s'est établi ici, au cœur du parc national de Jasper.

– Et voilà, ils sont parfaits, déclare Rosie en égouttant consciencieusement une grande bassine de haricots blancs mis à tremper la veille.

De mon côté, la découpe d'une large portion de poitrine de porc m'occupe depuis de longues minutes. Je veux faire de mon mieux. Assise sur une chaise face à moi, Charlie récupère chaque morceau de lard d'une main pour les regrouper dans un saladier, tandis que l'autre soutient sa joue. Elle semble apprécier les petites missions que nous lui confions afin de l'occuper, mais aussi et surtout pour ne jamais la perdre de vue. Pourtant, depuis le début d'après-midi, je la trouve plus fatiguée que d'habitude. Ou bien serait-ce de l'ennui ?

L'entrée de Wade dans la cuisine interrompt ma réflexion. Envoyant d'un geste précis son chapeau se jucher sur le coin d'une chaise libre, le cowboy se contente d'un signe de tête pour nous saluer avant de se diriger vers la cafetière. Son regard appuyé sur la marmite en fonte qui patiente au centre de la table provoque une réponse immédiate de la part de sa sœur.

— Fèves au lard, annonce-t-elle en versant les haricots dans cet énorme récipient, et tu as intérêt à te pointer à l'heure à table.

— À l'heure de qui ? De tes touristes ? rétorque l'homme, sa tasse fumante au bord des lèvres.

— Wade, nous en avons déjà discuté. Je te veux présent lors des repas, c'est important.

— Important pour qui et pourquoi ?

— Ces gens viennent chercher de l'authenticité ici, insiste-t-elle, ils auront certainement des questions, je trouve intéressant que tu sois présent pour y répondre. Tu as déjà manqué les deux premiers jours de table d'hôte, fais un effort pour ce soir. S'il te plaît.

— Rosie, ni moi, ni mes bêtes, ni mon travail ne sommes un de ces Folklores dont la seule raison d'exister est de divertir les autres. Je me fiche que mon job les amuse. Ici c'est ma vie, et la tienne aussi.

Je comprends la position de chacun, même si cette fois-ci, j'avoue pencher en faveur de celle de Wade. Maintenant que je connais un peu mieux cette famille, je peux concevoir que ce côté voyeuriste puisse le déranger.

— Mais enfin, sans parler de folklore ni de divertissement, ne trouves-tu pas intéressant d'informer les gens sur l'élevage de bisons ? Sur l'utilité de notre activité ? De pouvoir destituer certaines idées reçues ?

— Non, Rosie, ça ne m'intéresse pas. Tu me demandes un truc qui...

Un violent crissement de chaise interrompt brusquement leur conversation. Interloquée, je cherche à comprendre ce qu'il se passe mais ce n'est que lorsque je vois Rosie se précipiter au sol et que mes yeux la suivent, que la réalité me saute à la gorge. Étendue au sol, inerte, Charlie est prise de puissants tremblements.

— Mon Dieu, elle convulse ! s'écrie Rosie en soutenant sa tête.

Un cri d'effroi s'échappe de ma gorge nouée tandis que je contourne la table. Wade les a déjà rejointes au sol et, d'un geste assuré, tourne le petit corps agité de Charlie sur le côté.

— Charlie ? Ma puce, réponds-moi !

Ma voix se perd dans les aigus, prise par les sanglots qui m'étreignent le cœur. La peur envahit chacun de mes muscles, je ne suis plus capable de réfléchir. Tout ce que je veux, là, tout de suite, c'est voir les adorables yeux de mon bébé s'ouvrir et son sourire éclairer son doux visage. Fermement maintenue par les mains de Wade, la crise s'atténue en quelques longues dizaines de secondes.

— Elle est brûlante, constate Rosie en touchant le front de Charlie. Installons-la sur le sofa du salon, je vais appeler les secours.

— Non !

Mon cri déchire l'air avec une intensité qui me dépasse, témoin de la détresse qui m'étrangle à cet instant. Les regards perplexes de nos hôtes me harponnent dangereusement, je sais que le pas que je viens de franchir nous plongera probablement vers la fin d'une prospérité que nous touchions tout juste du doigt, mais tant pis. La seule chose qui m'importe, c'est protéger Charlie.

– Je… Nous ne pouvons pas aller à l'hôpital, bafouillé-je en cherchant des explications qui ne viennent pas, s'il vous plaît…

– Tara… Y a-t-il un problème ? s'inquiète Rosie alors que Wade passe les deux bras sous le corps de ma fille pour la soulever contre son torse.

Les larmes envahissent mon regard autant que l'incertitude étouffe le peu d'assurance que j'avais gagnée ici.

– Je… S'il vous plaît Rosie, juste… Pas d'hôpital…

Incapable d'aller plus loin, je me soustrais à son analyse silencieuse pour emboîter le pas de celui qui emporte mon enfant dans la pièce voisine. La seule image de ses épaules solides desquelles ne dépassent que les mollets inertes de Charlie, suffit à me faire éclater en sanglots. Ce n'est pas moi qui, à cet instant, suis capable de prendre soin de ma fille. Je ne l'ai pas vue tomber, je ne l'ai pas ramassée, je n'ai même pas su la placer en position latérale de sécurité. Rien, aucune réaction. Rien de plus que cette peur viscérale de la perdre, d'une manière ou d'une autre. Un douloureux néant personnifié par ce cowboy que je connais à peine, la déposant délicatement sur le canapé d'une famille étrangère à tout ce qui nous a menées jusqu'ici.

Installée près d'elle, ses petits doigts inanimés entre les miens, je lui murmure toute ma culpabilité, mes excuses meurtries et la promesse solennelle de faire de mon mieux.

– Le docteur Grant est en route, lance Rosie en nous rejoignant. Il a conseillé de ne la découvrir que si elle transpire beaucoup.

– Ça m'a l'air d'aller, déclare Wade en vérifiant du dos de la main.

Confuse, je relève les yeux pour m'adresser à celle qui vient de déployer une couverture sur les jambes de ma fille.

– Rosie, je... Je suis désolée de vous avoir... Je ne sais pas comment...

– Tout va bien, Tara. Vous avez besoin d'aide, vous pouvez compter sur nous. Quoi qu'il se passe, nous ferons au mieux pour vous deux.

Comment parvient-elle à se montrer aussi conciliante et compréhensive sans rien savoir de nous ? Je ne suis pas habituée à cette bienveillance, et me trouve chaque fois surprise qu'autant bonté puisse exister en une seule personne.

**

– Je penche pour une vilaine grippe, déclare le médecin en rangeant son matériel, les convulsions ont été provoquées par la fièvre. Cela arrive très fréquemment chez les enfants. C'est impressionnant, rien de plus. J'ai fait un prélèvement sanguin, mais rassurez-vous, cette petite ne présente aucun signe de gravité quelconque.

– Vous en êtes sûr ? demandé-je avec inquiétude.

– Certain, sourit-il en me tendant une ordonnance. Avec une petite cure d'antibiotiques et du repos, elle devrait se remettre plus vite que vous. Là, elle dort et je doute qu'elle ne se réveille avant demain matin, mais dès que vous le pourrez, incitez-la à boire.

Rosie saisit l'ordonnance avant moi et m'adresse un clin d'œil.

– Je m'occupe de ça, indique-t-elle avec autorité, de toute façon je dois aller à la pharmacie demain matin pour le renouvellement du traitement de Nate.

– Comment va son asthme ? s'enquiert le docteur.

– Beaucoup mieux, il se gère seul et tout se passe très bien. Il n'a quasiment plus de crises. En revanche, je pense avoir perdu l'ordonnance. Wade ? Peux-tu prendre la Jeep et raccompagner Tara et Charlie à leur chalet ? La petite a besoin de dormir.

– Attendez, tenté-je d'objecter, et le souper ? Je ne peux pas vous laisser, et puis je dois payer le docteur, je...

– Tara, ne vous tracassez pas pour tout ça, on s'arrangera plus tard. Quant-au souper, ce ne sera pas la première fois que je prépare des fèves au lard pour vingt personnes, je vais m'en sortir.

– Des fèves au lard ? relève le docteur, quelle chance ! Je vais vous rédiger une nouvelle ordonnance.

– Oui, merci. Mon sac est dans le bureau, venez donc. Voulez-vous rester dîner ? propose la maîtresse de maison sans prêter attention à mes protestations.

– C'est très gentil madame Baker, mais il me reste encore plusieurs visites à faire.

Impuissante face à la détermination de Rosie, je cherche réponse en direction de Wade qui, d'un haussement d'épaules, me confirme qu'il ne sert à rien d'objecter. Déjà hors de la pièce, elle ne se trouve de toute manière plus à portée de voix.

– Est-ce qu'elle est toujours comme ça ?

– Toujours, affirme l'homme en glissant à nouveau ses bras sous le corps de Charlie. Vous verrez, vous vous y ferez.

Le ronflement du moteur couvre tout juste la multitude de questions qui fusent dans mon esprit tourmenté. Aurais-je pu anticiper cette situation ? Ai-je laissé passer un signe qui aurait dû m'alerter ? Très probablement. Peut-être que c'était vrai, peut-être que je ne suis finalement pas capable de subvenir seule aux besoins de ma fille. Et si Rosie n'avait pas été là ? Si je m'étais trouvée ailleurs, seule, sans aucune aide possible, que serait-il advenu de Charlie ?

– Miss Reed ? résonne le timbre rauque de Wade alors que le véhicule est garé devant notre chalet.

Réalisant qu'il a tiré le frein à main depuis déjà plusieurs secondes, j'ouvre ma portière et m'extirpe de l'habitacle avec précipitation. Il me faut devenir autonome, me débrouiller seule et être à la hauteur de ce que toute mère saurait faire pour son enfant. Déterminée, j'accède à Charlie et décroche sa ceinture.

– Merci de nous avoir raccompagnées, Monsieur Wade, articulé-je avec une assurance complètement feinte.

– Laissez-moi faire, grogne-t-il dans mon dos, voyant pertinemment que je ne suis pas fichue de trouver une prise efficace pour sortir ma fille de là.

– Ça va aller, je vous remercie.

Pathétique, je suis pathétique. Le corps de Charlie péniblement hissé contre ma poitrine, je tente d'afficher bonne figure mais surtout, de ne pas tomber sur les marches menant à la terrasse.

— Vous allez vous faire mal, insiste Wade avec une douceur qui ne lui ressemble pas.

— Non, je… Nous avons l'habitude de nous débrouiller.

— Je n'en doute pas. Mais vous êtes épuisée. Donnez-la-moi, au moins le temps de chercher votre clé.

— Non.

— Bien, alors je vais être obligé de fouiller les poches de votre jean pour pouvoir vous ouvrir la porte, on est bien d'accord ?

Une puissante chaleur monte brusquement jusqu'à mes oreilles. Quelle idiote…

— Bien sûr que non, marmonné-je en concédant le fondement de sa remarque.

D'un demi-tour agacé, je le laisse récupérer Charlie de mes bras et tente d'ignorer le frisson que son contact déclenche dans mon dos fébrile.

N'importe quoi…

Puis, avec un empressement que me rend certainement encore plus ridicule, j'attrape la clé dans ma poche arrière et ouvre la porte avant de m'écarter pour le laisser entrer. Bien évidemment, il connaît les lieux par cœur et ne peine pas à trouver la chambre où déposer le petit corps endormi de la prunelle de mes yeux. Complètement dépassée, submergée par ce trop plein d'émotions autant que par la culpabilité de n'être pas fichue de me débrouiller sans une aide extérieure, je fonds en larmes. Malgré mes efforts pour ne rien laisser paraître, Wade le remarque immédiatement et prend un instant pour me considérer avec intensité.

– Vous faites de votre mieux, murmure-t-il, et c'est déjà beaucoup.

J'acquiesce silencieusement en guise de remerciement et le laisse partir sans un mot. Rien ne peut me dédouaner de cette impression d'avoir tout fait de travers, aucune compassion ne peut atténuer la gravité de mes fautes.

Je ne suis pas à la hauteur, voilà la vérité...

CHAPITRE 12 - Tara

Il me serait compliqué d'affirmer que cette nuit a été la plus difficile de ma vie, d'autres se tenant bien devant celle-ci sur une échelle de rudesse quelconque. Néanmoins, elle rejoint sans conteste les pires angoisses que j'aie pu éprouver.

J'ai dû veiller Charlie durant ces longues heures de sommeil, ne m'accordant que de courts intervalles de somnolence bien trop légère pour me permettre de récupérer. La fièvre est enfin tombée, ce qui constitue déjà une amélioration notable de son état même si celui-ci reste préoccupant à mes yeux. Elle s'est réveillée au petit matin, dans une fugace phase de lucidité au cours de laquelle j'ai pu lui donner ses médicaments avant de la voir se rendormir pour une grosse partie de la journée. Malgré l'envie de la laisser se reposer sans la déranger afin de lui permettre de reprendre des forces, j'ai tout de même veillé à la tirer du sommeil régulièrement pour l'inciter à boire. Si elle accepte quelques gorgées toutes les heures, il n'y a pour le moment aucun moyen de lui faire manger quoi que ce soit. La voir aussi faible, et me sentir aussi impuissante face à ce mal qui la terrasse me broie le cœur. Plus rien ne compte que son souffle régulier, plus rien n'est aussi important que ses paupières frémissantes auxquelles je suis pendue depuis des heures, à espérer les voir se soulever pour laisser apparaître ses petits yeux noisette. Ce n'est qu'une grippe, m'a assuré le docteur. Mais s'il savait à quel point pour nous, le risque est bien plus important. Si l'état de Charlie devait la mener à l'hospitalisation, bien au-delà de mon inquiétude pour elle, le danger nous rattraperait.

Je ne sais absolument pas depuis quand je me suis assoupie, lorsque des éclats de voix me tirent brutalement du sommeil. Complètement déphasée, il me faut quelques instants pour remettre en ordre dans mon esprit chaque élément de contexte expliquant pour quelle raison je me trouve avachie dans le petit canapé d'appoint, juste derrière la porte de chambre de Charlie.
Comme l'esclandre à l'extérieur continue de prendre de l'ampleur, je me lève et jette un œil discret par la fenêtre. Face à Ed, je crois reconnaître l'un des derniers locataires arrivés, visiblement très en colère et s'exprimant avec une virulence qui ne semble absolument pas impressionner le père de Rosie. Campé sur ses jambes, les bras fermement croisés sur le torse, le vieil homme rétorque avec tout autant de véhémence que son interlocuteur. Le ton monte encore, au point que je me demande s'il ne faudrait pas que quelqu'un intervienne. Mais on dirait bien que personne d'autre que moi n'entend les deux hommes se disputer puisque je ne vois aucune aide quelconque arriver. Dois-je y aller ? La seule idée de me trouver au milieu d'une telle altercation m'oppresse dangereusement. Rapidement, mon souffle s'accélère à chaque intonation de voix, mes muscles tressautent au moindre geste menaçant. Je voudrais pouvoir aider Ed face à cet homme qui avance

désormais sur lui de manière hostile, mais aucune partie de mon corps ne semble de cet avis. Je me sens incapable de m'interposer, et ne possède pas suffisamment d'assurance pour apaiser ce genre de situation. De toute façon, je ne peux laisser Charlie seule ici encore une fois, encore moins après une nuit de fièvre intense. Même si elle va mieux et qu'elle dort à poings fermés, je ne peux pas bouger d'ici.

Pourtant, alors que cet inconnu finit par bousculer le vieil Ed, quelque chose en moi se déclenche. Je ne peux pas laisser faire ça, je n'ai pas le droit d'assister à une telle scène sans intervenir. Me promettant intérieurement de ne pas quitter les quelques mètres qui devancent notre chalet, je sors avec appréhension et avance vers les deux hommes qui continuent de chercher à s'impressionner l'un l'autre. Mais ils n'effraient apparemment que moi !

– Je n'ai jamais vu un tel bougre malpoli ! s'insurge le locataire.

– C'est vous le malpoli ! Et si vous n'êtes pas content, rentrez donc chez vous !

– Je suis chez moi pour deux semaines, j'ai payé pour ça !

– Je m'en cogne de ce qu'il a payé, l'Amerloque ! C'est chez moi ici !

Écrasée par leur échange, je peine à trouver suffisamment de courage pour les interrompre et tente de m'y aider d'un raclement de gorge. Il faut que tout cela cesse vite afin que je puisse retourner rapidement auprès de ma fille.

– Rhem... Messieurs ? Excusez-moi, mais...

Leurs regards posés à l'unisson sur mon manque d'aplomb me désarment, mais je fais de mon mieux pour ne pas flancher.

– Que vaut une telle dispute ? tenté-je timidement.

– Ce type vient poser ses foutues ordures au coin du chemin ! aboie le vieil Ed en pointant du doigt son interlocuteur.

Je comprends immédiatement à quel point cette erreur peut irriter le patriarche. Quand on sait ce que cela peut provoquer...

– Et qu'est-ce que je suis censé en faire ?

– Est-ce que vous avez seulement pensé aux grizzlys ? Vous mettez tout le monde en danger avec vos conneries !

Leurs voix me ramènent à l'urgence présente, à savoir, désamorcer ce désaccord. D'une main prudente sur l'épaule d'Ed, je l'invite à me laisser prendre le relai. Sans être certaine de trouver les bons mots, j'ose courageusement me placer face au visiteur.

– Monsieur, tous les chalets disposent d'une notice à lire absolument dès le début du séjour. Il y est mentionné que les ordures ne doivent à aucun moment être entreposées à l'extérieur...

– Je les ai mises loin du chalet, me coupe-t-il avec toujours autant de hargne.

– Ben voyons, aboie Ed, espèce d'égoïste !

D'un regard que je voudrais autoritaire, j'intime à ce dernier l'ordre de me laisser parler. Il opère un pas en arrière en bougonnant, et je peux revenir à ma tentative de médiation.

– Monsieur, il est bien précisé que tous les déchets doivent être conservés à l'intérieur des chalets, et qu'un ramassage est prévu tous...

– Ouais, tous les trois jours, m'interrompt-il à nouveau. Vous vous rendez compte ? Trois jours !

Je me vois rarement agacée par quelqu'un, mon tempérament se situant plutôt dans la catégorie de ceux qui subissent sans jamais trop exprimer leur avis. Mais cette fois-ci, je me surprends à trouver ce type relativement exaspérant. De son côté, Ed m'envoie des signaux clairs : il se tient prêt à revenir à la charge si je ne m'en sors pas. Je vais donc devoir trouver une manière de l'inciter à entendre raison, sans pour autant compromettre l'activité de Rosie en lui faisant perdre des clients.

– Il faut que vous compreniez une chose, continué-je après un soupir, c'est que vous ne vous trouvez pas ici dans une résidence de vacances.

– Pardon ? s'insurge l'homme en me dévisageant avec une profondeur qui me met mal à l'aise.

Tiens bon, Tara. Il ne t'arrivera rien.

– Vous avez choisi de louer un chalet dans un ranch, persévéré-je courageusement, les gens qui vivent ici ont énormément de travail et vous permettent simplement de profiter d'un séjour au cœur de la nature. Ils ne peuvent faire plus. Les quelques règles qui vous sont notifiées dès votre arrivée ont pour seul but de préserver la sécurité de tous.

– Mais attendez, les ours ne viennent pas jusqu'ici, si ?

– Si on les attire avec des restes de nourriture, ils viendront, bougonne Ed derrière-moi.

Le visage du vacancier se décompose.

– Mais enfin, nous avions l'intention de randonner, et...
– Vous le pouvez, le rassuré-je.
– Pas si des grizzlys se baladent dans le coin ! Je n'étais pas en possession de cette information, si je...

La voix du vieil Ed gronde à nouveau.

– Vous aviez toutes les informations avant de réserver votre chalet, espèce de menteur ! On est ici dans un parc national, que croyez-vous ? Qu'on tient les animaux en laisse ?
– Ed, calmez-vous... tenté-je en apposant une main sur son bras.
– Je pense que nous ne resterons pas ici, déclare l'homme avant de rebrousser chemin, c'est bien trop dangereux.
– Ouais, eh ben bon vent !
– Ed...

Suivant l'homme des yeux, mon regard se pose sur les écuries au loin et la silhouette de Wade qui, rejoignant son cheval, vient de s'arrêter pour nous observer. Il semble soupçonner que quelque chose d'anormal se passe ici et hésiter à venir s'en mêler. D'un signe d'apaisement de la main, je tente de lui faire comprendre qu'il n'en est rien. Cette altercation vient de prendre fin, et ajouter un cowboy aussi bourru que son père dans l'équation ne donnerait rien de bon. Le ranch vient probablement de perdre un client mais voyons les choses du bon côté, si celui-ci restait dans les parages, entre les ours et la hargne d'Ed, le reste de la semaine pourrait devenir catastrophique.

Recevant mon message à distance, Wade acquiesce sans défroncer les sourcils ni détourner trop rapidement le regard, puis se met en selle.

– Dites à la gérante de venir nous trouver au bungalow, renchérit l'homme en nous tournant le dos.

– Va donc la trouver toi-même, feignasse ! aboie Ed.

Soucieuse qu'une nouvelle dispute n'éclate pas, je cherche au fond de moi la solution pour calmer ces deux hommes particulièrement nerveux lorsqu'une troisième voix retentit.

– Que se passe-t-il ici ?

L'intonation ferme de Rosie stoppe net le retour du touriste sur ses pas tout comme l'avancée d'Ed dans sa direction, certainement voué à en découdre. Le soulagement peut se lire sur mon visage lorsqu'elle m'interroge du regard.

– Ah, vous tombez bien ! vocifère le vacancier, ce vieil agité m'agresse pour avoir fait votre travail, et en plus, j'apprends que des grizzlys rodent dans les parages ! Ma femme et moi allons immédiatement boucler nos valises, j'exige un dédommagement !

Si jusqu'ici, Rosie s'est toujours montrée courtoise et compatissante, je découvre à cet instant une tout autre facette. De son nez qui se retrousse à sa poitrine qui se gonfle, en passant par ce froncement de sourcils significatif ou cette façon de poser ses deux poings serrés sur ses hanches, je visualise parfaitement la force intérieure qui sommeille dans le cœur d'une femme élevée au milieu des cowboys, des mustangs et des bisons. Ses yeux vont de son père à moi, puis sur les deux poches d'ordures effectivement déposées en bordure du petit chemin menant au ranch. À la voir prendre quelques secondes avant de considérer à nouveau celui qui attend une réponse de sa part, je suppose qu'elle analyse rapidement la situation et engrange le maximum d'éléments afin de se faire une idée au plus juste.

— Un dédommagement... conclut-elle d'une voix bien trop basse.

— Parfaitement !

— Eh bien ce qui est certain, c'est que moi, je ne vous demanderai pas de dédommagement pour les dégâts que vont causer les grizzlys qui viendront à coup sûr visiter notre ranch, simplement parce que vous n'avez pas daigné respecter la seule règle imposée ici.

— Pardon ?

— Pas de dédommagement non plus pour cette semaine de location que vous ne terminerez pas, et qui ne pourra être louée à d'autres vacanciers qui, eux, seraient pourtant ravis d'en bénéficier en respectant la nature des lieux.

— Mais vous plaisantez ?

— Et enfin, pas de dédommagement pour le temps que vous me faites perdre à venir vous foutre dehors au lieu de m'occuper de mon ranch ou des autres locataires. Mais, puisque vous estimez avoir fait mon travail en jetant deux pauvres petits sacs où bon vous semble, je vous invite à rester une journée de plus et à m'accompagner dans toutes les tâches qui constituent réellement mon quotidien.

La stupeur de l'homme déforme progressivement les traits de son visage déjà peu sympathique.

— Mais enfin, vous êtes tous complètement tarés, dans cette famille ! s'offusque-t-il.

— Exactement, confirme Rosie en frappant des mains.

— Vous savez que je vais vous rédiger un avis plus que négatif sur les sites de réservation ?

— Vous savez ce que j'en ai à foutre ?

Abasourdie par l'aplomb dont elle fait preuve, j'observe Rosie lui tenir tête avec une bravoure qui suscite mon admiration la plus totale. J'aimerais tant posséder une assurance aussi solide, un sens de la répartie aussi marqué, une vivacité d'esprit aussi tenace. Cela m'aurait servi un sacré nombre de fois...

– Bon allez, du vent, renchérit Ed, tu veux mon 42 pour te donner de l'élan ?

Le regard perplexe de l'homme ne sait plus sur lequel des deux Baker ou Spencer se poser.

– Votre quoi ?

– Son 42, persifle Rosie, ça veut dire qu'il vous propose de vous aider à coups de pied au cul. Mais c'est du langage de vieil agité, voilà pourquoi vous êtes perdu.

Je crois pouvoir désormais lire une once de peur dans l'attitude de l'homme qui opère trois pas en arrière.

– Mais qu'est-ce que c'est que cette famille de dingues ? couine-t-il avant de leur tourner le dos pour rejoindre son chalet.

Le sourire aux lèvres, Rosie lève un index dans sa direction.

– Je suis sympa, je vous laisse une heure pour libérer les lieux ! lui lance-t-elle. Après ça, je vide vos sacs d'ordures sur votre bagnole !

Eh bien, quand Wade m'avait parlé de leur façon bien différente de gérer les problèmes, et que celle de Rosie en était la plus souhaitable, je n'ose imaginer de quelle manière son frère aurait géré celui-ci !

CHAPITRE 13 - Wade

— On dirait bien que le temps se gâte, note la voix d'Andy dans mon dos.

Balancé par les pas réguliers de mon cheval, je lève le nez vers l'horizon. De gros nuages sombres et bas menacent effectivement la quiétude de cette fin de journée. Heureusement que nous avons terminé ce comptage à temps pour rentrer avant les premières averses, car elles promettent une intensité conséquente. Fidèle au poste, Big trottine bravement sur le côté de la file. Je pense pouvoir affirmer qu'après cinq ans de vie commune, ce chien est devenu mon plus fidèle collègue. Constamment à mon écoute, il comprend tout ce que j'attends de lui et sait exactement de quelle manière se comporter face aux bisons.

La mission d'aujourd'hui s'est révélée plus longue que d'habitude, le cheptel désigné ayant vu naître plusieurs petits depuis notre dernier comptage. Bien évidemment, cela provoque chez les bisonnes un peu plus d'agitation, il nous faut donc recommencer plusieurs fois en raison du désordre que notre seule présence créée au sein du troupeau. Les bébés déboussolés perdent régulièrement leur mère dans les mouvements précipités, qui s'affolent à leur tour et peuvent devenir agressives.

Tandis que mes hommes blaguent allègrement sur le chemin du retour, je songe de mon côté à la prochaine journée d'identification qu'il nous faudra organiser. Même si nous devons étiqueter et vacciner les nouveaux nés au plus tôt, cela représente une entreprise conséquente que de ramener un troupeau entier, attraper puis immobiliser chaque petit pour lui épingler une boucle d'oreille, le piquer et lui administrer un vermifuge. Sans compter qu'on en profite pour remettre également à jour chaque adulte, ce qui représente au final un paquet d'heures éprouvantes pour nos animaux et nous contraint à attendre que toutes les femelles aient mis bas.

— Salut oncle Wade ! lance Nate dès qu'il nous voit franchir l'entrée du ranch.

Simon imite son grand frère en me saluant d'un geste de la main, sans lâcher son cartable de l'autre.

— Salut les gars, réponds-je dans un sourire que je ne réserve qu'à mes neveux.

Je ne ressens aucune affinité avec les enfants, pourtant ces deux-là me semblent exceptionnellement intéressants. Nate montre une véritable passion pour le travail auprès des chevaux et fonctionne très bien à l'école. Simon est d'un tempérament légèrement plus réservé, mais il observe tout ce que fait son frère et s'applique à le reproduire avec un maximum d'application. Ce sont de bons gamins. Polis, courageux et malins. Ils sauront s'en sortir dans la vie.

De retour aux écuries, c'est sans surprise que je retrouve mon père assis sur sa chaise, face au box de sa vieille monture.

— C'est quoi ce nouveau cheval ? demande-t-il sans le quitter des yeux lorsqu'il entend les sabots du mien approcher.

Las de revenir constamment au même point, jour après jour et quels que soient mes efforts, je soupire en dessellant mon partenaire qui s'ébroue aussitôt.

— C'est ton cheval, P'pa.

— N'importe quoi, je sais même pas monter à cheval...

— Avant de devenir un vieux râleur, tu savais, répliqué-je sans détourner ma concentration de celui qui vient de me porter durant de longues heures.

Mes deux mains à plat sur son dos, je prends le temps de le masser longuement tandis que mon père bougonne dans sa barbe.

— Si j'te dis que j'suis jamais monté sur un canasson, je sais quand-même c'que j'raconte, hein...

— Comment va ton cheval, grand-père ? chantonne la voix de Nate alors qu'il nous rejoint pour nettoyer les trois boxes à sa charge, comme chaque soir.

J'adore ce gosse, encore plus lorsqu'il tombe à pic de cette manière. L'œil noir du vieux bougre se lève dans sa direction, mais Nate a l'habitude de ses sautes d'humeur et n'y prête plus aucune attention.

— Hey, vous vous êtes donné le mot pour vous foutre de ma gueule, pas vrai ? grommelle le patriarche en se levant de sa chaise.

Le petit m'adresse un sourire entendu.

— Il a encore oublié ?

— Il a encore oublié, confirmé-je sans cesser de masser ma monture.

– Oublié quoi ? J'oublie rien, moi ! aboie Ed, j'ai probablement bien plus de mémoire que vous deux réunis !

– Comment s'appelle ton cheval, grand-père ? le provoque Nate.

– C'est pas mon cheval ! Vous commencez à me gonfler, tous les deux ! Où est mon canif ? Lui au moins, il fait ce que je lui dis et il m'emmerde pas !

L'air moqueur de son petit-fils le met hors de lui et je ne peux m'empêcher de sourire. Ça ne lui fait pas de mal de se voir remettre en place par la marmaille, au moins je ne suis pas le seul à tenter de lui faire entendre raison. Je sais bien que ses troubles de la mémoire, comme ses sautes d'humeur, s'expliquent la plupart du temps par cette foutue maladie. Mais parfois, il est juste chiant et je le soupçonne de chercher à attirer notre attention. Comme tout veuf qui s'ennuie et a perdu ses plus importants repères, probablement.

Pourtant, malgré son caractère de cochon et l'inévitable altération de ses fonctions cognitives, Rosie comme moi avons toujours refusé de le confier à un établissement spécialisé. Elle, dans le but de protéger notre père d'une possible accélération de ces dégénérescences, moi, plutôt dans celui de prémunir les soignants de son caractère de merde. Toujours est-il que, d'un commun accord, nous souhaitions rendre au vieux Ed Baker la dévotion qu'il avait vouée à son ranch et à sa famille, du moins aussi longtemps qu'il nous le permettra. Lorsque je vois à quel point il peut devenir hargneux dans ses phases d'incompréhension, ou comme il est capable de se mettre en danger si on ne le surveille pas comme le lait sur le feu, je comprends aisément que toutes les familles ne puissent assumer l'implication que demande le maintien à domicile d'une personne atteinte d'Alzheimer. Nous avons souhaité essayer, mais aucun de nous ne peut certifier que nous saurons nous occuper aussi bien de lui que des professionnels de santé. Depuis trois ans déjà, Rosie et ses fils se sont convertis en orthophonistes en lui soumettant des exercices qui stimulent ses fonctions cérébrales, tandis que Tommy et moi nous relayons dans le rôle du kinésithérapeute en le poussant à remuer sa carcasse au maximum.

– Dis-moi, l'interpellé-je une fois son couteau et son bout de bois retrouvés, c'était quoi ce grabuge, tout à l'heure ?

La moue qu'il lève en tordant les lèvres m'indique que cet événement a déjà quitté les méandres de sa mémoire.

– Je t'ai vu t'embrouiller avec un des touristes, précisé-je pour l'aider.

– Ah ! Ouais, cet abruti avait décidé de déposer ses ordures dehors ! Et quand je lui ai demandé de les reprendre, figure-toi qu'il m'a regardé avec son air de citadin à la con !

– Quoi, il t'a regardé et c'est tout ?

L'œillade agacée de mon père me toise de bas en haut.

– Il m'a regardé, j'te dis !

– Et ?

– Et quoi ? Un bermuda-claquettes qui pose ses ordures sur MON sentier, et qui me fixe comme si c'était moi le fou, explique-moi un peu comment t'aurais fait pour pas t'énerver, toi ?

Il marque un point, et on le sait tous les deux.

– Bon, et ça s'est terminé comment ?

– Miss Reed est venue m'aider. Enfin, plutôt l'aider lui, parce que j'te jure qu'il était pas loin de goûter mon bourre-pif !

C'est donc bien ce qui me semblait. Pour la seconde fois en peu de temps, Tara a tenté de tirer mon père d'une situation complexe. Bien que sur ce coup-ci, je ne puisse donner tort au vieux.

– Elle lui a rappelé le règlement, la sécurité, tout ça tout ça. Tu sais, elle est chouette cette petite, moi je l'aime bien. On devrait essayer d'aider sa gamine, je suis sûr qu'on peut faire quelque chose pour elles deux.

Comme quoi parfois, sa mémoire fonctionne sans aucun souci.

– Papa... Nous ne sommes pas un centre éducatif.

– On s'en fout, je te parle pas de ça. Tu trouves pas qu'elle a déjà bien progressé depuis qu'elle est là, la gosse ?

Son optimisme me touche, à peu près autant que son attachement à la fillette ou sa mère. Pour ma part, c'est chez lui que je vois une évolution certaine. Ses crises de démence se sont raréfiées depuis leur arrivée, mais surtout, elles ne se terminent plus en hurlements ou comportements violents. Je me suis probablement montré un peu trop dur avec elles lorsqu'elles ont débarqué, mais pour moi, il ne s'agissait que de la première vague d'une salve de vacanciers prétentieux et insupportables, la représentation humaine de mon incapacité à subvenir aux besoins du ranch à cause de cette foutue blessure qui me prive de la saison de rodéos. La fatalité m'a contraint à céder à cette option proposée par Rosie, et à accepter de voir débarquer des inconnus chez nous. Je n'y étais absolument pas prêt et mon idée sur la question n'a pas changé, mais je me dois de faire une exception pour Tara et sa fille. Même si elle se trouve complètement dépassée et n'est pas fichue de surveiller sa gamine correctement, elle n'est ni prétentieuse, ni insupportable. Rosie l'apprécie, et si même mon vieux grincheux de père commence à l'estimer, alors je me sens tenu de lui laisser une chance.

– Elle va comment ?

Le regard perplexe du paternel m'interroge avec profondeur.

– Qui ça ?

– La petite.

– Tu vois que tu t'y intéresses...

– Ok, laisse tomber, grommelé-je avec humeur en refermant le box de mon cheval.

– Elle va mieux, concède mon père dans un sourire suspicieux qui ne me plaît pas beaucoup, mais si tu veux des détails, adresse-toi à sa jolie maman.

Quel vieux naze...

– Occupe-toi plutôt de ne pas laisser traîner ton canif sous le nez de la gamine, ruminé-je avant de tourner les talons pour quitter les écuries.

– Hein ? Et pourquoi donc ?

– Parce que c'est dangereux.

CHAPITRE 14 - Tara

Deux jours plus tard

Le nez dans son bol de céréales, Charlie montre un appétit qui fait plaisir à voir. Comme l'avait prédit le docteur Grant, les antibiotiques se sont révélés d'une efficacité incroyable et en moins de vingt-quatre heures, mon petit ange était de nouveau sur pied. Il lui a fallu une demi-journée supplémentaire pour retrouver l'envie de manger, mais depuis, notre quotidien reprend son cours comme si cette crise de convulsion n'avait jamais eu lieu. Et c'est tant mieux, car même s'il me faudra personnellement beaucoup de temps pour oublier ces images, l'important reste que cet épisode n'ait pas marqué son esprit déjà fragile.

De mon côté en revanche, l'épuisement de ces trois derniers jours commence à peser lourd. À force de veiller Charlie, de m'inquiéter du moindre de ses frémissements, de me questionner sur la manière dont pourraient réagir Rosie ou Wade à propos de mon refus de nous rendre à l'hôpital, je crains que mon propre corps ne soit en train de flancher.

Heureusement, le cadre idyllique dans lequel nous nous trouvons m'aide à puiser les dernières forces qu'il me reste pour m'occuper de ma fille. Installées sur la terrasse de notre chalet, nous profitons d'un petit déjeuner au grand air, caressées par les quelques rayons du soleil qui parviennent à passer sous l'avant-toit et bercées par le chant des oiseaux. Tommy et Rosie m'ont accordé ces quelques jours pour me permettre de rester auprès de Charlie, et je leur ai promis de rattraper ce temps dès que possible. Je ne peux me passer de l'argent que ce travail me rapportera et suis prête à m'impliquer d'arrache-pied pour le gagner.

Charlie a repris des couleurs, mais surtout, son joli petit regard noisette ne se perd plus dans le vague. Sa manie d'observer tout ce qui l'entoure est de retour, ce qui constitue probablement l'une des meilleures preuves de son rétablissement.

– Bonjour Mesdames !

La voix de Rosie nous surprend toutes les deux. À aucun moment, le moteur de sa Jeep n'a annoncé son approche, je suppose qu'elle est donc venue à pied depuis le ranch.

– Bonjour, la salué-je d'une main levée.

– Comment va la petite ?

Un coup d'œil en direction de Charlie qui termine de boire le fond de son bol, et je ne peux réprimer un sourire.

– Beaucoup mieux, assuré-je avec soulagement.

– Vous m'en voyez ravie ! Elle nous a fait peur, la coquine.

– Oui...

– Dites, j'ai promis aux garçons de les emmener passer la journée à la foire de Jasper, est-ce que ça vous dirait nous nous y accompagner, Charlie et vous ?

Aussi gentille soit-elle, sa proposition me prend de court. Comment accepter une telle invitation sans avoir le sentiment d'occuper une place qui ne m'appartient pas au sein de cette famille adorable ? Nous ne sommes personne, et il me manque déjà trois jours de travail sur cette première semaine. Je ne peux pas me permettre d'aller m'amuser. Et puis, vu mon état de fatigue actuel, impossible pour moi de profiter de cette parenthèse, même si la découverte d'une foire locale m'aurait initialement enchantée.

— C'est gentil, mais je ne peux pas prendre une journée supplémentaire...

— Ça, c'est moi qui décide, mon petit.

Bien évidemment... Comment ai-je pu croire que Rosie Spencer arrive avec une idée sans avoir déjà réglé tous les paramètres ?

— Mais qui s'occuperait de la table d'hôtes ? tenté-je avec hésitation.

— Tout est prévu, Tommy va s'occuper du barbecue et le dessert est déjà prêt. Vous n'avez plus qu'à accepter, Tara. Allez, cela vous fera le plus grand bien.

— C'est vraiment adorable de votre part, mais je... Je me sens bien trop fatiguée pour une sortie en ville.

— Je comprends, dans ce cas je peux emmener Charlie, et vous profitez de cette journée pour récupérer. Toute maman a besoin de temps pour elle, encore plus lorsqu'elle se débrouille seule.

Ses mots me touchent en plein cœur, à peu près autant que la crainte de laisser ma fille partir sans pouvoir veiller à sa sécurité me terrifie. Je ne manque pas de confiance en Rosie mais Charlie est une enfant qui nécessite une implication particulière, une présence presque exclusive, une attention continue. C'est déjà extrêmement difficile pour moi qui la connais par cœur, alors confier cette responsabilité à une tierce personne ne me serait à aucun moment venu à l'esprit.

— Tara... intervient Rosie dans ma réflexion silencieuse, je sais exactement quel genre de questions vous vous posez. Mais je suis une maman, moi aussi. Alors soyez certaine que votre petit ange ne craint absolument rien. Et puis nous connaissons la foire de Jasper comme notre poche, Nate et Simon seront ravis de la lui faire découvrir avec moi.

Je sais qu'elle a raison. Que Charlie ne sera pas plus en danger qu'un autre enfant, bien que je me persuade constamment du contraire, mais également que j'ai besoin de ce repos qui m'est offert. L'occasion ne se représentera pas de sitôt et surtout, la possibilité pour ma fille de découvrir la magie d'une fête locale représente peut-être une stimulation supplémentaire pour l'aider à vaincre son mutisme. Mais c'est plus fort que moi, je ne peux m'empêcher d'hésiter. Je n'ai jamais laissé mon enfant aux soins d'autres personnes que son enseignante ou ses grands-parents paternels, et la limite m'est difficile à franchir.

— Je...

— Je sais que ce n'est pas évident pour vous, mais il me semble que vous avez sérieusement besoin de repos. Je vous trouve bien pâle.

— C'est vrai que je ne cracherais pas sur une bonne sieste, avoué-je en reportant mon attention sur Charlie qui vient de quitter la table du petit déjeuner.

Me rejoignant en haut des marches, elle adresse à Rosie un sourire lumineux. Cette marque d'affection sincère, si rare de la part de ma fille envers une tierce personne, finit par me convaincre. Fébrile, je pose un genou à ses pieds pour me mettre à sa hauteur.

– Mon cœur ? Est-ce que tu aimerais aller à la foire avec Rosie et ses garçons ?

Son regard noisette pénètre le mien et j'y décèle toute la confiance qui me manquait. Aucune crainte ne traverse ces yeux fixes, pas même une once d'hésitation.

– Veux-tu venir avec nous, chaton ? renchérit Rosie.

La réponse est immédiate, puisque Charlie descend les marches pour la rejoindre et glisse sa main dans la sienne.

– Je crois que nous avons un oui, se réjouit Rosie en caressant tendrement la chevelure de ma fille.

– Je le crois aussi...

Cet énorme progrès me comble autant qu'il m'effraie parce qu'il signifie que Charlie revient peu à peu dans une forme de communication avec le monde qui l'entoure, mais en contrepartie, cela implique qu'il me faut la laisser s'éloigner de moi et ça, je ne suis pas certaine de m'y sentir prête. Nous avons vécu bien trop d'épreuves, bien trop d'angoisses pour que les choses se déroulent aussi simplement dans mon cœur de maman.

Et même lorsque j'ouvre les yeux après une longue sieste, ce sentiment de culpabilité implacable me tord l'estomac. Ai-je bien fait de la laisser partir ? Rosie saura-t-elle gérer une crise de panique si l'environnement trop bruyant, oppressant, venait à la déclencher ? Ma montre indique déjà onze heures, comment ai-je pu m'endormir aussi longtemps alors que ma fille se trouve loin de moi, au milieu d'inconnus ?

Soudain, l'hypothèse qu'ils soient rentrés de la foire mais que Rosie ait préféré me laisser dormir m'aide à vaincre la fatigue encore présente pour me tirer du lit. Ignorant les vertiges qui s'emparent de mon corps tout entier, je prends seulement le temps de me rafraîchir le visage avant de bondir dans mes chaussures. L'enthousiasme me gagne de plus en plus fort tandis que je gravis le sentier qui mène à la maison des Spencer. J'espère vraiment retrouver mon bébé au plus vite, et ne plus jamais ressentir ce sentiment d'avoir commis l'une des plus grandes fautes de mon existence.

La laisser partir, mais comment ai-je pu...

À mon arrivée sur le perron, le silence éteint immédiatement mes attentes. D'un coup d'œil circulaire autour de moi, je réalise un peu tard que la voiture ne se trouve effectivement pas sur le parking.

– Bonjour Tara !

La voix de Tommy me surprend. D'un demi-tour confus, je le découvre montant les marches pour me rejoindre devant la porte, un cageot de légumes dans les mains.

– Bonjour...

– Que faites-vous ici ? Rosie m'a dit que vous étiez très fatiguée, c'est vrai que je vous trouve une petite mine.

– Je... Oui, j'ai beaucoup dormi, merci... Savez-vous à quelle heure ils doivent revenir ?

– Oh, pas tout de suite, ricane-t-il en ouvrant la porte. J'ai eu Rosie il y a une heure, les enfants s'amusent beaucoup et ils prévoyaient d'aller manger les fameux pancakes de chez Giliane. Pis je crois bien que les garçons voulaient faire découvrir à Charlie la grande roue de nuit, alors vous avez encore le temps.

De nuit ?

Une angoisse poignante m'étreint la gorge. Après l'eau, la nuit représente probablement l'une de mes pires phobies. Elle me fragilise, abat chacune des forces que je parviens à rétablir dès le lever du jour. Dans la pénombre, les fantômes du passé ressurgissent inlassablement, ramenant ce sentiment d'insécurité au cœur de ma raison. Quel que soit le contrôle que je parviens à retrouver le reste du temps, la nuit gagne toujours. Elle me rattrape, me capture, m'étouffe. Je prends donc toujours soin de coucher Charlie avant que l'obscurité ne happe chacun de mes réflexes, et la savoir dehors au-delà du seuil de mes capacités émotionnelles me terrifie.

– Miss Reed ? est-ce que tout va bien ?

La voix inquiète de Tommy me ramène à la réalité. J'ai dû chanceler sur quelques pas, puisque c'est contre le mur de la cuisine que je reprends mes esprits. Le cageot de provisions trône sur la table tandis que le mari de Rosie pose une main sur mon épaule qui me surprend. Un sourcil s'élève avec inquiétude lorsqu'il tente de capter mon regard.

– Tara ? Que se passe-t-il ?

– Je... Rien, ça va...

– Vous êtes vraiment pâle.

– C'est juste... un peu d'inquiétude.

– Ne vous en faites pas, votre petite ne risque absolument rien. Tout le monde connaît Rosie à Jasper, et croyez-moi, personne ne s'aventurerait à lui chercher des noises.

Un sourire timide prend naissance malgré moi sur mon visage tendu. C'est fou comme les membres de cette famille parviennent constamment à atténuer chacune de mes craintes sans même réaliser à quel point cette bienveillance inconsciente peut m'aider.

– Vous devriez retourner vous reposer, prendre une bonne douche chaude, lire un bouquin ou vous installer au bord du lac pour ne rien y faire. Détendez-vous, Tara.

Cette sympathie constante me bouleverse, je n'ai pas l'habitude que l'on se préoccupe de mon bien-être. En revanche, je serais bien incapable de me détendre en pareille circonstance. Il me faut rester occupée pour ne pas penser, ne pas angoisser encore plus qu'actuellement.

– Je vais vous aider à préparer le repas, déclaré-je en nattant mes cheveux.

– Quoi ? Non, je vais m'en débrouiller, vous avez besoin de repos. Un barbecue et une salade de légumes, c'est pas compliqué. Et puis Rosie a été claire, je ne dois rien vous demander. J'ai pas très envie de me faire botter le cul quand elle va rentrer.

Sa bonhomie m'arrache un sourire tandis que j'enfile un tablier.

– Vous ne m'avez rien demandé, Tommy. Et nous ne lui dirons rien. Je vous dois trois jours de travail, c'est déjà beaucoup trop.

– Tara, vous savez... Ici on s'en fiche, de ça.

Étonnée par cette indulgence qui n'a rien à voir avec l'inflexibilité exercée en Floride, je lève un regard décidé dans sa direction.

– Pas moi, affirmé-je.

Une trentaine de minutes plus tard, je termine de râper les dernières carottes pendant que Tommy dépose fièrement son plat de viande marinée au réfrigérateur.

– Ils vont se régaler nos touristes, se félicite-t-il.

De mon côté, si cette occupation culinaire m'a efficacement empêchée de trop penser à l'absence de Charlie, ou du moins a pu me permettre d'atténuer mes inquiétudes, l'épuisement persiste et je commence même à me demander si la fièvre ne prend pas le relais. En témoignent les quelques frissons qui me dévalent l'échine et les courbatures qui s'emparent peu à peu de mes muscles. Alors que je m'affaire à assembler les différentes composantes d'une royale salade de crudités, une sonnerie de téléphone retentit.

– Oui ? répond Tommy tout en sortant du cageot un filet de pommes de terre à éplucher. Hum... Ah, zut. Vous savez d'où ça vient ?

Il regarde sa montre, puis ses yeux croisent les miens avant de se reporter sur ce qu'il reste à préparer.

– Bon, ça ne doit pas être grand-chose, je vais venir voir ça.

L'air désolé qu'il affiche après avoir rangé son téléphone dans l'étui accroché à son jean me prouve qu'il ne s'agit pas spécialement d'une nouvelle qui l'enchante.

– Il y a une fuite dans l'un des chalets, m'annonce-t-il avec ennui, il faut que j'aille réparer ça. Est-ce que je peux vous laisser un petit moment ?

– Bien sûr, acquiescé-je, je m'occupe de la suite. Les pommes de terre sont à couper en cubes ?

— Exactement. Et il faudra seulement leur préparer une huile aux herbes pour la cuisson. Je ne devrais pas en avoir pour bien longtemps.

— Ne vous inquiétez pas Tommy, faites ce qu'il faut, moi je me débrouille ici.

— Super. Je me dépêche.

Il disparaît de la cuisine, et à cet instant précis, je me félicite d'avoir insisté pour l'aider à préparer ce barbecue. Même si je me sens de plus en plus fébrile et que quelques vertiges recommencent à altérer mes mouvements, je suis heureuse de pouvoir aider les Spencer comme ils le font avec moi. Avec application, j'entreprends la préparation des pommes de terre en ignorant au mieux cette respiration qui semble vouloir défaillir régulièrement.

À mesure que ma tâche avance, je note que la force de mes mains m'abandonne à son tour. D'épluchage en découpe, les manipulations deviennent de plus en plus difficiles à réaliser avec précision, et lorsque la porte de la cuisine s'ouvre à nouveau, je manque de m'entailler un doigt. Étonné, le visage de Wade me scrute tandis qu'il se dirige comme à son habitude vers la cafetière.

— Vous ne deviez pas être de repos ? s'étonne-t-il en portant le mug fumant à ses lèvres.

C'est à l'instant où je m'apprête à lui répondre que je réalise à quel point tous mes réflexes ont déserté mon corps.

— Tommy a été appelé… murmuré-je dans un soupir douloureux.

Ma poitrine semble vouloir se rétrécir à chaque expiration tandis qu'une chaleur soudaine se propage jusqu'à mes oreilles.

– Appelé ?

Le timbre rauque du cowboy résonne en écho dans ma tête. Je crains de me sentir mal.

– Pour une fuite...

Ce dernier effort puise dans le peu qu'il restait de ma lucidité. Je ne sens plus ni mes bras, ni mes jambes, tout juste mon cou qui s'affaisse lentement sur le côté. La voix de Wade bourdonne, mêlée à un crissement de chaise. Comme une danse complètement floue derrière le voile flou qui s'abat sur ma vision, le décor semble se renverser à une vitesse fulgurante. En une poignée de seconde, l'obscurité m'engloutit totalement.

C'est à moitié allongée sur le sol que je reprends connaissance, fermement soutenue par le bras de Wade tandis que son autre main me tient le visage.

– Hey, vous allez bien ?

Les bracelets de cuir et de crins qui ornent son poignet happent mon regard perdu, juste avant que celui-ci ne croise ses yeux sombres et inquiets.

– Tara ? souffle sa voix grave alors que j'essaie de remettre en ordre le contexte qui a pu me mener jusqu'à cette position.

Un grincement de porte m'interrompt dans ma réflexion.

– Oh ben merde, qu'est-ce qui lui est arrivé ?

Il me semble reconnaître Tommy, mais tout est encore tellement confus.

– J'en sais rien, grogne Wade sans me quitter du regard, elle est tombée d'un coup.

— Elle a dû attraper la grippe de la petiote. Je savais bien qu'il fallait qu'elle se repose encore. Rosie va me tuer.
— Rappelle le docteur.
— Tu as raison. Installe-la sur le canapé, je vais lui téléphoner.
— Non...

Mon ton fébrile les stoppe net dans leur échange. Hagarde, je tente de me redresser pour les rassurer et reprendre le contrôle sur la suite.

— Tara, vous avez besoin d'être auscultée, insiste Tommy.

Impossible. Je n'ai plus de couverture santé et il est hors de question de m'endetter encore plus auprès de cette famille, si compatissante soit-elle.

— Non, ça ira... bredouillé-je en prenant appui sur le bras de Wade pour me relever.
— Ce n'est pas sérieux, il faut vous soigner.
— Tommy... Je vais bien...
— Je vois ça, oui !

S'il ne prononce pas un mot, le regard de Wade se charge de tout autant d'implication et son air préoccupé me perturbe. Généralement, cet homme ne m'observe qu'au moyen d'une œillade furtive, à peine considérative. J'y lis plutôt de l'agacement, voire du mépris. Mais aujourd'hui, son attitude me semble complètement différente.

— Je vais rentrer m'allonger. Dans une heure, j'irai beaucoup mieux.

L'assurance que je tente de montrer ne bluffe personne. Tommy affiche une mine tracassée, puis me pointe du doigt en signe d'avertissement.

— Bien, mais je vous assure qu'on va vous surveiller comme le lait sur le feu jusqu'au retour de Rosie. Et au moindre signe que votre état empire je préviens le docteur Grant, que vous soyez d'accord ou non.

J'acquiesce avec résignation, bien consciente que je n'ai pas le choix, mais surtout qu'il se montre aussi ferme seulement pour mon bien.

— Je dois aller en ville chercher de quoi réparer cette foutue fuite au chalet numéro quatre, Wade va vous raccompagner.

Si j'en juge à la mine déconfite de celui qui vient de se voir désigner, je suppose qu'il avait autre chose à faire. Sans un mot, et avec une nonchalance qui termine de me mettre mal à l'aise, Wade ouvre la porte de la cuisine et m'incite à passer devant lui.

***

Les paupières lourdes, l'esprit assommé par le sommeil qui vient de me terrasser durant un temps que je ne saurais quantifier, il me faut quelques secondes pour réaliser où je me trouve. Un calme inhabituel règne dans le chalet, et lorsque je tourne légèrement la tête sur le côté, la silhouette robuste de Wade face à la fenêtre de ma chambre me déroute. Le craquement du lit sous mes mouvements lui signalant mon réveil, le cowboy se retourne pour me détailler avec profondeur. Gênée, je n'ose soutenir son regard écrasant. Les souvenirs de ces dernières heures me reviennent désormais, et c'est avec détermination que j'entreprends de me lever. Hors de question que cet homme me considère plus longtemps comme un poids l'empêchant de travailler ou même de vivre comme il l'entend.

– Restez allongée, m'ordonne son timbre rauque à l'instant où je repousse l'édredon.

Vaseuse et particulièrement étourdie par le vertige qui s'empare de mon crâne, je relève les yeux dans l'obscurité des siens.

– Non, je... Charlie...

Je ne m'attendais pas à peiner autant pour articuler quelques mots. Ma respiration se fait courte, une brûlure oppressante remonte dans ma poitrine et j'ai l'impression qu'on me frappe violemment les tempes à intervalles réguliers.

– Elle est toujours à Jasper avec Rosie et les garçons. Votre fièvre n'est pas tombée, vous devez continuer de vous reposer.

Incrédule, je porte une main à mon front sans ressentir la moindre sensation de chaleur.

– Vous vous trompez, je vais bien... murmuré-je avec difficulté.

Puis, désireuse de prouver mes certitudes, je pose mes pieds au sol et me dresse lentement sur mes jambes. Mais à peine ai-je terminé de dérouler mon dos qu'un violent bourdonnement m'envahit de part en part, m'obligeant à retrouver la sécurité du matelas au plus vite. Comme pour achever mon embarrassement, les pas de Wade sur le plancher retentissent jusqu'à moi. Affaiblie par le malaise qui vient de me terrasser, je rouvre les yeux sur un visage aux traits durs, accentués par son teint légèrement hâlé et ce regard ébène intimidant.

— Miss Reed, grogne-t-il en replaçant mes jambes sous la couverture avec une douceur à laquelle je ne m'attendais pas, si vous ne voulez pas que Rosie appelle l'hôpital dès son retour, il va falloir obéir.

Même allongée, je sens les picotements revenir, tout comme cette sensation d'étouffement qui réinvestit ma gorge. Je reconnais tous les signes d'un nouveau malaise et ne peux m'empêcher de saisir avec angoisse le bras de Wade au moment où l'obscurité s'abat brusquement sur mon corps suffoquant...

CHAPITRE 15 - Wade

« *Je vais bien...* »

Ces mots résonnent en moi comme un écho incessant, martelant dans ma mémoire les bribes d'un épisode douloureux de mon passé. Elle aussi, nous assurait que tout irait pour le mieux. Sa voix tremblante me le répétait sans cesse, chaque fois que j'entrais dans sa chambre pour y déposer un bouquet de fleurs cueillies dans l'espoir de la voir sourire. Elle allait bien, mais elle est quand-même partie, laissant mon père dans un désarroi auquel ni Rosie ni moi ne nous attendions. Chacun savait que notre mère était le pilier de la famille, mais nous pensions tous que le solide Ed Baker saurait faire face à n'importe quelle situation, si dramatique soit-elle. Lui, si fort, si courageux, obtus, indestructible... Le colosse a mis un genou à terre lorsque la moitié de son âme s'en est allée, et toute notre vie a changé. Rosie s'est jetée dans le travail pour tenter de prendre le relais sur chaque tâche qu'assurait notre mère, Tommy a quitté son poste à la scierie pour venir m'aider au ranch, quant à moi... J'ai noyé ma peine dans le rodéo, l'élevage de bisons et le dressage de mustangs. Aucune place pour une quelconque vie sociale, je n'en veux pas. Si mes parents m'ont bel et bien prouvé que l'amour pouvait rendre un homme meilleur, la mort de ma mère m'a aussi montré à quel point il pouvait détruire. Pulvériser un vaillant cowboy d'un simple souffle qui s'arrête, seule une femme possède ce pouvoir. Ce jour-là, je me suis juré qu'elle resterait la seule que je perdrai. Parce que c'est bien trop douloureux, qu'importe l'âge auquel la mort arrive. Je refuse de vivre cette douleur comme l'a subie mon père.

Allongée dans ce lit bien trop grand pour sa frêle silhouette, Tara s'agite dans un sommeil tumultueux depuis bientôt une heure. Durant tout le reste de l'après-midi, elle a sombré ainsi dans des phases d'inconscience au cours desquelles j'ai décelé de nombreuses marques de terreur. Je sais que la fièvre peut faire délirer, et dans son cas, on y est certainement. Mais bien que ces moments soient entrecoupés de réveils plus ou moins longs, ces espèces de cauchemars se rejoignaient tous. Elle suppliait, semblait vouloir courir, se débattre, puis suppliait encore.

J'ai appelé Tommy, qui ne peut toujours pas me relayer à cause de cette foutue fuite pour laquelle il peine à trouver une solution durable qui permettrait aux locataires de poursuivre leur séjour dans leur chalet. Puis, voyant l'état de Tara se dégrader d'heure en heure, j'ai tenté de joindre le docteur Grant, mais il lui est impossible de se déplacer jusqu'au ranch aujourd'hui. La seule solution reste l'hôpital, mais pour une raison que j'ignore encore, je ne peux me résoudre à l'y envoyer. La détresse qui noyait son regard lorsque Rosie l'a évoqué pour la petite ne cesse de marteler ma mémoire, et tant que je ne saurai pas pourquoi elle s'y oppose si farouchement, je refuse d'être celui qui les y enverra.

Un nouveau gémissement attire mon attention. Les cheveux éparpillés sur son oreiller, le front crispé, Tara s'agite de gauche à droite en repoussant la couette loin d'elle comme s'il s'agissait de quelqu'un. Touché par la vulnérabilité qui émane de son attitude, j'approche à pas comptés et pose une main sur ses cheveux humides. La fièvre semble légèrement moins forte mais elle reste conséquente. D'un bras tendu, je récupère le gant flottant dans le seul saladier que j'ai pu trouver et qui trône désormais sur la table de chevet, l'essore, puis m'en sers pour rafraîchir lentement son visage. Interrompue par ce contact froid et humide, Tara ouvre les paupières. Immédiatement happé par son regard aussi triste qu'apeuré, je tente de rendre le mien aussi rassurant que j'en suis capable.

— Calmez-vous, murmuré-je sans parvenir à me détourner de ses grands yeux craintifs.

Sa fragilité soudaine me heurte, et lorsque son regard balaye la pièce pour tenter de comprendre où elle se trouve, je ne peux empêcher ma main de couvrir la sienne.

— Tara, tout va bien...
— Charlie ? murmure-t-elle avec difficulté, la voix presque éteinte.
— Rosie et les enfants ne devraient plus tarder à rentrer.

Une profonde détresse envahit son corps tout entier, puis c'est un violent spasme qui prend le relais. Son visage se crispe tandis qu'elle porte une main à sa bouche.

— Wade... Je vais...

J'ai tout juste le temps d'attraper le saladier pour le placer devant elle. Étranglée par les contractions simultanées de sa gorge et de son estomac, Tara en vide le faible contenu dans le récipient. Dès que les crampes cessent et que les muscles de ses joues semblent se détendre légèrement, je me lève pour aller le nettoyer et chercher un gant propre. Un gémissement me parvient depuis la chambre au moment où j'ouvre le robinet de la salle de bain, suivi d'un froissement de couvertures puis de pas précipités jusqu'à moi. Le teint blême, les deux mains en barrière devant ses lèvres, Tara titube jusqu'à la cuvette des toilettes et se laisse tomber devant pour y déverser une nouvelle salve. Désormais impliqué dans sa détresse, je pose le saladier sur le bord de l'évier et la rejoins. Assis sur le bord de la baignoire, je rassemble lentement ses cheveux puis les natte pendant qu'elle continue de vomir bruyamment. Je cherche d'un regard circulaire de quoi en attacher le bout mais ne vois rien d'adapté. J'agite alors ma main libre pour en faire descendre l'un de mes bracelets de cuir, qui conviendra très bien. Quatre tours sont nécessaires afin qu'il ne glisse plus sur ses cheveux fins. Ce n'est pas du grand art, mais ça devrait tenir.

– Je suis désolée… murmure-t-elle, la joue écrasée contre la cuvette.

À en juger par les tremblements qui remplacent désormais les spasmes, je suppose que la crise est passée et laisse place à une nouvelle poussée de fièvre. Rapidement, tous ses muscles se mettent à greloter tandis que son regard se perd dans le vague.

– Allez, soufflé-je en passant mes bras sous son corps affaibli, retour au lit.

Je peux sentir la force de ses frissons contre mon torse lorsque je la porte jusqu'au matelas pour l'y déposer doucement. Elle se recroqueville pendant que je remonte la couette sur ses épaules agitées, et ses dents se mettent à claquer avec vigueur.

– Je... J'ai... froid... parvient-elle difficilement à articuler puisqu'elle ne contrôle plus sa mâchoire.
– Ça va aller.
Mais ça ne va pas. Le froid ne semble pas la quitter, je me demande même s'il n'est pas en train d'empirer quand je perçois ses jambes prises par les mêmes secousses sous l'édredon.
– Ok, on se calme, suggéré-je en retirant mon tee-shirt avant de contourner le lit pour m'allonger dans son dos, puis remonte les draps jusqu'à nos épaules.
D'un bras glissé sous ses côtes grelottantes, je la ramène contre moi et l'enveloppe immédiatement de mon second biceps sans trop savoir où placer ma main.
– Qu'est-ce que...
Sa voix peine à surmonter le claquement de ses dents, son souffle l'empêche d'aligner plus de trois mots. Dégageant de mes doigts la mèche de cheveux échappée de sa natte qui me chatouille le nez, je tente de l'apaiser.
– Vous avez besoin de chaleur. Essayez de vous concentrer sur votre respiration.
Elle acquiesce timidement, probablement aussi mal à l'aise que moi de cette situation sur laquelle nous n'aurions parié ni l'un ni l'autre voilà quelques semaines. Au fil des minutes qui s'égrènent, ses soupirs parviennent à se faire de plus en plus long et je peux sentir ses muscles qui commencent à se détendre.
– Là, c'est bien.
Le souffle de ces quelques mots prononcés contre son oreille provoque un frisson qui me prend de court. Et si j'en juge à celui qui traverse mon bat ventre au même instant, il n'y a pas que mon esprit qui se trouve

chamboulé. Bien décidé à ne pas me laisser désarçonner par ce joli petit corps fragile blotti contre le mien, je m'efforce de penser à autre chose.

Allez Baker, combien de piquets de clôture devras-tu remplacer demain ? Combien de bisonneaux nés depuis le début de la saison, déjà ?

Mon cerveau se laisse tromper, et peu à peu, mes paupières deviennent aussi lourdes que ce bras qui tombe contre sa poitrine parfaitement galbée... Je me sens bien. Étrangement bien...

Ce sont des gémissements plaintifs qui me tirent du sommeil, et la sensation d'une masse brûlante qui gigote contre moi. Ouvrant les paupières, je découvre Tara aux prises avec un nouveau cauchemar, trempée de sueur. Je quitte le lit pour aller récupérer le saladier propre et un nouveau gant, puis reviens à son chevet.

– Tara, tout va bien... murmuré-je en humidifiant doucement son front perlé de gouttelettes.

Ses paupières se soulèvent avec difficulté. Une fois, puis deux, avant de s'ouvrir pour de bon. Immédiatement, son regard perdu s'empare du mien.

– Charlie... soupire-t-elle avec inquiétude.

– Elle est avec Rosie, ne vous inquiétez pas.

– Comment je vais... Je n'ai plus de forces...

– N'essayez pas de vous lever, insisté-je à l'instant où elle tente de se redresser sur le matelas.

– Mais... Charlie... a besoin de moi... Comment vais-je pouvoir m'occuper d'elle... dans cet état ?

Le souffle court, le teint blême et la mâchoire tout juste capable d'articuler, elle est incapable de prononcer une phrase complète.

— Rosie peut la garder ce soir.

Le frisson qui la parcourt se répercute jusqu'à moi. Putain, mais qu'est-ce qui la terrorise à ce point ?

— Non ! Charlie ne peut pas dormir ailleurs... S'il vous plaît, Wade...

Mon prénom prononcé avec autant de supplication termine de m'alerter. Y a forcément un truc qui cloche dans leur histoire, quelque chose qui aura autant marqué la petite que sa mère. De mes deux mains sur ses épaules frémissantes, je l'oblige à rester couchée puis remonte la couverture sur sa poitrine.

— Pitié... gémit-elle, rendez-moi ma fille...

Le bruit de la porte retentit au même instant, suivi des pas de Rosie que je reconnaîtrais entre mille. Dès qu'elle aperçoit Tara aussi fébrile, son visage se raidit.

— Tommy m'a expliqué, as-tu pu joindre le docteur Grant ? me demande-t-elle en retirant sa veste.

— Il ne peut pas venir.

— Et ?

— Et il conseille de l'emmener à l'hôpital.

Le regard furieux de ma sœur plonge dans le mien tandis qu'elle prend place au chevet de la jeune femme, qui vient de sombrer à nouveau.

— Dans ce cas, que fait-elle encore ici ?

Son reproche attise ma colère, déjà bien entamée par cette impuissance qui m'a rongé tout l'après-midi.

— Rosie, tu as bien vu comment elle a réagi l'autre jour...

Ses lèvres se tordent sous l'effet de la réflexion.

— Je sais, oui. Mais elle a besoin de soins.

— Elle a besoin de repos. Et visiblement, de sécurité...

Interloquée, ma sœur tourne vers moi un regard interrogateur. Mais avant que je n'aie l'occasion de lui expliquer le fond de ma pensée, Tara surgit à nouveau du sommeil en pleine panique.

– Charlie ? Charlie ?

– Làààà, tout va bien, ma belle… murmure Rosie pour tenter de la rassurer.

Sa voix douce capte l'attention de la jeune femme, dont le corps transpire l'inquiétude.

– Rosie ? Où est Charlie ?

– Elle est à la maison, bien au chaud. Ne vous tracassez pas pour votre petite, je vais m'occuper d'elle ce soir et…

– Non, non il faut que je…

– Hep hep hep, intervient Rosie juste avant qu'elle ne termine d'extirper ses jambes de sous l'édredon, vous ne bougez pas de ce lit.

Abattue par les forces qui lui manquent, Tara se laisse plaquer doucement sur l'oreiller.

– Je ne peux pas la laisser… sanglote-t-elle d'une voix tout juste audible.

– Vous ne la laissez pas, elle est avec nous. Accordez-vous cette nuit pour reprendre des forces, je vous promets qu'elle sera à votre chevet demain matin avec un bon petit déjeuner. Elle s'est bien amusée aujourd'hui, tout se passe bien.

Même si elle ne se débat pas, je peux sentir l'angoisse qui la dévore tandis que Rosie se tourne vers moi.

– Tu peux rester ici avec elle ?

Il y a quelques semaines, j'aurais probablement déjà quitté le chalet depuis longtemps sans me soucier de laisser qui que ce soit derrière-moi. Mais ce soir, je vois les choses différemment. Cette femme cache un secret. Un secret qui la fragilise et me touche, alors que je ne sais absolument pas de quoi il s'agit. Puisque j'ai déjà chargé les gars de reprendre mes tâches, j'acquiesce sans sourciller, les bras fermement croisés contre mon torse.

– Charlie…

La voix éraillée de la jeune femme continue de ponctuer le silence qui s'établit autour d'elle. Je sais que Rosie partage mon avis sur l'existence d'un mystérieux secret que Tara n'est pas encore prête à nous confier, et quelque part, cela me rassure. Il n'y a pas plus pertinent que ma frangine pour déceler les énigmes et faire parler les gens. J'espère seulement que ce qu'elle nous cache ne risque en rien de compromettre la sérénité du ranch, parce que si c'était le cas… Alors je regretterais d'avoir abaissé mes barrières.

– Bien, conclut Rosie en se relevant, j'ai apporté du bouillon de poule, essaye de lui en faire avaler de temps en temps pour l'aider à reprendre des forces. Tu as besoin de quelque chose ?

– Ça ira, affirmé-je en rejoignant la cuisine.

Quelques minutes plus tard, ma sœur quitte la chambre dont elle ferme doucement la porte avant d'enfiler son manteau.

– Elle craint quelque chose, lâche-t-elle alors que je pose sa casserole sur les plaques chauffantes.

– Tu veux qu'on en parle à Rick ?

L'évocation de notre cousin, caporal de la gendarmerie royale du Canada, lui fait tordre le nez.

– Je ne sais pas trop. C'est sûrement à elle de nous en parler, si elle le souhaite.

– Peut-être qu'elle n'ose pas, souligné-je.

– Ou peut-être que ça ne nous concerne pas. Chacun est libre d'avoir un passé qu'il souhaite oublier, petit frère.

Ce n'est pas faux. Mais dans son cas, j'ai comme un doute. Le mutisme de la gamine et la trouille viscérale de la mère me mettent la puce à l'oreille. Il s'est passé un truc pas cool dans leur vie.

– Je compte sur toi pour cette nuit ? Ne l'effraye pas encore plus qu'elle ne l'est.

Un grognement pour seule réponse à sa provocation, et me voilà seul aux commandes. Les yeux rivés sur ce bouillon qui chauffe, je continue de réfléchir à cette armure qui s'effrite. Tara a su se montrer forte jusque-là, donner le change et ne rien montrer de ce qui pouvait les avoir menées en Alberta. Mais désormais, on ne m'enlèvera pas de la tête qu'elles n'ont pas parcouru des milliers de miles par hasard.

CHAPITRE 16 -Tara

Le crépitement d'une machine à café transperce le silence du petit matin. Les paupières lourdes, la nuque raidie par une nuit bien trop agitée, je m'efforce de me tirer de ce sommeil encore écrasant. Malgré la brume qui voile mon champ de vision, la silhouette de Wade se distingue sans peine à travers l'encadrement de porte de ma chambre. Vêtu d'un simple tee-shirt blanc surmontant son jean de travail, une tasse fumante à la main, le cowboy observe le lac par la fenêtre.

Très vite, le déroulement de cette nuit particulière vient se remettre en ordre dans ma mémoire. Les phases de fièvre intense, les cauchemars incessants, les vomissements à répétition, et sa présence. Sans jugement, sans questions intempestives, sans cette attitude méprisante qu'il me vouait au début de mon séjour à Jasper. Non, cette nuit, j'ai pu découvrir un Wade totalement différent, même si mon état de conscience pourrait tout à fait nuancer cette certitude. Je l'ai senti préoccupé, investi dans la mission confiée par Tommy, soucieux de ce qui pouvait m'arriver. J'ai surtout perçu la chaleur de son corps contre le mien et une douceur inattendue dans ses gestes. Puis les réactions de mon épiderme au contact de son torse ou de ses mains, et pour la première fois depuis longtemps, je me suis sentie en sécurité. Ce matin encore, alors qu'il aurait très bien pu me laisser seule vu le milliard de chose qu'il a certainement à faire, sa compagnie me touche.

Davantage maîtresse de mes mouvements et de mes réflexes, je me redresse contre la tête de lit puis attends quelques secondes afin de m'assurer qu'un énième vertige ne viendra pas compromettre la suite. Confiante, j'envoie lentement mes jambes hors du matelas pour poser les deux pieds au sol. Assise sans soutien, je prends plusieurs respirations, satisfaite de ressentir enfin mes muscles et de constater que mon corps me répond enfin. En revanche, la fraîcheur qui vient caresser mes cuisses pour me révéler une nudité que je n'avais même pas réalisée m'arrache un hoquet de surprise. Les épaules de Wade se détournent de la fenêtre et aussitôt, son regard sombre m'enveloppe d'un embarras monstrueux, qui s'accentue plus encore lorsque l'homme s'avance dans ma direction. Gênée de me retrouver dans une position aussi vulnérable, je m'efforce de déployer le plan tombant de la couverture sur mes genoux.

— Comment vous sentez-vous ? s'enquiert le cowboy en me tendant un verre de jus de fruits qui attendait visiblement sur ma table de chevet.

— Je, euh… Mieux, je crois.

— Bien.

Il pointe du doigt un sac en papier que je n'avais pas vu au pied de mon lit.

— Tommy est allé chercher les médicaments que vous a prescrits le docteur Grant.

Je n'ai même pas le souvenir d'une quelconque consultation.

– Oh, c'est gentil... Merci...

L'odeur âpre du vomi se rappelle à moi lorsque je remue les draps.

– Je... Je vais devoir me brosser les dents et prendre une douche, cette odeur est abominable.

– Bien, appuyez-vous sur mon bras.

Je lève un sourcil interloqué.

– Euh, vous ne comptez pas venir avec moi, n'est-ce pas ?

Ce sourire trop peu affiché revient marquer son visage.

– Non, j'ai déjà pris la mienne. Tommy m'a porté des vêtements propres en même temps que vos médicaments. Rosie sera là d'ici une petite heure avec votre fille, quant à moi, je veux seulement m'assurer que vous arriverez jusqu'à la salle de bain.

– Je vais y arriver, assuré-je avec détermination.

– Vous n'avez rien avalé depuis plus de vingt-quatre heures et avez rendu le peu qu'il vous restait tout au long de la nuit. Je n'ai pas passé ces heures à veiller sur vous pour vous laisser vous écrouler à quelques minutes de la relève.

Si un doute pouvait encore subsister sur la durée possible de sa gentillesse à mon égard, celui-ci vient de voler en éclats. Le cowboy se montre toujours aussi rustre, distant et insondable.

– Merci de votre prévenance, monsieur Baker. Je me sens beaucoup mieux, vous pouvez repartir à vos occupations. Il ne faudrait surtout pas vous...

– Ça va, je suis désolé, tranche son souffle rauque. Je ne voulais pas vous blesser.

J'étire un coin de lèvre avec ironie.

– Vous ne m'avez pas blessée. On ne blesse pas quelqu'un en disant ce qu'on pense, on blesse quelqu'un en...

– Ce n'est pas ce que je pense, Tara.

Comme un lourd silence s'installe pendant que je cherche à comprendre ce qu'il a voulu dire, son timbre grave reprend.

– Vous n'êtes un poids pour personne ici, et s'il fallait passer une seconde nuit à tenir un gant sur votre front, je le ferais sans rechigner. Maintenant, laissez-moi vous escorter jusqu'à la baignoire, simplement parce que je m'inquiète de vous voir traverser ce chalet dans votre état.

La sincérité que dégage sa voix comme l'expression tendue de son visage me touche. Il semble réellement concerné par l'éventualité que je puisse me sentir mal, et je n'ai pas l'habitude qu'on s'inquiète de cette manière. Pas pour moi.

– D'accord, validé-je avec reconnaissance.

Je prends appui sur le bras qu'il me tend et repousse la couverture. Dès que mes pieds touchent le sol, tout se met à tourner autour de moi. Il me faut quelques secondes pour laisser le mal passer.

– Tout va bien ? s'enquiert Wade.

– Oui... Ça y est...

Avec son aide, je me dresse enfin sur mes jambes et nous nous rendons lentement jusqu'à la salle de bain. Une fois de plus, le contact de ses bras solides autour de moi déclenche une réaction que j'ai du mal à identifier. Les émotions qui se bousculent dans ma tête me procurent quelque chose de rassurant, quelque chose de puissamment sécurisant, quelque chose que je n'avais encore jamais connu. Chancelante, je procède à un brossage sommaire de mes dents afin d'en évacuer ce goût âpre qui me brûle la gorge. La fraîcheur du dentifrice se répand dans ma bouche pendant que je la rince d'une main, l'autre en appui incertain sur le bord du lavabo.

– Bain ou douche ? me demande-t-il en ouvrant le robinet pour laisser chauffer l'eau.

– Douche. Je veux juste faire disparaître cette odeur de vomi. C'est atroce, je suis désolée de vous infliger ça.

– Faut-il que je vous rappelle mon métier, miss Reed ?

Avec délicatesse et sans même que je m'en aperçoive, il m'aide à retirer le tee-shirt qui me servait de pyjama. Confuse, je place mes bras en croix contre ma poitrine et tente de lui cacher un maximum de ma peau nue. Il me reste encore ce short en coton pour couvrir le bas de mon corps, mais je réalise à cet instant que s'il lui venait l'idée de me le retirer également, je ne sais si j'aurais la présence d'esprit d'opérer un pas en arrière. Tourné vers la baignoire sur le bord de laquelle il s'est assis, Wade vérifie d'une main la température de l'eau. Les muscles de son dos roulent sous le fin tissu blanc de ce tee-shirt qui en épouse parfaitement les reliefs, et comme un peu plus tôt, un sentiment de sécurité me parcourt à la vue de ce colosse plié en deux dans ma salle de bain pour prendre soin de moi. Cette situation m'est totalement inconnue et je ne sais de quelle manière me comporter, ni comment identifier les émotions qui se bousculent dans ma poitrine. Je l'ai toujours trouvé agréable à regarder malgré son attitude distante et bourrue qui me rebutait, mais réaliser aujourd'hui, à moitié nue à ses côtés, qu'il provoque de telles réactions me laisse pantoise.

– C'est tout bon, annonce-t-il en se tournant à nouveau vers moi. Est-ce que ça ira ?

Il n'a donc pas l'intention de me dévêtir entièrement, ce qui me soulage grandement. Je hoche la tête timidement et le regarde se lever, sa stature imposante écrasant complètement la mienne. Ses yeux sombres me considèrent encore un instant, comme si cette nudité provoquait également en lui une réaction difficile à identifier, à maîtriser.

– Bien, conclut-il après un raclement de gorge gêné, je vais vous trouver des vêtements propres.

Il quitte la pièce et je termine de me déshabiller pour savourer la sensation de l'eau chaude sur ma peau. La fièvre la rend hypersensible, j'ai l'impression d'avoir été rouée de coups lorsque je me savonne lentement, humant avec bonheur les effluves parfumés de mon gel douche. L'horrible odeur de vomi disparaît enfin, et je profite de cette douche pour laver de mon corps tous les affreux cauchemars qui sont venus me torturer sans cesse. Je ne veux plus de ce passé, plus de ces souvenirs, plus rien de cette vie-là. Après de longues minutes sous le jet désormais brûlant, je sens les vapeurs m'emporter lentement dans une délicieuse allégresse, les paupières closes et le sourire aux lèvres. Je n'ai plus froid, plus peur, plus mal.

Un tambourinement contre la porte me tire de cet instant de légèreté.

– Tara ? tout va bien ?

Je coupe l'eau et attrape ma serviette.

– Oui, j'ai presque terminé.

– Bien, je reste derrière la porte au cas où.

Le robinet fermé, les vapeurs restent si denses qu'elles étouffent l'air. Non, elles m'étouffent moi. Une vague de chaleur monte soudainement et envahit ma poitrine. Je peine à respirer.

– Wa... Wade ?
– Oui.
– Je... Je crois que je...

Il m'est impossible de prononcer le moindre mot supplémentaire, le souffle me manque, j'ai l'impression que ce brouillard humide m'engloutit férocement. J'entends la porte s'ouvrir puis sens deux bras m'accueillir à l'instant où mes jambes se dérobent.

– Bordel, jure le cowboy en me soulevant pour m'emmener hors de la pièce.

Dès que nous retrouvons une atmosphère respirable, je parviens à reprendre mes esprits et contracte mes doigts autour de son épaule.

Il me dépose sur mes deux pieds près du lit, ses mains agrippées à mes hanches pour s'assurer que je tiens debout avant de me lâcher.

– Tout va bien ?
– Oui, je... Désolée, je crois que j'ai trop forcé sur l'eau chaude. Ça va mieux, merci.

Je lève mes yeux dans les siens en vue de lui assurer ma pleine conscience de mouvements et d'esprit, mais le trouble que j'y lis me déstabilise. Plus ténébreux que jamais, son regard accroche mes dernières défenses. Je ne sais plus si je veux m'extraire de ses bras ou au contraire, m'y réfugier. Un silence de plomb s'abat sur nos doutes mutuels, le temps s'arrête et la gravité me pousse d'elle-même contre ce torse robuste dont la respiration semble s'emballer tout autant que la mienne. Le parfum musqué de son eau de toilette se mêle aux effluves de mon gel douche tandis que ses phalanges accrochent ma serviette un peu plus fort.

— On ne devrait pas... murmuré-je sans pour autant stopper ma lente ascension vers ses lèvres.

— C'est possible... souffle-t-il en me laissant la possibilité de faire machine arrière.

Mais je n'y arrive pas. Capturée par ses iris ébène, aimantée par son buste incroyablement ferme, enivrée par son odeur, je ne contrôle plus rien.

— Vous ignorez tout de moi... tenté-je dans un dernier espoir qu'il décide pour nous deux.

— Est-ce que ça implique un cadavre ?

Je pouffe de rire sans m'y attendre et c'est à cet instant qu'il choisit de fondre sur mes lèvres, passant un bras autour de ma taille pour me soulever à sa hauteur. Aussi doux que sauvage, aussi caressant que mordant, ce baiser se veut intense, fougueux, passionné. Comme si toute la distance qu'il avait imposé entre nous depuis mon arrivée venait de se transformer en une attirance frénétique, un incendie que ni lui ni moi ne sommes capables d'éteindre. À l'inverse de tout ce que j'aurais pu croire, sa bouche se révèle incroyablement douce et s'accorde à la perfection avec la mienne. Je ne le trouve absolument plus repoussant, bien au contraire. Sa langue s'insinue délicieusement entre mes lèvres et à cet instant, un seul constat s'impose dans mon esprit déphasé : personne ne m'a jamais embrassée de cette manière. Personne n'a jamais éveillé en moi ce désir incandescent dont j'ignorais l'existence et que je n'ai absolument pas vu arriver.

À cette évocation silencieuse de mon passé, la réalité me frappe violemment et les muscles de mon corps se contractent aussitôt. D'une main hésitante contre son épaule, j'érige une nouvelle barrière entre nous pour lui signifier mon besoin de tout stopper.

– Je... Je suis désolée... Je ne peux pas, c'est impossible...

Ma voix tremble tandis que je m'écarte en remontant ma serviette sur ma poitrine d'une main et m'essuie les lèvres de l'autre, regrettant immédiatement de lui montrer un dégoût qui n'existe pas. J'ai aimé ce baiser, bien plus que de raison. Mais je suis incapable de l'assumer ou d'envisager que cet écart se reproduise.

Conciliant, Wade lève les deux mains en signe d'apaisement. Ces mains qui tenaient mes hanches il y a à peine quelques secondes... Ces mains qui déclenchent encore des frissons le long de ma colonne vertébrale...

– Pardonnez-moi Wade, je n'aurais pas dû...
– C'est moi qui vous ai embrassée. Vous n'avez pas d'excuses à me faire.
– J'aurais dû mettre un terme à ce rapprochement avant qu'il n'ait lieu...

J'enfile rapidement les vêtements qu'il avait déposés sur mon lit, vraiment mal à l'aise de ce qui vient de se produire. Après tout ce qu'il a fait pour moi entre hier soir et ce matin, voilà comment je le remercie. En me jetant dans ses bras pour le débouter ensuite. Je ne suis vraiment qu'une pauvre idiote. Un bruit de klaxon interrompt le jeu de regards étrangement profonds qui vient de s'installer entre lui et moi.

— Alors ? retentit la voix enjouée de Rosie, comment va notre convalescente ?

Elle apparaît une seconde plus tard, devancée par une Charlie souriante et adorablement coiffée de deux nattes sur les côtés. Retrouver son doux visage, son odeur et ses mains potelées me réchauffe le cœur. La peur que j'ai pu ressentir en la laissant dormir chez les Spencer revient tambouriner l'intérieur de ma poitrine, mais le câlin qu'elle m'offre atténue largement ce souvenir.

— Bonjour mon amour, soufflé-je contre ses cheveux.

Comme si ma vie en dépendait, je m'imprègne d'elle à nouveau, désireuse de combler le manque de ces dernières heures et de prendre de l'avance sur les prochaines.

— Pancakes tout chauds ? propose Rosie en levant un petit sac.

Si je ne la ressentais pas jusqu'alors, la faim me tiraille le ventre à la vue de cette attention. J'acquiesce et lui retourne son chaleureux sourire.

— Avec plaisir.

— Alors, comment vous sentez-vous ?

— Beaucoup mieux, merci beaucoup pour cette nuit. À vous tous, précisé-je en jetant un regard furtif au cowboy qui replace déjà son chapeau pour partir.

— Oh, c'était un pur plaisir d'emmener Charlie à la foire, je crois bien qu'elle a adoré ! Et puis, pour cette nuit, je ne me voyais pas vous laisser seules toutes les deux quand je suis venue vous rendre visite hier soir. J'ai hésité à vous faire venir chez nous aussi, mais je me suis dit que la petite aurait pu s'inquiéter de vous voir malade à ce point.

— Je comprends oui, et vous avez probablement eu raison. Je suis désolée si je vous ai parue... excessive...

- J'y vais, grommelle la voix rauque de Wade avant que la porte ne se referme derrière-lui.

Cette distance qui se réinstalle à l'instant où il franchit le seuil du chalet me fauche le cœur. J'ai tout gâché et je m'en veux.

– Tara, reprend Rosie, vous étiez en pleine crise à cause de la fièvre. Vous auriez pu me raconter n'importe quoi, jamais je ne vous en aurais tenu rigueur.

Rassurée par sa constante indulgence, je la considère avec reconnaissance.

– Par contre, vos réactions nous laissent penser que vous craignez quelque chose, alors... Je voulais simplement vous dire que si vous souhaitez vous confier, je suis là.

Stupéfaite, je cesse de mâcher le délicieux pancake que je venais d'entamer. Comment pouvais-je croire un seul instant que notre escapade resterait invisible ? Lentement, la main de Rosie vient couvrir la mienne pour alléger le silence qui s'installe.

– Tara, je ne dis pas cela pour vous obliger à parler. Votre histoire vous appartient et je suis certaine que Charlie et vous êtes arrivées ici pour de bonnes raisons. Mais si nous pouvons vous aider en quoi que ce soit, surtout, faites-le nous savoir.

– Vous nous aidez déjà énormément, osé-je enfin prononcer.

Je réalise que ma courte réponse lui confirme en quelque sorte qu'il y a effectivement quelque chose. Quelque chose qui me terrifie. Mais je me sens incapable de lui en parler.

– Quel est le programme pour aujourd'hui ? demandé-je pour tenter une diversion.
– Ouh là, rien pour vous, ma jolie. Vous avez besoin de reprendre des forces. Je préfère vous donner encore un jour de repos et vous retrouver en forme demain.
– Rosie... J'ai déjà beaucoup trop profité de votre gentillesse, je dois travailler...
– Faut-il que je vous rappelle qui est la patronne, ici ? sourit-elle en se levant. Et puis, je veux éviter que vos microbes atteignent ma cuisine alors, pas de discussion.

Sans me laisser la possibilité de la contredire, elle enfile sa veste, dépose un baiser sur les cheveux de Charlie et quitte les lieux en m'adressant un dernier regard chargé de bienveillance. Cette femme est extraordinaire. J'aurais tellement aimé la connaître plus tôt, pouvoir m'imprégner de sa force et de sa positivité...

Quelques heures plus tard, après nous être repues de ce petit déjeuner copieux, Charlie et moi arpentons tranquillement les allées du ranch. Sentir fonctionner à nouveau les muscles de mes jambes, respirer l'air frais et sain, savourer le chant des oiseaux et admirer les couleurs de cette nature généreuse, voilà ce qui me fait le plus de bien à cet instant. Ça, et voir Charlie déambuler comme si elle se sentait chez elle, chantonnant à nouveau de cette petite voix cristalline. Elle ne prononce toujours aucune parole, mais la sentir aussi détendue à fredonner sa jolie mélodie régulière me suffit amplement. Je mesure à quel point les progrès sont déjà énormes et me félicite d'avoir choisi le bon endroit pour elle.

Mon sentiment se confirme lorsque nous apercevons les fils Spencer à cheval dans le grand enclos de travail, et que ma petite curieuse se met à courir pour s'appuyer contre la barrière la plus propice à une observation. Malgré leur jeune âge, les garçons montrent une parfaite maîtrise de leurs animaux. Je suis subjuguée par la finesse avec laquelle ils semblent communiquer avec eux. Sur des indications que je ne perçois absolument pas, les chevaux s'élancent, s'arrêtent, tournent d'un côté ou de l'autre pendant que les enfants manipulent un lasso dont je ne saurais me dépatouiller, même à pied. Telle une chorégraphie brillamment orchestrée, les duos tournent autour d'un veau factice et le capturent tour à tour, avec toutefois légèrement plus d'habileté du côté de Nate. Hypnotisée par la scène, Charlie ne perd pas une miette du spectacle. La voir ainsi intéressée par quelque chose me rassure profondément sur son avenir. Je suppose que comprendre ses centres d'intérêt pourra m'aider à actionner les bons leviers pour lui faire retrouver l'envie de communiquer.

Tandis que Simon replie son lasso et que Nate retente un essai, le souffle d'un autre cheval retentit derrière-nous. En pivotant sur mes talons, je découvre le chien de Wade qui nous rejoint à toute vitesse et jappe de plaisir lorsque Charlie descend de la barrière pour le caresser. À quelques mètres, le cowboy au regard sombre et mystérieux laisse sa monture approcher tranquillement, pendant qu'aux écuries, ses hommes semblent rentrer d'une excursion collective. Comme les sabots de l'animal s'arrêtent près de nous, je relève les yeux dans les siens et me sens immédiatement rattrapée par la honte de ce rapprochement avorté par ma faute, ainsi que de cette nuit passée à lutter contre la fièvre en sa présence. Dieu sait les informations que j'ai pu laisser filer sans même m'en rendre compte, et je m'en veux horriblement. Sans compter que, délirer dans les bras d'un homme qui vous déteste n'est pas franchement le meilleur moyen de se sentir à l'aise, encore moins lorsque vous lui autorisez un baiser pour le lui refuser aussitôt.

— Est-ce que vous vous sentez mieux ? s'enquiert-il de ce timbre rauque dont on ne sait jamais s'il se veut protecteur ou accusateur.

— Oui, beaucoup mieux, merci…

Alors que je ne sais absolument plus quoi dire, Charlie se charge de faire éclater cette bulle de malaise en approchant du cheval avec franchise. Craignant qu'elle ne le touche alors que Wade nous avait purement interdit ce genre de contact, je sursaute et tente de la rattraper par les épaules. Ce n'est certainement pas le moment de faire des vagues.

— Non, chérie, laisse le cheval tranquille…

Docile, Charlie recule contre moi sans insister. Mais le regard de Wade ne me quitte à aucun moment, et j'ai du mal à l'interpréter.

— Vous pouvez la laisser faire, finit-il par prononcer.

Interdite, je tente de percevoir dans ses yeux la moindre indication de sincérité ou d'ironie, en vain. Rien n'émane de ces iris ténébreux, même si j'ai l'impression d'y trouver moins d'hostilité que lors de nos premiers jours au ranch. Rien à voir avec le désir qui y brûlait ce matin, mais son attitude semble tout de même plutôt pacifiste. Prudente, je relâche doucement les épaules de Charlie en les accompagnant pour pouvoir la récupérer en cas de besoin. Bien plus confiante que moi, ma fille avance une main amicale en direction du cheval. Celui-ci approche le nez à sa rencontre, et, sans que je ne m'y attende, Charlie pousse un cri d'émerveillement à l'instant où ses doigts frôlent la peau de l'animal qui marque un léger sursaut. Si je crains fortement que cette réaction n'anéantisse toute possibilité pour elle de pouvoir revivre une telle émotion, Wade calme immédiatement son cheval puis replonge ses yeux dans les miens.

– Laissez-la recommencer.

À nouveau, je libère les mouvements de ma fille et l'observe opérer un pas de plus vers l'animal pour poser une main contre son épaule humide.

– Hiiiiiiiiiii !!!!.... piaille-t-elle avec bonheur en tournant vers moi un sourire qui manque de me faire tomber à genoux.

Nous y sommes. Après des mois de mutisme total, Charlie reprend contact avec le monde qui l'entoure et cherche à entrer en communication avec d'autres êtres vivants. Rien, à cet instant précis, ne saurait me rendre plus heureuse.

Visiblement conscient de ce qui se joue pour nous, Wade étire à son tour ses lèvres dans une expression satisfaite puis passe la jambe par-dessus l'encolure de son cheval pour mettre pied à terre.

– Et si tu m'aidais à le ramener au box ? propose-t-il à Charlie en tapotant le siège de sa selle.

Un frisson s'empare de moi à l'idée de savoir ma fille perchée sur le dos d'un animal imprévisible. Mon air soucieux ne passe pas inaperçu, puisque Wade me scrute avec intensité avant de s'appuyer d'un bras contre la barrière.

— Elle ne risque absolument rien, mais vous pouvez monter aussi si ça vous rassure. Il y a de la place pour vous deux.

— Oh, euh… C'est gentil à vous, mais la hauteur me donne le vertige. Je ne sais pas si c'est une très bonne idée, je…

— Tara, me faites-vous confiance ?

Confiance… Si un terme a déserté mon vocabulaire depuis des années, c'est bien celui-ci. Pourtant, j'avoue qu'au contact de cette famille incroyablement bienveillante, je pourrais réapprendre à l'accorder. Et puis avec tout ce qu'il m'a prouvé cette nuit, je lui dois bien un peu de courage. Comme mes yeux s'abaissent avec confusion, il relâche la barrière pour rajuster les rênes de son cheval.

— Je vais rester auprès d'elle tout du long, m'assure-t-il, et il n'y a pas plus fiable que Jocker.

En dépit de mes incertitudes, il sait probablement de quoi il parle et n'aurait aucun intérêt à faire courir le moindre risque à ma fille. Nerveuse, je passe une main tremblante sur ma nuque.

— Pouvez-vous me jurer qu'elle ne tombera pas ?

— Vous avez ma parole.

Sans trop savoir si c'est raisonnable ou non, j'acquiesce avec retenue et tente de gérer ma respiration qui s'accélère déjà. D'un geste vif et souple, Wade saisit Charlie pour la hisser sur sa selle. À l'instant même où elle se retrouve là-haut, un large sourire illumine son visage émerveillé tandis que ses petites mains s'accrochent au pommeau.

– Prête, mademoiselle ?
– Hiiiiiiii !!!!

Une larme perle au coin de ma paupière, mélange d'inquiétude et de pur bonheur parce que c'est la toute première fois que je la vois répondre à quelqu'un. Même par ce piaillement strident traduisant son excitation, même si elle ne prononce toujours pas le moindre mot, elle interagit enfin. Si l'on m'avait dit à notre arrivée, qu'un tel miracle arriverait avec ce cowboy rustre et distant, jamais je n'y aurais cru.

CHAPITRE 17 - Tara

Voilà trois jours que j'ai repris le travail. Maintenant que mon corps a retrouvé toutes ses facultés, pouvoir enfin me rendre utile me soulage. Bénéficier de l'hospitalité de Rosie et sa famille, même pour quelques jours, commençait à me peser sur la conscience. Je ne veux rien devoir à personne. Jamais. Parce que je sais à quel point c'est dangereux.

Deux chalets viennent d'être libérés, j'ai donc pour mission de les remettre au propre avant leur nouvelle attribution, prévue dans moins d'une heure. Les locations se sont enchaînées immédiatement, au grand étonnement de Wade qui continue à remettre en question l'activité touristique instaurée par sa sœur. Si j'ai bien compris, cette idée lui est venue suite à une blessure qui empêche le cowboy de participer à la saison de rodéo cette année, et prive donc la famille des revenus qui aidaient à faire tourner le ranch. Il leur fallait une solution de substitution, et puisque les vieux chalets construits par leur grand-père pour loger toute la famille en cas de guerre civile ne servaient à personne, Rosie a décidé de les remettre en état pour les proposer à la location.

Après avoir terminé le dernier chalet, je rassemble le linge de maison à laver dans la grande panière qui me sert à les récolter, puis l'emmène jusqu'à la Jeep. Tommy me l'a confiée pour me déplacer dans la propriété avec tout le matériel nécessaire au nettoyage, et j'avoue que cette marque de confiance me va droit au cœur.

Je me sens bien ici, libre et sereine. Charlie prend de plus en plus ses marques. Elle aime observer Wade lorsqu'il travaille avec son mustang, ou suivre Nate et Simon dans leurs jeux ou tâches quotidiennes. Rosie lui a même confié une mission rien qu'à elle devant son enthousiasme : le poulailler. Chaque jour, ma petite fermière se rend comme une grande à l'enclos des volailles munie de son panier. Elle récolte les œufs, distribue l'eau, le grain et de la paille fraîche. Je la laisse désormais déambuler presque sans crainte au sein du ranch puisque que tout le monde la connaît et qu'elle a bien intégré les quelques règles de sécurité que nous lui avons données. Bien évidemment, je ressens ce besoin obsessionnel de savoir constamment où elle se trouve, mais globalement, j'évolue moi-aussi sur mes propres troubles.

Wade et moi n'avons pas reparlé de ce qui s'est produit l'autre matin. Je suppose qu'il préfère, lui aussi, se comporter comme si cet instant n'avait jamais existé. C'était une erreur, je suis soulagée qu'elle n'entraîne aucune conséquence sur notre présence ici.

Alors que je gare la Jeep devant chez les Spencer et me dépêche d'en descendre la large panière remplie de linge à laver, les voix de Rosie et Tommy me parviennent. Je lève un regard dans leur direction en refermant du pied la porte du coffre et comprends rapidement que les nouveaux vacanciers sont déjà arrivés. Toujours aussi joviale et accueillante, la maîtresse des lieux semble partie dans de grandes explications sur le séjour qui les attends, à n'en pas douter merveilleux. J'avance en direction du perron sans quitter le groupe du regard, curieuse de voir si les réactions des citadins sont aussi estomaquées que la mienne à notre arrivée.

Un jeune couple s'émerveille déjà de cette proximité avec la nature, tandis qu'une troisième personne se tient de dos, occupée à fixer longuement la direction que vient de leur indiquer Rosie pour mentionner les chalets dans lesquels ils résideront. Je suppose qu'il s'agit du dernier locataire, un homme dont la posture tendue laisse penser qu'il est venu chercher ici la quiétude que l'on ne trouve nulle part ailleurs. Un sourire sur les lèvres, parce que je ne peux que confirmer à quel point cet endroit peut changer quelqu'un, je gravis les trois marches puis jette un dernier coup d'œil au petit groupe avant d'appuyer la panière sur ma cuisse pour ouvrir la porte d'entrée. Au même moment, l'homme se retourne et je manque de lâcher ma prise.

Comment...

Son regard glacial tombe immédiatement sur mes épaules tremblantes, déclenchant un violent frisson le long de ma colonne vertébrale. Mon corps entier répond à cette peur qu'il lui insuffle sans avoir besoin d'approcher. Rien n'a changé sur ce visage aux traits anguleux. Ni ces yeux ronds chargés de haine, ni ce teint blafard qu'il affiche lorsque que quelque chose le contrarie, ni ces larges sourcils qui se froncent dès qu'il me reconnaît. Happée par l'angoisse qui s'empare de chaque partie de mon cerveau, je peine à contrôler mes gestes et dois m'y reprendre à trois fois avant de parvenir à ouvrir cette fichue porte pour m'engouffrer à l'intérieur.

Dès que celle-ci se referme derrière-moi, je laisse la panière tomber à mes pieds et porte mes deux mains devant ma bouche pour étouffer le cri de panique qui menace. J'étais certaine qu'il me retrouverait, mais je réalise coupablement à cet instant que la vie au ranch m'a dangereusement fait oublier ce détail. Comme une idiote, j'ai cru disposer de suffisamment de temps. Quel indice ai-je pu négliger pour qu'il remonte notre trace aussi vite ?

Soudain, cette question n'a plus aucune importance. Tout ce qui compte pour moi est de récupérer Charlie pour la mettre à l'abri. Fébrile, je ramasse les draps échappés de ma panière renversée puis cours jusqu'à la buanderie. Je ne peux laisser mes employeurs se douter de quoi que ce soit, et dois absolument limiter les éléments qui pourraient leur mettre la puce à l'oreille. Personne ici ne connaît notre histoire, il vaut mieux pour moi que cela dure. La machine lancée sur son programme habituel, je décide de sortir par la porte du cellier qui mène directement au jardin arrière des Spencer. Je maudis la peur que cet endroit m'avait presque fait oublier et qui revient tétaniser tous mes muscles. Comme mon souffle s'emballe, je prends quelques secondes pour inspirer longuement et tenter de retrouver une contenance à peu près normale. L'exercice sera périlleux, mais la situation ne me laisse pas le choix. Je dois tout tenter pour gagner le plus de temps possible.

C'est le soulagement qui m'accueille lorsque je passe les portes des écuries et découvre Charlie auprès de Wade. Assis sur un ballot de paille, le cowboy graisse patiemment ses cuirs tandis que ma fille brosse les jambes de Jocker avec une tendresse touchante. La voir totalement inconsciente de ce qui se joue à cet instant me rassure, et même si je ne m'y attendais pas, la présence de Wade aussi. Je sais que même s'il ne l'avouera pas, il développe jour après jour un attachement particulier pour Charlie. Il ne laissera pas un inconnu s'en prendre à elle, et je sais désormais à quel point son corps est taillé pour cette tâche.

Comme mes jambes stoppent net alors que j'arrivais à toute allure, l'homme plisse les paupières lorsqu'il m'aperçoit.

– Tout va bien ?

Je n'ose répondre, trop consciente que ma voix trahirait le tumulte d'émotions qui martèle ma cage thoracique. Mes gestes saccadés donnent déjà de grosses indications sur cette peur qui ne me quitte pas, et je me concentre pour tenter de les contenir. Après une expiration prononcée pour évacuer le maximum de charge négative lorsque je m'adresse à ma fille, je pose une main délicate sur ses cheveux.

– Charlie, mon cœur ? On va rentrer…

Ma voix reste perchée dans les aigus, ce qui n'échappe pas au cowboy qui se relève pour me faire face.

– Un problème ?

Je hoche la tête à l'horizontal sans le regarder, trop incertaine sur ma capacité à garder pour moi tout ce qui m'effraie à cet instant. Charlie pose sa brosse sans rechigner avant de revenir vers moi. Dans un élan de protection, je la saisis immédiatement pour la serrer contre moi.

– Tara, que se passe-t-il ? insiste Wade.

Je ne peux pas.

Lui dire, et laisser ce passé nous rattraper puis pulvériser tous les efforts que nous avons faits pour l'effacer.

– Rien, je… Nous devons… Elle est fatiguée.

– Elle n'est pas fatiguée. De quoi avez-vous peur ?

– Je n'ai pas peur.

– Vous êtes terrorisée.

Je relève les yeux dans les siens avec un courage qui ne me ressemble pas.

– Vous vous trompez, assuré-je en remontant mon bras contre le dos de Charlie jusqu'à l'arrière de son crâne dans un geste protecteur.

– Lire le comportement animal est mon métier, miss Reed. Et vous ressemblez à une proie effarouchée qui vient de croiser un prédateur.

Son analyse me laisse perplexe. Se pourrait-il qu'il sache quelque chose ?

– Je… Bonne journée, monsieur Baker.

Je fais demi-tour sans donner plus de crédit à sa supposition particulièrement juste, et me concentre sur une seule vérité : plus les minutes s'égrènent, plus je laisse de chance à Jack pour me coincer à l'abri des regards. C'est donc d'un pas énergique que je quitte les écuries et emprunte le sentier qui débouche sur notre clairière, priant de toutes mes forces pour que Rosie n'y ait pas déjà emmené ses nouveaux touristes. Chaque minute est précieuse, et même si je conserve toujours un sac d'urgence en cas de départ précipité, il me faut parvenir à le récupérer sans risquer de tout compromettre. Cette fois-ci, je ne m'attarde ni sur le chant des oiseaux, ni sur les couleurs magnifiques que mes larmes ternissent.

Il a tout gâché.

Les progrès de Charlie, ceux qu'elle aurait encore pu accomplir si nous avions eu plus de temps, ma propre renaissance en tant que femme libre et indépendante. Nous voici de retour sur le fil incertain d'une cavale qui ne prendra probablement jamais fin...

Prudente, je m'arrête à la sortie du chemin pour vérifier les alentours. Scrutant rapidement les chalets un à un, je note que le groupe n'est pas encore arrivé jusqu'ici et m'élance pour rejoindre notre refuge au plus vite. Lorsque nous franchissons enfin la porte, je pose Charlie sur le sofa en lui ordonnant de ne pas bouger, puis déploie tous les stratagèmes installés au cas où ce cauchemar se produise. À toute vitesse, je dépose mon petit sac de billes à un mètre de la porte d'entrée afin que celle-ci ne le décale pas si quelqu'un l'ouvrait, et prends soin d'en délacer la ficelle pour qu'elles se répandent facilement sur le sol le moment voulu. Puis c'est au tour des scotchs anti-mouches, dont je décroche les extrémités maintenues au plafond par une punaise. Quatre au total, qui ne sauront arrêter un imposteur mais dont la glue tenace l'occupera quelques minutes au moins. Je n'oublie pas de dénouer également les ficelles de sécurité qui maintenaient la lourde poêle au-dessus de la porte de la chambre de Charlie ou la casserole au-dessus de la mienne. Après avoir récupéré notre sac d'évacuation, deux vestes et sa peluche, j'attrape une chaise pour disposer les ustensiles en appui sur les portes entrouvertes. Enfin, le sac sur le dos et Charlie hissée contre ma poitrine, je prends la direction de la salle de bain, où attendent un second sac de billes ainsi que la bassine pleine de punaises que je tenais cachés sous la trappe de la baignoire. Je la vide devant la porte que je ne ferme pas totalement, en étale le contenu à un pas derrière les billes, allume le vieil autoradio pour feindre une occupation des lieux, puis ouvre la fenêtre.

– Allez mon cœur, on recommence...

CHAPITRE 18 - Wade

Ma fourche à la main, je cherche toujours à comprendre l'attitude fuyante de Tara. Son regard incertain, ses gestes saccadés, sa voix chevrotante... Elle semblait effrayée, mais j'ai eu beau balayer le ranch des yeux après son départ, rien ne m'a paru suspect. Chacun est à sa place, personne ne semble différent des autres jours. Je commence à me demander si son comportement est dû à ce baiser fugace de l'autre jour. Les choses ne semblaient pourtant pas avoir modifié nos rapports depuis, puisque que nous étions d'accord sur le fait que cet instant d'égarement était purement et simplement à oublier. Peut-être a-t-elle pris peur de quelque chose me concernant, mais quoi ? Je n'en ai parlé à personne, et rien dans mon comportement ne saurait laisser présager qu'il ait pu se passer quoi que ce soit entre nous deux.

Concentré sur le dernier crottin de ce box qui me donne du fil à retordre puisqu'une partie tombe constamment avant la brouette, je grommelle un ou deux jurons auxquels Big me répond par un gémissement.

– Quoi ? Tu crois que j'ai fait une connerie avec elle ?

L'air dépité de mon chien me confirme que je ne suis rien d'autre qu'un abruti. Sérieusement, bouffer les lèvres d'une mère de famille pleine d'angoisses et de secrets, malade comme pas deux et complètement perdue à des milliers de miles de chez elle, fallait être un gros débile pour penser que ça n'entraînerait aucune conséquence. La sonnerie de mon téléphone m'interrompt dans mon autoflagellation, et lorsque je vois sur l'écran qu'il s'agit de Rosie, je m'appuie avec nonchalance sur le manche de ma fourche. Pourvu que le vieux n'ait pas fait de connerie, il ne manquerait plus que ça aujourd'hui.

– Ouais ?

– Tu as vu Tara ?

La voix de ma sœur dénote de sa sonorité habituelle. Je sens comme une pointe d'inquiétude et ça ne me plaît pas.

– Elle est venue chercher la petite il y a un quart d'heure environ, pourquoi ?

– C'est bizarre. Elle devait me rejoindre pour la préparation du repas de midi, mais je ne la vois pas arriver et elle ne répond pas à son talkie. Je ne peux pas laisser ma béchamel, tu veux bien aller voir à son chalet ?

Un mauvais pressentiment me tord les tripes.

– J'y vais.

– Merci, petit frère.

Je raccroche sans attendre et siffle Big. Il ne me faut que quelques minutes pour me rendre devant chez elle, où je trouve porte close. Seul le silence répond aux deux salves de coups de phalanges que je donne à la porte pour signifier ma présence.

– Tara ? Vous êtes là ?

Aucun bruit ne me parvient, et un coup d'œil par la fenêtre atteste qu'il n'y a personne à l'intérieur. Mais où sont-elles passées ? Son expression apeurée tourne en boucle dans ma tête. Je ne comprends rien à cette situation, qui m'échappe totalement. Levant mon chapeau d'une main, je passe l'autre dans mes cheveux en cherchant des réponses à cette énigme incompréhensible. Soudain, les gémissements de Big reprennent et attirent mon attention. Le regard fixé sur l'autre côté de la clairière, mon chien se couche comme lorsqu'il est déçu ou inquiet.

– Qu'est-ce qu'il y a, mon grand ?

Ses yeux intelligents croisent les miens, puis il se lève et se focalise à nouveau en direction de...

– Le sentier ? Tu crois qu'elles ont pris le sentier ?

Big se lève aussitôt et jappe nerveusement. Ce chemin contourne le ranch pour mener à l'arrêt de car sans passer par la grande route. Si cette piste est la bonne, elle me confirmera que Tara fuit quelque chose ou quelqu'un.

– Allez viens, on y va.

Exalté par cet ordre qu'il semblait attendre, mon chien s'élance à toute vitesse, m'obligeant à courir pour tenter de le suivre. Je longe le lac sans prêter attention aux touristes qui nous observent depuis leur terrasse, et enjambe les quelques roches à moitié enterrées au départ du sentier. Surexcité, Big ne cesse de partir devant puis de revenir en aboyant nerveusement. Je suis presque certain qu'elles sont passées par là. Et l'hypothèse se confirme lorsqu'au détour d'un virage entre les buissons fournis, un éclat métallique au sol attire mon attention.

– Bravo mon chien, grommelé-je en ramassant la barrette de Charlie.

Elles se sont bien engagées par ici, mais visiblement dans la précipitation. Qu'est-ce qui l'effraie à ce point ? Est-ce qu'un simple baiser sans suite ni conséquence peut pousser une femme à fuir sans prévenir personne, par un chemin dérobé et avec un critère d'urgence aussi élevé ? Il se passe définitivement quelque chose qui m'échappe. Bien décidé à les intercepter pour obtenir des explications, j'accélère le pas jusqu'à déboucher sur la grande route. À moins de cent mètres de là, je les aperçois enfin. Un sac sur le dos et sa fille serrée contre elle, Tara regarde dans la direction opposée. Elle attend donc bien un car pour Jasper, et si j'en juge au ronflement de moteur qui approche, celui-ci arrive.

– Allez mon gars, on les rattrape ! lancé-je à Big pour me convaincre moi-même.

Mais alors que le large bus apparait en haut de la côte, une file d'autres véhicules décident de le doubler à vive allure et je dois retenir mon partenaire par le collier pour éviter qu'il ne se fasse renverser. Impossible de traverser dans ces conditions. Impuissant, je ne peux que les regarder monter dans ce car qui redémarre dès que le dernier pick-up termine de le dépasser.

– Fait chier...

Rebroussant chemin avec humeur, je réfléchis à la suite. Prévenir Rosie impliquerait de lui parler de ce rapprochement dont, visiblement, Tara souhaite effacer l'existence. Mais ne rien lui dire signifie que je vais laisser ma sœur attendre quelqu'un qui ne reviendra jamais, sans même qu'elle ne comprenne pourquoi. La seule solution que je puisse voir dans toute cette merde, c'est de rattraper la fugitive pour qu'elle m'explique clairement ce qui lui prend. Après tout, je pense qu'elle nous doit bien ça.

De retour au ranch, je m'engouffre directement dans mon pick-up et démarre en trombe. Hors de question qu'elle ne m'échappe. Peu importe qu'elle n'ait rien ressenti durant ce foutu baiser qui moi, me déchire les entrailles chaque fois qu'il me revient en mémoire. Tout ce que j'exige et ce sur quoi je resterai inflexible, c'est un minimum de respect pour mes proches qui se sont attachés à elles.

Le paysage défile à toute vitesse tandis que ma colère grandit. Plus je repense à cette nuit-là, ou à tous les instants partagés avec la petite, plus l'injustice de son départ attise ma rancœur. Elle ne peut pas entrer dans nos vies, y prendre autant de place en si peu de temps pour se volatiliser sans même nous donner la moindre explication. Après un peu plus de dix minutes durant lesquelles mes pneus crissent dans chaque virage, la carcasse du car apparaît enfin devant moi. Parfait. J'attends une ligne droite propice au dépassement et continue ma route devant lui sans ralentir. Quelques minutes plus tard, je gare ma voiture sur la première place que je trouve puis rejoins l'arrêt à pied.

Cette fois-ci, je suis prêt.

CHAPITRE 19 - Tara

Les rues de Jasper me renvoient une nostalgie à laquelle je ne m'attendais pas. Nous n'arpenterons plus les artères de cette charmante ville de montagne, qui nous a accueillies et a vu grandir notre liberté. Mon sac sur l'épaule, nos vestes sur le bras, je pousse Charlie devant moi dans l'allée du car et remercie le chauffeur lorsqu'il nous ouvre les portes.

Mes traits se figent lorsque je reconnais cette silhouette imposante sur le trottoir. Les bras croisés sur sa chemise en jean, le chapeau tombant sur son regard sombre et furieux, Wade me considère avec fermeté. Je ne sais ni comment il a su que nous nous trouvions dans ce bus, ni pour quelle raison il a décidé de nous rattraper, mais à cet instant, sa présence ne fait que renforcer ce sentiment éprouvant d'être perpétuellement traquée. Bien décidée à prendre le prochain car pour Calgary, je guide ma fille jusqu'en bas des marches et contourne le cowboy pour rejoindre l'arrêt correspondant à notre destination. Mais la présence de Wade perturbe Charlie, qui préfère le rejoindre pour se coller à sa jambe. Contrairement au comportement qu'il aurait pu adopter il y a un mois, l'homme se penche pour la saisir par les épaules puis la hisse contre lui. Même si leur proximité désormais établie me touche et que séparer ma fille des seules personnes en qui elle a confiance me déchire le cœur, je m'avance pour la récupérer.

— Viens mon cœur, on doit se dépêcher.

— Et si on allait plutôt manger une glace chez Holly ? propose Wade en feignant un air enjoué sensé masquer sa colère.

Je reconnaîtrais ce genre d'ironie jusqu'à la fin de mes jours, alors ça ne prend pas avec moi. Mais Charlie, elle, trouve cette idée particulièrement excitante et applaudit en piaillant de bonheur. Sans attendre de réponse, le cowboy me contourne à son tour pour se diriger vers le petit café à l'angle de la place centrale.

— Wade, nous ne pouvons pas, tenté-je de l'intercepter sans grand succès.

Ignorant mon intervention, il traverse l'avenue avec ma fille sur le bras et je n'ai d'autre choix que de les suivre. Même si je sais que ses intentions ne sont pas mauvaises, cette manière de subtiliser mon enfant fait monter cette angoisse que je tentais justement de combattre.

— Wade, rendez-la moi...

Le sanglot qui étrangle ma voix ne lui échappe pas. D'un demi-tour vif et inattendu, il me fait face et ne bronche pas quand j'atterris sur la pointe de ses pieds, emportée par mon élan.

— S'il vous plaît... imploré-je en tendant les bras vers la prunelle de mes yeux.

Fronçant les sourcils devant mon attitude suppliante, il laisse Charlie rejoindre ma poitrine et plonge dans mon regard avec sévérité.

— C'est quoi ce bordel, Tara ? À quoi vous jouez ?

Je peux comprendre sa colère. Après tout ce que sa famille a fait pour nous, les quitter sans aucune explication ni remerciement peut paraître injuste. Et ça l'est.

— Je... Je ne peux pas vous expliquer, mais il faut absolument que nous prenions ce car pour Calgary...

— Pourquoi ?

Mes yeux se lèvent à nouveau dans les siens, et immédiatement, la culpabilité m'oppresse. Sa déception m'ébranle, je ne sais plus comment esquiver cette émotion qui me submerge.

— Ne me le demandez pas... imploré-je en baissant la tête avec mélancolie.

— Bien sûr que si ! Est-ce que c'est à cause de nous ?

Cette évocation d'une unité commune me surprend et m'oblige à relever le menton pour le dévisager avec stupeur.

— Nous ?

— Oui, nous. Ce rapprochement, l'autre jour. Est-ce que c'est pour ça que vous fuyez alors même que Rosie vous attend pour assurer votre travail ?

— Non, je...

— Est-ce que c'est ce qu'elle mérite, selon vous ?

— Wade, ce n'est pas...

— J'ai bien compris que ça ne signifiait rien pour vous, mais il ne me semble pas avoir eu le moindre comportement intrusif après ça.

Cette façon de se remettre en question me touche profondément. Il pense que c'est sa faute, et je ne peux le lui laisser croire.

— Vous vous trompez... tenté-je de le couper.

— Alors si je me trompe, dites-moi ce que vous fichez ici, à attendre un car pour Calgary !
— Je ne peux pas retourner au ranch...
— Pourquoi ?

Son timbre grave s'élève avec la colère et m'écrase peu à peu. Je baisse les yeux, intimidée, perturbée, soumise.

— Je ne peux pas vous le dire...
— Oh que si, vous le pouvez. Et vous allez le faire. Dans ce café, et maintenant.

Son bras tendu m'indique l'entrée de la boutique tandis que sa prestance presque bestiale ne me laisse d'autre choix que de m'incliner. J'avance timidement à l'intérieur, Charlie serrée contre mon cœur et le cerveau bouillonnant en quête d'une explication qui saurait coller à la situation. Mais la crainte de rater le seul car qui puisse nous extirper de ce cauchemar m'empêche de réfléchir correctement, si bien que lorsque nous prenons place sur les sièges indiqués par la serveuse qui nous accueille, je ne sais toujours pas de quelle manière je vais me tirer de ce bourbier.

Wade passe une commande à laquelle je ne prête même pas attention, puis s'assoit face à moi. Nerveuse, j'entrecroise les doigts de mes deux mains et les frotte les uns contre les autres. Son regard noir me domine complètement, je n'ose le soutenir.

— Je vous écoute, entame-t-il sur un ton légèrement plus calme.
— Je ne sais pas quoi vous dire...
— C'est simple. Je veux savoir pourquoi vous êtes parties comme ça.
— Parce que nous ne pouvons pas faire autrement.

Même si l'exercice est difficile, je tente de rester au plus près de la vérité sans trop lui en dire. Parce que l'impliquer dans notre histoire serait problématique pour lui comme pour nous.

– Ça ne répond pas à ma question. Pourquoi, Tara ?

Mon prénom entre ses lèvres ne fait qu'accentuer la puissance de cette boule qui me brûle la poitrine. Son attitude protectrice me revient en mémoire, tout comme la douceur de ses gestes et le goût apaisant de son baiser.

– Wade... Je ne peux pas vous parler de ça...
– Pour quelle raison ?
– Pour votre bien, celui de votre famille, et parce que je pourrais perdre Charlie.

Surpris, il laisse son regard dériver vers ma fille avant de revenir happer le mien.

– C'est quoi ces conneries ?

Je baisse à nouveau la tête pour tenter de gagner du temps mais surtout réussir à réfléchir sans me laisser influencer par ses iris ébène. La moindre phrase peut tout anéantir et je dois faire extrêmement attention à ce que je dis. Mais en même temps, ce poids est tellement lourd, l'enjeu est si stressant, que j'ai du mal à ne pas flancher.

– Nous avons un passé. Et celui-ci vient de nous rattraper. Je ne peux pas vous en dire plus que ça. Je suis désolée de devoir partir de cette façon, mais je n'ai pas le choix. Je suis tellement reconnaissante envers votre famille que cette situation me dévaste à un point que vous ne pouvez imaginer, mais c'est comme ça. Maintenant, s'il vous plaît, laissez-nous prendre ce car.

Il semble réfléchir quelques secondes, passant de Charlie à moi en tordant les lèvres et plissant les yeux de temps à autre.

— Hors de question, finit-il par lâcher avant de s'adosser à sa chaise.

Interdite, je l'observe à mon tour. Est-ce qu'il plaisante ? Quel intérêt aurait-il de nous empêcher de partir, alors même que je viens de lui confier à demi-mots que notre présence pourrait leur attirer des ennuis ?

— Quoi ?

— Vous ne quittez ni Jasper, ni le ranch.

— Wade...

— Je ne sais pas ce que votre passé comporte d'aussi terrorisant, mais si vous en êtes à ce point, alors c'est probablement ici que vous serez le plus en sécurité.

Même si je pourrais sans doute récupérer ma fille, mon sac, et quitter les lieux sans qu'il ne puisse me stopper devant tout le monde, je reste interdite. Son insistance ne fait qu'attiser l'angoisse provoquée par tout ce chaos. Submergée par l'affolement qui s'empare de moi, je porte les deux mains à mon visage pour m'y réfugier et y étouffer un cri de désarroi.

— Pitié, Wade, il va me la prendre ! finis-je par lâcher sans même m'en rendre compte.

Lorsque je laisse glisser mes mains le long de mes joues, les larmes qui voilent mon regard ne m'empêchent pas de déceler la stupeur dans le sien.

— Qui ? Qui va vous séparer d'elle, Tara ?

Abattue par cet indice bien trop grand donné malgré moi, j'éclate en sanglots à l'intérieur de mes coudes croisés sur la table. On y est, ces quelques minutes passées dans ce café vont probablement sceller à jamais notre sort. Je pleure tout ce poids gardé en moi durant des années, cette angoisse constante emmagasinée depuis le début de notre cavale il y a un peu plus d'un mois, la douleur qui aura raison de mon cœur lorsque Jack m'ôtera ma seule raison de vivre.

— Son père... articulé-je entre deux hoquets.

Je sais qu'à cet instant, tout est quasiment joué. En témoigne ce silence qui s'installe, auquel je décide de faire face en relevant la tête. L'expression grave et profonde de Wade me foudroie. Que peut-il bien penser de moi maintenant ? Je ressemble à une criminelle en fuite. Il n'a aucune raison de chercher à comprendre ce qui...

— Pourquoi ferait-il ça ? Et de quelle manière ? demande le cowboy en posant ses bras croisés sur la table.

Je fouille son regard à la recherche d'une quelconque indication qui me permettrai d'éviter de m'expliquer, mais comme toujours, celui-ci ne laisse absolument rien filtrer. Résignée, et puisqu'il est de toute façon trop tard pour reculer, je décide de lui confier une partie de notre histoire. Un long soupir pour me donner du courage, puis je me lance.

— Pour m'obliger à renoncer à un divorce qui nuirait à sa réputation.

Ses sourcils se lèvent et je me tasse un peu plus sur mon siège.

— Vous êtes mariée ?

Ce détail me hérisse le poil. Je déteste cette réalité et me sens coupable d'avoir dû le lui cacher vu ce qu'il s'est passé l'autre jour. Je suppose qu'il a toutes les raisons de se sentir trahi, même si nous avons communément décidé de ne pas tenir compte de cet événement.

— Officiellement oui, mais concrètement...

— Concrètement, vous êtes mariée.

— Wade, si vous souhaitez une explication, je suis en train d'essayer de vous en donner une bonne partie. Mais si ces trois mots vous suffisent à me classer dans la catégorie des épouses indignes, alors laissez-moi tout simplement prendre ce fichu car et tout sera bien plus simple.

Waouh, je crois bien n'avoir encore jamais su montrer autant de fermeté envers quelqu'un, et là, tout de suite, je doute que ce soit une très bonne idée. Il serre les lèvres mais semble enclin à m'écouter. J'aurais préféré qu'il choisisse d'écourter cette discussion afin que Charlie et moi nous dépêchions de rejoindre l'arrêt pour Calgary, mais je suppose que désormais, même si nous courrions à toute vitesse, il est trop tard. La marge était mince et le suivant ne passera qu'en fin de journée, autant dire que Jack aura tout le loisir de nous retrouver avant.

— Ce mariage n'en est plus un depuis environ cinq ans, soufflé-je avec fatalisme, mais Jack refusait d'y mettre un terme.

— Comment ça ?

— Si je voulais partir, je devais renoncer à Charlie...

Cet élément semble le heurter. Peut-être finira-t-il par comprendre ce qui m'a poussée à choisir une option aussi radicale.

— Alors, durant toutes ces années, je n'ai pas osé insister. Jack bénéficie de relations extrêmement puissantes en Floride, et personne n'était prêt à se mouiller pour prendre ma défense. Et puis, il y a quelques mois, j'ai rencontré une avocate qui venait de s'installer, elle arrivait du Montana et n'avait que faire de son influence. Elle m'a aidé à monter tout un dossier qui devrait me permettre d'obtenir enfin ce divorce, mais pour cela, je n'avais d'autre choix que de fuir le plus loin possible de chez nous. Il fallait lui laisser le temps de réunir les dernières preuves et surtout, que Jack ne puisse pas mettre la main sur Charlie et moi lorsqu'il recevrait ma demande.

– Pourquoi ?

– Je lui laissais un délai pour accepter ce divorce à l'amiable. Soit il signait les papiers et les remettait à mon avocate, soit nous déposions un dossier complet à charge qui ne lui laisseraient aucune chance au vu des éléments que j'ai pu fournir.

– Quels éléments ?

– Wade… Je vous donne ce que je peux, seulement pour vous permettre de comprendre que je n'avais pas le choix que de vous cacher ce qui nous avait amenées jusqu'à Jasper. Mais par pitié, ne m'en demandez pas plus…

Son regard préoccupé me touche. Je vois bien qu'il cherche à me répondre quelque chose d'utile, je sais aussi que si Rosie était au courant, elle souhaiterait m'aider. Mais je m'y refuse. Le mal est déjà entré chez eux par ma faute. Il est hors de question que je ne leur attire encore plus d'ennuis.

– Vous n'aviez pas de parents ou d'amis vers qui vous tourner pour trouver de l'aide ?

Si seulement…

– Je n'ai plus personne autour de moi depuis des années. Mes parents sont décédés et Jack faisait particulièrement attention à chacune de mes fréquentations. Il contrôlait tout, tout le monde, tout le temps.

Sa mâchoire se crispe à mesure que mes mots s'enchaînent. Il comprend peu à peu le piège qui s'est refermé sur ma vie, même s'il ne dispose là que de la partie la plus douce.

– Bien, acquiesce son timbre rauque, mais tout ça ne me dit pas pourquoi vous quittez le ranch comme ça. Même sans nous expliquer les raisons que vous évoquez là, vous auriez pu nous prévenir de votre départ.

– Jack est au ranch...

CHAPITRE 20 - Wade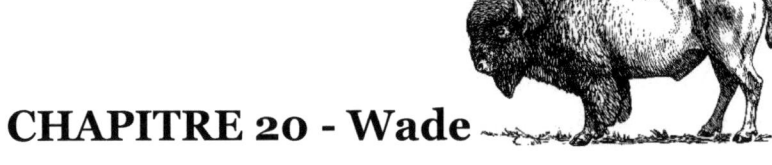

Je reste bouche bée. Je ne sais pas exactement ce que représente le bordel qui entoure Tara, mais si ce mec est parvenu à les retrouver alors qu'elles ont traversé les Etats-Unis et une partie du Canada, puis qu'il est venu les chercher aussi loin, cela en dit long sur ses ressources comme sa détermination.

– Il a loué un chalet et se fait passer pour un touriste, termine-t-elle de m'avouer.

La culpabilité que je peux lire sur son visage transi de honte me percute les entrailles. Cette femme se retrouve traquée à des milliers de kilomètres de chez elle par un taré auquel elle est enchaînée par la loi, avec une fille muette et l'impossibilité de se confier à quiconque sans risquer de mettre en péril l'issue de sa démarche. À cet instant, ce n'est plus la colère de sa fuite sans explications qui occupe mon esprit, mais une admiration profonde pour la force dont elle a dû faire preuve jusqu'ici.

– Bien, alors vous rentrez avec moi pour reprendre votre parcours où il en était, et de mon côté, je me charge de virer ce type à coups de pieds au cul.

Ma proposition a au moins le mérite d'atténuer la peine dans son regard puisque je peux y lire une légère et fugace esquisse d'apaisement.

– C'est gentil. Mais même si j'en rêverais, il m'est impossible d'envisager de vous opposer à lui.

– Vous ne faites rien, je suis un grand garçon et je prends mes décisions tout seul. Je déteste ces touristes, je peux bien me payer le luxe d'en dégager un. Et puis Rosie ne voudra pas d'un type qui...

– Rosie ne doit rien savoir, me coupe-t-elle brusquement.

J'ai du mal à saisir la raison qui la pousse à réagir avec autant d'ardeur, mais c'est visiblement important.

– Pourquoi ça ?

– Je vous l'ai dit, il a énormément d'influence sur énormément de personnes. S'il apprend que je vous ai parlé, il détruira tout ce que vous possédez.

Interdit, je m'adosse à ma chaise en croisant les bras.

– J'aimerais beaucoup voir ça, affirmé-je avec une pointe de sarcasme.

– Je ne plaisante pas, Wade. Je vous parle en connaissance de cause.

Bordel, mais c'est qui ce type ?

– Bien, alors s'il est aussi tordu que vous le laissez entendre, raison de plus pour rester à nos côtés. Vous n'avez plus à fuir, Tara. On prendra soin de vous. Même sans mettre Rosie ou mon père au courant, croyez bien qu'ils ne laisseront personne vous obliger à quitter le ranch. Et au moins, je pourrai veiller sur vous deux.

Je prononce ces mots sans même les contrôler, réalisant tout juste ce qu'ils peuvent signifier. Sa réaction semble mitigée entre l'envie de croire qu'une issue est envisageable et la probabilité que je me trompe. L'angoisse la dévore, cela ne fait aucun doute.

– Vous ne savez pas de quoi vous parlez... soupire-t-elle.
– Alors vous ne me dites pas tout.
– Je vous en ai dit bien assez. C'est déjà beaucoup trop. Et en plus, nous avons loupé le passage du car pour Calgary, ce qui diminue gravement nos chances d'échapper au contrôle de Jack.

Je vois bien que ce qu'elle m'a confié n'est qu'une infime partie de ce qui plane au-dessus d'elles. La peur que j'ai pu lire dans ses yeux à plusieurs reprises était bien trop grande, ses cauchemars bien trop présents lors de cette nuit passée à prendre soin d'elle, et je garde quelques réserves sur le mutisme de la petite.

– Tara... Laissez-moi vous ramener. Je vous jure qu'il ne vous arrivera rien tant que vous resterez chez nous.
– Vous n'avez aucun moyen d'en être certain.

Sa résignation est atrocement éloquente. Elle ne croit plus en rien.

– Qu'allez-vous gagner en traversant quelques États supplémentaires ? Une semaine ? Deux ? Et puis quoi ? Vous serez seule face à lui et ce foutu pouvoir dont vous me parlez.
– Wade...
– Ici, vous avez des alliés. Des gens qui vous considèrent et qui ne craindront pas de tenir tête à un petit aristo en costard. Prenez cette chance.

Elle semble troublée par ce que je lui affirme. Je suppose qu'elle rêve depuis longtemps que tout ça prenne fin, et qu'entrevoir une éventuelle échappatoire lui fait envie.

– Il a tout le système judiciaire à sa botte, argumente-t-elle comme pour m'opposer tout ce qu'elle voudrait pouvoir me voir balayer d'un revers de main. Des personnes haut placées dans la police de Floride, des juges, des avocats. Et un tas d'amis milliardaires qui peuvent l'aider à corrompre qui il veut.

– On est au Canada, Tara. Ici en Alberta, c'est nous que tout le monde connaît. Et avant qu'il ne trouve une marge de manœuvre suffisante pour essayer de vous coincer, on aura largement le temps de vous mettre à l'abri. Il existe des endroits sacrément bien cachés dans nos montagnes, et des gens sur lesquels on sait pouvoir compter.

Son regard me scrute longuement, intensément. Elle ne s'attendait probablement pas à trouver quelqu'un qui puisse lui tendre la main, et semble se demander si ça vaut la peine d'y croire. Je décide donc d'abattre une carte supplémentaire.

– Nous avons de la famille dans la police. Quelles que soient les relations de votre mari, il aura du mal à imposer sa loi ici.

Déconcertée, Tara passe les deux mains sur son visage comme pour l'aider à réfléchir tandis que Charlie dévore avec enthousiasme la glace qui vient de lui être portée.

– Je ne sais pas... hésite-t-elle d'une voix tremblante.

Plus la vulnérabilité grandit en elle, plus la colère monte en moi. Et à mesure des minutes qui s'égrènent, le besoin d'intervenir pour soulager son calvaire vibre dans chacun de mes muscles. Une mère ne devrait pas avoir à fuir pour ne pas être séparée de son enfant. J'ai connu un paquet de pourritures dans ma vie, mais jamais encore une ordure de cette trempe, capable d'écraser la femme avec laquelle il était censé passer le reste de ses jours.

— On va faire un truc, annoncé-je en me penchant légèrement au-dessus de la table pour baisser le ton. Soit, vous rentrez avec moi et vous nous laissez veiller sur vous, soit, je rentre seul et j'attache ce type à un arbre pour vous laisser quelques jours d'avance.

Ses yeux s'écarquillent de stupeur. Aurait-elle trouvé plus fou que lui ?

Très probablement.

— Wade... Vous allez vous mettre en difficulté...

— C'est mon affaire.

Je peux lire l'émotion dans ses prunelles ambrées, et l'anxiété dans son intonation. Après une longue hésitation, son armure semble enfin prête à se fissurer.

— Promettez-moi de faire comme si vous ne le connaissiez pas...

Cette abdication à demi marquée me tire un soupir de soulagement, suivi d'un sourire rassurant.

— Vous avez ma parole. Je ne suis au courant de rien. En revanche, lui se rendra compte rapidement que vous n'êtes plus seule.

Elle baisse la tête, abattue. Je suppose que cette décision lui est extrêmement difficile vu le contexte et que la peur de perdre sa fille lui remue les tripes.

— Vous me faites confiance ?

Elle acquiesce timidement, les remords dévorant déjà son regard.

À bord de mon pick-up, l'état d'anxiété de Tara monte progressivement tandis que nous roulons en direction du ranch. Assise sur la banquette à mes côtés, elle serre Charlie dans ses bras et ne cesse de respirer ses cheveux comme si l'issue séparative était inévitable. Ce fatalisme ne fait que renforcer ma colère devant cette situation incroyablement injuste. Je ne connais pas encore cet homme qui lui sert de mari, d'ailleurs rien que cette idée me hérisse le poil, mais je sais une chose : cette petite n'a pas cessé de parler sans raison, elle a besoin de sa mère et vice versa. Même si je ne me suis pas montré vraiment tendre avec elle depuis leur arrivée, j'ai pu voir combien Tara se donne pour sa fille. Au-delà de ses propres limites, elle met tout en œuvre pour son bien, son épanouissement et sa sécurité. Ma virulence comme mon jugement à son égard n'avaient pas de réel fondement. Je l'ai prise pour une mère inattentive qui laissait sa fille divaguer n'importe comment, mais on en est bien loin. Elle fait preuve d'un courage sans limite, d'une dévotion infaillible. Sans trop savoir pourquoi, leur histoire me touche et je veux qu'elle le sache.

– Je suis conscient que vous ne m'avez pas tout dit, observé-je sans quitter la route des yeux.

Son silence sonne comme une confirmation, tout comme le baiser qu'elle dépose sur le crâne de Charlie.

– Je ne sais pas exactement ce que ce type vous a fait, ni ce qu'il peut se produire maintenant qu'il vous a retrouvées. Je suis seulement certain d'une chose, Tara. C'est que vous êtes en sécurité à nos côtés.

Elle acquiesce, les larmes aux yeux. Mes mots lui semblent très probablement insignifiants devant le cauchemar qu'elle vit depuis des années.

Lorsque nous passons le portail du ranch, ses bras se resserrent autour de la fillette et ses jambes changent plusieurs fois de position. La nervosité se lit dans chacun de ses gestes et me fait serrer les dents. Je longe les écuries pour continuer ma route jusqu'à leur chalet. Le frein à main serré, je descends puis longe le véhicule pour aller ouvrir la porte passager. Hésitante, Tara finit par me confier Charlie, saisit son sac et me suit jusqu'à sa porte.

– Attendez, préconise-t-elle avant de la déverrouiller, j'ai pris quelques précautions en partant...

Surpris, je la regarde attraper une baguette en bois qu'elle brandit devant elle au moment de passer le seuil. Dès que la porte s'ouvre, des rubans de glue tombent du plafond pour venir se coller directement sur son bâton.

– Qu'est-ce que...
– Restez ici, me coupe-t-elle en se penchant pour ramasser quelque chose.

Stupéfait, je baisse les yeux et découvre un sac de billes ouvert à environ un mètre de la porte. Bon sang, mais à quel degré de terreur est-ce qu'on installe des pièges chez soi ? Alors que j'avance à pas feutrés dans ce chalet que je sais désormais miné, Tara pose son sac et file vers les autres pièces.

– N'allez pas dans les chambres ni dans la salle de bain, me lance-t-elle en attrapant une chaise pour décrocher une casserole en appui sur l'une des portes entrouvertes.

Je n'ai pas de mots. À cet instant, la certitude que ce mec n'est pas seulement influent me noue l'estomac. Elle a affaire à un vrai tordu, cela ne fait aucun doute.

– C'est quoi tout ça, Tara ? tenté-je de comprendre avec consternation.

Sans me répondre, la jeune femme continue de démanteler chaque embûche sous mon regard atterré. De son comportement, je déduis qu'il me faudra garder un œil particulièrement vigilant sur ce type et ses agissements. Feindre l'ignorance sur leur situation sera peut-être finalement un atout.

Mon téléphone vibre dans ma poche tandis que Tara récupère Charlie de mes bras.

— Oui Rosie ? réponds-je après avoir lu le nom de ma frangine sur l'écran.

— Je vous ai vus passer, est-ce que tout va bien ?

Un coup d'œil en direction de celle qui serre encore sa fille contre elle, puis je me détourne pour me concentrer sur ma réponse. Une main sur la hanche, je marche quelques pas et scrute les environs par la fenêtre.

— Ça va. Tara va te rejoindre en cuisine.

— Tant mieux, j'ai grand besoin de ses talents de pâtissière ! Mais où était-elle ?

Nerveux, je mordille l'intérieur de ma joue comme si ce geste m'aidait à réfléchir.

— C'est ma faute. Je n'ai pas été suffisamment vigilant et la petite est partie se balader sans que je m'en rende compte.

— Sérieusement, Wade ? Tu ne peux pas faire attention ?

— Tout le monde va bien, assuré-je avec fermeté. Je vais emmener Charlie visiter les troupeaux, ça l'occupera. Tara arrive d'ici un petit quart d'heure.

Je raccroche sans lui laisser l'occasion d'épiloguer longuement sur mon incapacité à gérer un enfant, puis reporte mon attention sur nos deux fugitives.

— Vous n'avez qu'un seul mot à dire pour que je prévienne la police, rappelé-je à la jeune femme qui montre encore des signes d'anxiété.

— Merci, se contente-t-elle d'acquiescer en baissant les yeux.

Puis, d'une main tendue vers la fillette qui ne me quitte pas du regard, j'invite cette dernière à me suivre.

— On y va, little miss Reed ?

Charlie glisse sans hésiter ses doigts potelés dans ma paume, tandis que sa mère peine à reprendre le dessus sur ses émotions.

— Venez, je vous accompagne chez Rosie, elle vous attend. Vous êtes d'accord pour que la petite vienne m'aider à vérifier quelques enclos ?

Elle opine de manière hésitante, probablement encore persuadée que ce sale type saura les séparer. Il faudra d'abord qu'il se charge de moi et pour ça, je lui souhaite bonne chance.

Arrivés chez ma sœur, je m'arrête devant le perron et reprends la main de Charlie dans la mienne. Fragilisée par leur retour au ranch malgré toutes mes promesses de sécurité, Tara dépose un long baiser dans les cheveux de sa fille puis monte les marches avant de se tourner à nouveau vers nous.

— Elle ne risque rien, tenté-je de la rassurer.

— Oui...

Je suppose que ce demi-soupir est plus destiné à se convaincre elle-même qu'à valider mon affirmation, mais c'est un début. Hissant la petite fille contre moi, je mime un aurevoir de la main.

— À plus tard maman, prononcé-je d'une voix d'enfant.

Un léger sourire se dessine enfin sur ses lèvres fines. Je suis conscient de la pousser dans ses retranchements en l'empêchant de partir, mais il s'agit très certainement de la seule chance dont Tara disposera pour que toute cette merde s'arrête. Ici au moins, ce tordu ne pourra exercer aucune emprise sur elles.

Je fais désormais partie de l'équation.

Et ça va clairement changer la donne.

CHAPITRE 21 - Tara

— Votre pâte sablée est vraiment un délice, s'extasie Rosie en passant derrière ma chaise.

Avec gourmandise, elle vole un second morceau de la bordure que je viens de découper. Je fais mon maximum pour contenir mes gestes encore tremblants et dissimuler la préoccupation qui me dévore. Concentrée sur la confection de son pain de viande, la maîtresse des lieux ne distingue pour le moment aucun des signaux que j'envoie malgré moi. Mais l'esprit d'analyse de Rosie n'est un secret pour personne, et je ne peux m'empêcher de me sentir observée avec suspicion dès qu'elle pose les yeux sur mon manque d'assurance. Lui cacher la vérité me met extrêmement mal à l'aise, surtout maintenant que son frère est au courant d'une grosse partie de mon problème. Jamais je n'aurais pensé confier à Wade des choses que je ne pourrais avouer à Rosie.

— Ils vont se régaler, se satisfait-elle en s'essuyant les mains sur son tablier. Ce petit couple est vraiment charmant, saviez-vous qu'ils sont ici en lune de miel ?

— Non, je ne le savais pas.

— Ils viennent juste de se marier. Vous rendez-vous compte Tara ? On choisit le Baker Old Ranch pour une lune de miel ! C'est extraordinaire, non ? Quand je pense qu'on aurait pu ouvrir les chalets depuis des années…

Son enthousiasme me tire toujours le même sourire. Cette femme est incroyable de force et de positivité.

– Ils iront ensuite à Calgary pour le grand Stampede. C'est magnifique, vous connaissez ?

– Pas du tout. Vous savez, jusqu'ici nous n'avions encore jamais quitté la Floride... lui confié-je, un peu honteuse.

– Oh... Remarquez, je n'ai jamais quitté l'Alberta ! pouffe-t-elle en haussant des épaules.

J'aime Rosie. Sa voie enjouée, sa bonhomie simple et sincère, sa capacité à transformer chacun de mes tourments en élément dérisoire sans même s'en apercevoir.

– Le Stampede de Calgary est probablement le plus grand Rodéo du monde, reprend-elle tout en malaxant sa farce avec les doigts. C'est bien la première année que nous n'irons pas.

Cette fois-ci, la joie disparaît et son visage reste étonnamment fermé. Il y a donc une raison autre que l'activité touristique au ranch, et celle-ci semble l'affecter. Je voudrais savoir me montrer aussi efficace qu'elle pour désamorcer la peine des gens, mais j'en suis très loin.

– Pourquoi ? tenté-je afin de lui permettre de se confier si elle en ressent l'envie.

– Nous y allions tous les ans pour voir Wade concourir. Mais il y a eu cet accident, et sa blessure l'a privé de cette saison. Je pense que c'est difficile pour lui, même s'il refuse de l'admettre...

– Maman, l'interrompt la voix de Nate, papa dit qu'on mangera dehors, il nous faudrait une bassine et une éponge pour nettoyer la grande table.

Avec une moue d'agacement, Rosie lève ses mains pleines de mixture.

— Je suis un peu occupée là, mon fils. Tu trouveras tout ce qu'il te faut dans la réserve.

— D'accord, merci M'man !

Le garçon repart aussitôt mais je n'ose reprendre notre conversation, de peur de paraître trop intrusive.

— C'est vrai que nous serons bien à l'extérieur, on en profite rarement par pure facilité, mais il est tellement agréable de manger en plein air, vous verrez.

Gênée, je lève un regard désolé dans sa direction. Comment éviter ce repas à la table d'hôte sans paraître irrespectueuse ?

— Euh, c'est à dire que... Si cela ne vous embête pas, je préfèrerais que Charlie et moi mangions au chalet durant quelques jours.

Mon cerveau tourne à toute vitesse lorsque ses yeux interrogateurs s'abattent sur moi. Que puis-je donc trouver comme explication ?

— Ne le prenez surtout pas mal, Rosie, c'est juste que... Si la vie à plusieurs permet sans aucun doute à Charlie de s'épanouir, elle créée aussi une excitation qu'il me faut faire redescendre de temps en temps.

Je ne sais absolument pas de quelle manière ces arguments sont arrivés jusqu'à ma bouche, mais ils semblent suffire à justifier ma requête. Avec appréhension, j'observe le visage de Rosie qui se détend pour me sourire.

— Tara, vous n'avez aucune explication à me fournir. Vous êtes tout à fait libre de manger avec nous ou dans l'intimité de votre logement, et je comprends bien évidemment que vous ressentiez le besoin de vous retrouver seule avec votre fille.

Le soulagement remplace l'angoisse dans ma poitrine oppressée. L'admiration également. Quelle que soit la situation, durant le mois que nous venons de passer ici je crois bien n'avoir jamais vu Rosie tomber dans le jugement ou le reproche. Je n'ai pas l'habitude de me sentir aussi écoutée et comprise. Je suppose que cela m'aide énormément à retrouver toute la confiance qui me manquait.

– C'est très gentil, merci beaucoup.

Nous continuons la préparation du repas dans cette bonne humeur constante que seule Rosie sait instaurer, et au bout de deux belles heures, tout est fin prêt pour que les hôtes se régalent. Soucieuse d'éviter tout contact avec Jack, je m'affaire au rangement de la cuisine pour ne pas avoir à acheminer les plats jusqu'à la table, tâche dont ma partenaire se charge donc sans se poser de questions. Une fois que Rosie me donne le feu vert, je dénoue enfin mon tablier puis me rends aux écuries pour récupérer Charlie.

Occupée à brosser soigneusement Joker au beau milieu de l'allée, l'amour de ma vie ne m'entend pas approcher et c'est Wade qui m'aperçoit le premier.

– Tout va bien ? demande-t-il en posant une main sur l'encolure de son cheval.

Sa mansuétude à mon égard me touche et me sécurise à la fois. Je sais désormais que quelqu'un veille sur nous, même si cela n'aura probablement aucun poids lorsque Jack décidera d'agir.

— Oui, réponds-je dans un sourire faussé par l'angoisse qui ne me quitte pas, je viens chercher cette demoiselle pour aller manger.
— Elle est toute à vous…
— Bonjour ! nous interrompt une troisième voix que je reconnais dans la seconde.

Ce timbre glacial s'immisce immédiatement jusqu'au plus profond de mes veines et déclenche un frisson le long de ma colonne vertébrale qui m'empêche de me retourner. Wade perçoit la peur dans mon regard et dirige le sien vers l'entrée des écuries. Ses épaules se contractent à l'instant même où il reconnaît celui dont la présence me terrorise.

— Les touristes ont interdiction d'entrer ici, grogne le cowboy tout en se décalant d'un pas.

D'un bras protecteur, il incite Charlie à venir contre moi, puis me contourne pour se placer entre Jack et nous.

— Quel accueil, ricane ce dernier avec condescendance.

Alors que je pivote sur mes talons pour lui faire face, le dos massif de Wade dressé en barrière devant moi me permet de reprendre ma respiration. Au-delà de ses larges épaules, le regard acéré de Jack me fusille.

— Je souhaiterais faire une promenade à cheval, est-ce que vous organisez ça ici ?

— Absolument pas.

Le ton du cowboy est sec, et l'espace d'un instant, je crains qu'il ne trahisse son implication.

— Dommage, je peux vous payer très cher pour une petite balade…

Agacé, Wade opère un pas menaçant pour réduire la distance qui les sépare.

— Je me fous de votre pognon et je n'aime pas les touristes. Vous pouvez déambuler autour du chalet que vous loue ma sœur, mais je ne veux personne près de mes bêtes.

Son intonation hostile me fait moi-même frissonner. Comprenant que cet échange froid et particulièrement masculin représente ma seule chance d'échapper aux griffes de Jack cette fois-ci, je hisse Charlie contre moi et m'apprête à sortir. Un instant d'hésitation me tétanise les muscles car il me faut passer près de Jack pour atteindre l'extérieur, mais je sais désormais que même s'il lui venait l'idée d'agir devant témoin, Wade ne le laisserait pas s'en prendre à nous. D'un pas précipité, je quitte les écuries puis traverse la cour. Lorsque j'atteins le sentier menant à la clairière, j'autorise mes jambes à courir aussi vite que possible.

Je ferme la porte à clé dès que nous passons le seuil de notre refuge, vérifie qu'aucune fenêtre n'ait été cassée et récupère le spray anti-ours que je positionne près de l'entrée. Puis, soulagée d'avoir ainsi gagné quelques instants de plus pour réfléchir à notre sort, je pousse un soupir de délivrance. Le regard de Charlie posé sur chacun de mes gestes accentue le sentiment de culpabilité qui me ronge de plus en plus fort. Quand pourrons-nous cesser cette fuite permanente et vivre des jours sereins ? Existe-t-il seulement une issue à notre calvaire ? Voilà plus d'un mois que nous sommes arrivées en Alberta, pourtant mon avocate ne m'a toujours pas contactée. J'avais pris soin de lui laisser le numéro du ranch avant de partir pour qu'elle puisse me joindre, mais à cet instant, j'espère que ce n'est pas par son biais que Jack a réussi à nous retrouver. Elle ne devait se faire connaître qu'une fois les preuves rassemblées et après m'avoir prévenue que la procédure serait lancée. Ainsi, j'aurais eu le temps d'organiser notre retour pour pouvoir témoigner sous protection et nous n'aurions plus été sur place si Jack parvenait à remonter notre trace. Ce plan me semblait parfait. Pourtant aujourd'hui, terrées dans notre chalet et les yeux rivés sur ce spray anti ours, j'ai honte d'y avoir cru aussi fort.

Trois coups résonnent soudain à la porte, faisant violemment pulser mon cœur contre les parois de ma cage thoracique. Charlie sursaute elle aussi, avant de venir se blottir contre ma jambe. La sentir aussi inquiète que moi me désarme totalement.

– Qui est là ? demandé-je d'une voix tremblante.
– Le vieux schnock, répond Ed de son timbre graveleux.

Rassurée, je prends le temps de retrouver mes esprits.

– Est-ce que tout va bien, miss Reed ?

Son insistance me fait réaliser mon mutisme, et j'ouvre la porte sur son visage aux traits préoccupés.

– Désolée, bafouillé-je en scrutant discrètement les environs, en quoi puis-je vous être utile ?

Le vieil homme lève un sourcil suspicieux.

– En rien. Je vous ai vues arriver en courant, y a un problème ?

– Charlie avait une envie pressante, tenté-je de mentir.

Au même moment, la silhouette de Jack se dessine à l'entrée de la clairière et je peux sentir la peur modifier chaque trait de mon visage. Face à moi, celui d'Ed redevient dubitatif.

– Tara ? Tout va bien ?

Mon regard ne parvient pas à se décrocher de cette démarche impérieuse, provocatrice. Fier de sa supériorité, Jack s'avance jusqu'à ce que le vieux cowboy remarque sa présence à quelques mètres de ma terrasse.

– Qu'est-ce qu'il fout là, celui-là ? s'agace ce dernier comme s'il comprenait mon malaise.

– Bonjour, répond Jack en gravissant les marches, je viens me présenter. Je suis...

– On s'en fout, de qui vous êtes. Ce chalet est occupé et vous n'avez pas à vous y inviter sans l'autorisation de ses occupants.

Le sourire presque carnassier de celui que j'espérais ne plus jamais croiser me fait frissonner. D'un rapide coup d'œil en arrière, je vérifie que les éclats de voix ne soient pas encore parvenus aux oreilles de Charlie, puis tire la porte avant qu'il ne m'interroge avec défi.

– Puis-je m'inviter pour vous saluer ?

– Nan ! coupe Ed en accentuant sa position entre nous. On discutait et vous nous dérangez, alors du balai !

Cette mâchoire qui se serre sous l'effet de la contrariété n'a plus de secret pour moi. Piqué au vif par cette tentative de contact efficacement déboutée, mais surtout par le constat que Charlie et moi sommes ici entourées de personnes qui ne lui permettront pas d'agir comme il l'entend, mon persécuteur effectue un pas en arrière.

– Bien, je vois que les gens sont particulièrement civilisés à Jasper, siffle-t-il en rebroussant chemin.

– Exactement ! aboie Ed les deux poings vissés sur les hanches.

Furieux, Jack traverse la clairière dans l'autre sens, sans oublier de se retourner plusieurs fois pour m'adresser un regard prometteur.

Rien n'est terminé.

— Non mais quel malotru ! Déjà qu'on les aime pas bien, les amerloques, celui-là nous aidera pas à changer d'avis !

Soulagée du départ de Jack autant que de constater qu'Ed n'a aucunement perçu le lien qui me lie malheureusement à lui, je tente de reprendre une contenance avant de le rassurer.

— Merci d'être intervenu Ed, j'avoue que ce monsieur s'est montré particulièrement malpoli.

— Boh, c'était avec plaisir. J'peux pas les blairer, ces touristes qui se croient chez eux partout. Vous êtes sûre que tout va bien ?

— Oui, c'est gentil d'être venu vous en assurer.

— Non c'est pas gentil, c'est normal. Bon, alors je m'en vais causer à mon canif. Vous savez ce qu'on mange ce soir ? J'ai faim.

Un sourire spontané s'invite aussitôt sur mes lèvres devant son naturel sans filtre.

— Un délicieux pain de viande et une tarte aux cranberries, réponds-je tandis qu'il rebrousse tranquillement chemin, les mains dans les poches.

— Parfait. Un pain de viande et une bonne tarte, c'est parfait. Bonsoir, Miss Reed.

— Bonsoir, Ed.

***

Le plat était effectivement un pur régal, mais Charlie lui a tout de même préféré le dessert. La bouche encore parée d'autant de miettes que de purée de fruits, elle s'applique à débarrasser son couvert comme Nate le lui a appris. La voir aussi fière de ses propres progrès apaise mon cœur de maman. Bien que la présence de Jack au ranch l'affecte aussi, je peux le voir dans sa façon de s'accrocher à moi dès qu'elle le voit ou l'entend, son évolution ne semble pas entravée et son épanouissement perdure.

– Bravo grande fille, la félicité-je tandis qu'elle vient de déposer délicatement son assiette dans l'évier de la cuisine.

Soudain, un klaxon retentit. Il me semble reconnaître celui de la Jeep mais je préfère m'en assurer en vérifiant par la fenêtre. En effet, Rosie m'adresse de grands signes pour m'inviter à sortir.

– On a des courses à faire en ville, les filles ! me lance-t-elle.

Heureuse de trouver une opportunité de quitter le ranch quelques heures, je presse Charlie et après avoir rapidement réinstallé les billes devant ma porte d'entrée, nous rejoignons notre amie.

– C'est parti ! glousse cette dernière en redémarrant avec enthousiasme.

Sur la route sinueuse menant au centre-ville de Jasper, Rosie paraît préoccupée. Après un silence de quelques minutes durant lequel seul le moteur de la Jeep se fait entendre, elle tapote le volant de ses doigts puis se racle la gorge pour rompre cette atmosphère pesante.

— Je suis désolée pour ce matin, s'excuse-t-elle avec une prudence qui ne lui ressemble pas.

Cherchant à comprendre de quoi il s'agit, je tourne vers elle un regard perplexe.

— Pourquoi devirez-vous être désolée, Rosie ?

— Pour la petite, voyons.

Un soupir désabusé s'échappe de sa bouche crispée.

— Wade aurait dû être plus attentif. Il se comporte avec tellement de désinvolture, parfois…

Je me souviens alors que le cowboy s'était accusé d'avoir laissé partir Charlie pour expliquer mon absence, et entendre sa sœur lui tenir rigueur d'une erreur qu'il n'a pas commise me serre le cœur.

— Vous êtes un peu dure avec lui, non ? tenté-je pour nuancer ses propos.

Le regard qu'elle m'adresse laisse transparaître toute son incompréhension.

— Pourquoi, vous le trouvez facile, vous ?

Un sourire s'invite sur mes lèvres à l'évocation de nos premiers échanges. On ne peut pas dire qu'il m'ait vraiment fait de cadeaux à mon arrivée, non. Mais depuis, j'ai appris à connaître un peu plus en profondeur l'homme solidement caché sous sa cuirasse de mauvaise humeur.

— Je ne prétendrais pas ça, c'est vrai, avoué-je en riant. Mais son cœur me semble bon.

Désormais, le coup d'œil de Rosie se change en une grimace interrogatrice.

— Y a-t-il un truc dont je ne suis pas au courant ? demande-t-elle d'une voix plus aigüe qu'à l'habitude.

Il y en a tellement…

— Non, gloussé-je pour donner le change, que pourrait-il y avoir ?

— Elles sont rares, les jeunes femmes qui apprécient mon frangin pour ce qu'il y a dans son cœur.

— Pourquoi ça ?

— Parce qu'il ne l'ouvre jamais à personne, pour commencer, mais aussi parce qu'elles s'intéressent plutôt à sa plastique de rêve et ses performances au lit.

Un pincement intérieur me surprend. Le souvenir de ce baiser improbablement agréable me revient en mémoire alors que je l'y avais soigneusement enfoui, et un frisson remonte jusqu'à mon bas-ventre.

— Du coup, je crois que cette exception nous donne le droit de nous tutoyer, non ? reprend-elle avant de négocier un virage serré qui me déséquilibre légèrement.

— Il n'y a aucune exception, rectifié-je prudemment, mais nous pouvons tout à fait nous tutoyer.

— Je connais mon frère, Tara. Il n'est sympa avec personne d'autre que sa famille, encore plus depuis que cette foutue blessure l'a privé de sa saison de rodéo.

Curieuse puisque c'est la seconde fois qu'elle évoque le sujet aujourd'hui, je joue nerveusement avec mes doigts en espérant ne pas me montrer trop intrusive.

— Que s'est-il passé ? demandé-je avec hésitation.

— Une mauvaise chute sur une épreuve de cutting...

— Cutting ?

— Il doit attraper un veau au lasso puis le coucher et le ligoter, tout ça en un minimum de temps.

Une grimace trahit ma peine pour ce pauvre animal.

— C'est un peu barbare, non ?

– Ce sont des manipulations que nous sommes obligés d'utiliser en matière d'élevage, souligne Rosie sans décrocher les yeux de la route qui serpente entre les rocheuses. On ne peut pas sédater le bétail chaque fois que l'on doit intervenir dessus, il nous faut alors l'immobiliser pour le soigner le plus rapidement possible.

– En le ligotant ? Enfin, je ne veux pas remettre en question vos pratiques, mais c'est vrai que d'un point de vue extérieur, cela paraît un peu exagéré...

– Tu sais Tara, je connais peu de veaux, vaches, taureaux ou bisons qui soient ravis de prendre une seringue dans le cul et qui nous en remercient. Idem pour des soins sur un abcès de pied ou une plaie quelconque, une dent cassée et infectée qui les empêchent de manger, ou autre chose encore. Il peut y avoir un tas de maux qui nécessitent l'intervention de l'homme. Alors, quand on se trouve au bon endroit au bon moment, à savoir au cœur des installations, avec une cage de contention et un vétérinaire à portée de main, oui, on peut prendre quelques pincettes. Mais lorsqu'il faut intervenir au milieu de centaines d'hectares, parfois seul et sans rien de plus qu'un lasso et un cheval bien dressé, on sécurise au mieux l'animal comme l'humain. Un coup de pied, de corne ou de dents peut s'avérer fatal, on préfère éviter de jouer avec les risques. Et j'ajoute qu'une bête mal immobilisée pourrait se briser la colonne vertébrale en tentant simplement de se relever. Alors oui, les cowboys s'entraînent depuis des siècles pour mesurer leurs performances quelques fois dans l'année. Je peux comprendre que cela choque les gens qui ne connaissent rien à tout ça, mais en ce qui nous concerne, il s'agit de notre vie.

Son discours me touche profondément et je m'en veux de m'être montrée aussi maladroite. Je réalise que beaucoup de nos croyances sont finalement basées sur des jugements portés sans aucune connaissance de la réalité, et ce dans probablement bien des domaines.

– La blessure de Wade était grave ?

Un court silence ponctue ma question. Moi qui voulais atténuer cette démonstration de naïveté...

– Il s'est démis la clavicule, répond enfin Rosie d'une voix grave, mais comme cette tête de mule ne prête jamais attention à la douleur, il ne s'en est pas rendu compte tout de suite et a tardé à consulter. Ce n'est qu'après plusieurs jours qu'il s'est enfin décidé à appeler le docteur. Les ligaments s'étaient bien abimés. Sa seule chance de les consolider correctement était de ne pas forcer dessus pendant plusieurs mois, ce qui a mis sa saison de rodéo en suspens.

– Ça n'a pas dû être facile pour lui...

Le regard entendu de Rosie me scrute brièvement avant de retourner face à la route.

– Ça a même été très compliqué, soupire-t-elle. Tu sais, Wade n'a jamais été très sociable. Depuis petit, il n'entretient de liens solides qu'avec sa famille et ses bêtes. Le rodéo était l'unique passerelle qu'il puisse tolérer avec le monde extérieur, alors perdre ce seul contact avec les gens n'a fait que le renfermer encore davantage.

À l'évocation de cet aspect de sa personnalité, je comprends que le comportement de Wade à notre arrivée n'était pas réellement lié à Charlie ou moi. Il ne se sent pas à l'aise avec les inconnus, exactement comme nous.

– N'a-t-il pas d'amis ?

– Son chien et son cheval, glousse Rosie. Il était assez bagarreur à l'école et détestait qu'on lui dise quoi faire, alors... Il s'éloignait de tous ceux qui tentaient de tisser une quelconque relation avec lui. Je ne crois pas que ça lui manque, il vit très bien tout seul. Mais moi parfois, je désespère de le voir construire un foyer un jour. Non pas que cela constitue une finalité universelle hein, mais je sais que mon petit frère aura beaucoup à donner à celle qui percera son armure.

Le regard appuyé qu'elle m'adresse me met légèrement mal à l'aise. Je ne sais ce que Rosie s'imagine, mais nous en sommes à deux sous-entendus en quelques minutes et je vais bientôt avoir du mal à contenir ma gêne. Heureusement, la ville de Jasper se dresse enfin face à nous, et la recherche d'une place de parking occupe désormais l'esprit de notre conductrice.

CHAPITRE 22 - Tara

Le lendemain

Ce matin, le temps se révèle relativement gris et quelques nuages se montrent plus menaçants que les autres. D'après ce que j'ai compris, la pluie est très attendue depuis plusieurs semaines dans la région. La sècheresse inquiète les éleveurs qui se voient déjà obligés d'entamer leurs stocks de fourrage hivernal sans être certains de pouvoir les reconstituer, et la situation pourrait encore empirer si les sols ne bénéficient pas rapidement de pluies salvatrices. Voilà encore un point dont je n'avais absolument pas conscience depuis la Floride. Nous observons bien sûr quelques phénomènes climatiques inquiétants comme des ouragans ou des incendies parfois sévères, mais jamais je ne m'étais posé la question de l'impact sur les filières qui dépendent grandement des variations météorologiques.

Devant moi, Charlie marche en chantonnant comme elle aime désormais le faire chaque fois qu'elle arpente les allées du ranch. Son gilet tombant sur ses avant-bras, elle laisse ses doigts glisser le long des barrières en bois qui mènent à la maison des Spencer tandis que je scrute sans cesse les alentours pour vérifier que Jack ne se cache pas quelque part. Même si Wade s'est montré très rassurant à propos de ce qui pourrait nous arriver ou non, je ne peux m'empêcher de craindre qu'il se trompe.

Nous sommes un peu en avance pour la préparation du petit déjeuner, et je laisse à Charlie le plaisir de saluer les deux gros chats qui se prélassent chaque matin devant la maison. La voir communiquer de plus en plus aisément avec d'autres êtres vivants me fascine. Si j'avais su qu'un tel voyage pouvait l'aider aussi efficacement, nous l'aurions entrepris bien plus tôt.

— Tiens, tiens, tiens, grince cette voix masculine qui provoque toujours le même effet en moi, mais qui voilà ?

Dès qu'elle l'entend, Charlie monte les marches pour aller se blottir contre le mur de la maison pendant que je puise au fond de moi le courage qui m'a fait défaut durant des années.

— Que veux-tu ? prononcé-je en serrant les dents pour ne pas trembler.

Son sourire menaçant pénètre mes veines comme un poison redoutable.

— Voyons, Tara chérie, tu sais exactement ce que je veux.

Ce timbre graveleux me donne la chair de poule, et lorsqu'il saisit mon bras d'une poigne ferme, je gémis de frayeur.

— Jack, lâche moi... supplié-je dans un sanglot qui m'étreint la gorge.

— Tu vas arrêter ces conneries et rentrer à la maison, persifle-t-il dangereusement contre ma tempe.

Dans mon champ de vision, le regard terrifié de Charlie me gifle brutalement. Je ne peux pas flancher, pas cette fois-ci. Pas maintenant qu'elle est en sécurité ici.

Qu'importe ce qu'il m'arrivera, seul l'avenir de ma fille compte désormais.

Alors que je m'apprête à démontrer cette toute nouvelle force combattive, un bruit de porte qui claque oblige Jack à relâcher sa prise pour opérer un pas en arrière. Comme un signe du destin, le visage jovial de Rosie apparaît tandis qu'elle approche sans même se rendre compte de la situation.

– Bonjour à vous, roucoule-t-elle en accueillant Charlie qui s'empresse de la rejoindre.

– Bonjour, répond Jack de cette hypocrisie parfaitement rodée.

– Vous êtes bien matinal, monsieur Weston, c'est assez rare. Généralement, nos locataires aiment profiter de la vue imprenable sur les rocheuses depuis leur terrasse, c'est pour cela que nous apportons le petit-déjeuner aux chalets.

Entendre mon nom marital ici, à l'endroit où je pensais pouvoir tout recommencer, me donne envie de pleurer. Tout semblait si parfait... Mon avocate était censée régler l'ensemble des formalités et notre plan devait me permettre de clore cette vie pour en redémarrer une autre, loin du danger que représentait Jack et de son influence machiavélique.

– Il est vrai que le panorama est à couper le souffle, reprend ce dernier, mais voyez-vous, je suis très curieux d'en savoir plus sur la cuisine canadienne.

À son regard amusé, je comprends qu'il a parfaitement saisi la situation. Il sait que personne ici ne connaît le lien qui nous unit et que cela lui donne une longueur d'avance pour agir sur mes nerfs.

– Ah oui ?

– Bien sûr. Je suis même venu pour ça. Ma mère m'a bien souvent vanté les délices qu'elle a pu découvrir lors de ses voyages en Colombie Britannique. Elle m'a d'ailleurs soufflé que tout résidait dans la manière conviviale de préparer les repas. Joie et partage, disait-elle.

Le rire charmé de Rosie me serre le cœur. Je sais bien que Jack peut se montrer particulièrement convaincant, mais le voir se jouer de cette manière d'une personne aussi sincère que ma nouvelle amie me désole.

– Que diriez-vous de préparer le petit déjeuner avec nous, dans ce cas ?

Estomaquée par la tournure des choses, je peine à conserver une attitude détendue.

– Avec grand plaisir, s'extasie Jack sans oublier de poser sur moi une œillade satisfaite.

La cuisine des Spencer ne m'a jamais parue aussi exigüe. Charlie calée sur mes genoux, je m'affaire à la préparation d'une pâte à pancakes tandis que Rosie découpe patiemment ses tranches de lard en faisant la conversation à son invité. Il ne fait aucun doute que le contexte amuse beaucoup ce dernier, en témoignent ses regards récurrents dont seuls lui et moi pouvons deviner la teneur. Je note tout de même que, contrairement à ce qu'il aime laisser croire à qui veut l'entendre, son attitude ne se dirige à aucun moment en direction de notre fille. Je ne suis pas certaine que ce détachement soit uniquement lié au fait que personne ici ne sache qui il est réellement. Jack n'a que très rarement partagé de moments avec

Charlie, même avant que son mutisme ne l'isole encore plus de toute interaction possible.

— Voulez-vous casser les œufs ? lui propose Rosie avec enthousiasme.

J'imagine que ce supposé partage avec l'un de ses locataires l'enchante et qu'elle souhaite le contenter. La voir s'investir ainsi dans ce qui ne représente finalement qu'un simple jeu de rôles pour Jack me brise le cœur, mais je ne peux en aucun cas la mettre au courant de la situation. Il n'aurait qu'à claquer des doigts pour pulvériser l'activité touristique du ranch et le faire plonger droit vers la faillite.

Avec un plaisir non feint, il contourne ma chaise pour attraper la plaque d'œufs que Rosie lui montre du doigt, puis frôle volontairement mon dos en revenant de l'autre côté. Le frisson qui me parcourt à cet instant n'a absolument rien de sentimental. Seuls la peur et le dégoût me traversent lorsque sa main revient sous la table pour presser mon genou avec possessivité.

— Alors, Miss Tara, êtes-vous originaire de la région ?

Son timbre graveleux pèse sur mon corps comme la douleur de chacun de ses coups portés. Sans même lever les yeux dans les siens, je me sens déjà écrasée par sa présence si près de moi, mais surtout de Charlie. Je suis incapable de répondre. Mes gestes se font de plus en plus tremblants, ma respiration s'accélère et l'angoisse monte si fort que des larmes menacent mes paupières.

— Notre Tara est très timide, intervient Rosie en pensant m'aider. Elle est arrivée ici juste avant l'été avec la petite Charlie. Elles nous sont toutes les deux d'une aide précieuse.

Le sourire de mon amie m'aide à ne pas flancher, et je me concentre du mieux que je le peux pour ne pas lui laisser percevoir la peur qui me terrasse.

Soudain, des pas lourds et rythmés se font entendre. Tommy entre dans la pièce quelques secondes plus tard, suivi de Wade. Dès qu'il se pose sur Jack, le regard du cowboy s'assombrit.

— Qu'est-ce qu'il fiche ici, celui-là ? demande-t-il avec une virulence qui surprend sa sœur.

— Wade ! Mais enfin qu'est-ce qui te prend ?

Ses iris sombres accrochent les miens et je sais qu'il y lit immédiatement la terreur qui me malmène.

— Les touristes n'ont rien à foutre dans notre cuisine, reprend-il en venant se placer entre la chaise de Jack et la mienne.

Puis, d'une main discrète dans son dos et sans quitter des yeux celui dont je ne devrais déjà plus porter le nom, il récupère celle de Charlie. Ce simple positionnement suffit à me rassurer. Wade ne laissera pas Jack emmener ma fille.

— Non mais ça ne va pas ? fulmine Rosie sans comprendre le comportement vindicatif de son frère. C'est moi qui l'ai invité à se joindre à nous car il s'intéresse à la cuisine canadienne. Prends donc ton café et file retrouver tes bestiaux, espèce de sauvage !

— Je ne viens pas prendre un café, je viens chercher les miss Reed... grogne Wade en appuyant exagérément sur la prononciation de mon nom de jeune fille. J'ai besoin d'elles pour la distribution de luzerne.

Sans attendre de réponse, il hisse Charlie contre son torse et saisit ma main pour m'inviter à me lever.

– Quoi ? Non, Tommy peut t'aider. J'ai besoin de Tara en cuisine.
– Je dois partir en ville, réfute Tommy d'une voix gênée.
Imperméable aux objections de sa sœur, Wade m'entraîne déjà vers la porte de la cuisine tandis que le visage de Jack se crispe.
– Ton citadin va t'aider, argue-t-il sans se retourner, c'est l'occasion de découvrir la cuisine canadienne.
Embarrassée de me retrouver ainsi prise entre deux feux, mais complètement incapable de prononcer le moindre mot et je dois l'avouer, soulagée que Wade parvienne ainsi à me soustraire de ce cauchemar, je me contente de le suivre à l'extérieur. Comme si elle comprenait l'entièreté de la situation, Charlie enfouit son visage dans le cou du cowboy alors que ce dernier nous emmène jusqu'à son pick-up dont la benne est effectivement remplie de grands sacs blancs.
– Est-ce que ça va ? s'enquiert Wade en relâchant ma main avant de déposer Charlie pour se placer face à moi.
La gorge toujours oppressée par l'angoisse, je me contente d'acquiescer timidement.
– Je vous l'ai dit, vous pouvez compter sur moi. Il ne vous arrivera rien ici.
Son implication me touche, son assurance m'apaise. Jusqu'ici, Charlie et moi étions désespérément seules, coincées dans cette vie cauchemardesque à laquelle aucune issue n'était possible. Aujourd'hui tout semble différent. Un homme solide se tient à nos côtés, et quelque part au fond de moi, j'ai envie de croire que cela pourrait tout changer.

CHAPITRE 23 - Wade

Serrées l'une contre l'autre sur le siège passager de mon pick-up, Tara et sa fille encaissent les cahots de notre parcours à travers champs. Le regard dans le vague, la jeune mère affiche une mine particulièrement résignée. Je suppose que la présence de son futur ex-mari vient remettre en question l'issue qu'elle s'était imaginée, peut-être même qu'elle craint des représailles et hésite à faire machine arrière.

– Allez, au travail, déclaré-je en serrant le frein à main au milieu du parc des mustangs.

Le bruit du moteur n'ayant plus aucun secret pour eux, les chevaux approchent de toutes parts et il me semble bien voir Tara paniquer.

– Prenez ma place, indiqué-je en descendant du véhicule.

– Quoi ?

L'inquiétude rend sa voix fébrile.

– Vous savez conduire ?

– Euh... Oui, mais pas une voiture de cette taille...

– La taille ne change rien, assuré-je en réglant le siège pour son gabarit bien moins imposant que le mien, venez.

Elle se décale pour prendre place sur mon siège malgré l'appréhension qui la déstabilise.

– Je... Je risque de faire une bêtise, bredouille-t-elle en posant les mains sur le volant avec hésitation.
– Aucun risque. C'est une boîte automatique, vous n'avez besoin que de la marche avant qui se trouve ici, et du frein qui est là.

Tara se concentre pour retenir mes explications tandis que le troupeau continue d'approcher. Après avoir refermé sa portière, je contourne le capot pour aller récupérer Charlie de l'autre côté, la hisse directement dans la benne puis jette un dernier coup d'œil à l'intérieur du pick-up. Les deux mains fermement agrippées au volant, Tara prend une profonde respiration. Elle est prête.

Je grimpe alors à mon tour à l'arrière et ouvre un premier sac à l'aide de mon couteau.

– C'est parti ! En marche avant, tout doux ! lancé-je à l'attention de mon nouveau chauffeur.

Le bruit du moteur s'amplifie lentement. Je peux sentir son hésitation à la manière dont le véhicule peine à prendre le mouvement en avant. Dès que nous parcourons quelques premiers mètres, je vide lentement le contenu du sac sur le côté de la benne avant d'en attraper un autre.

– C'est parfait, continuez comme ça !
– Mais je vais où ? s'inquiète-t-elle d'une voix crispée.
– Tout droit !

Je vide un second ballot, puis un troisième tandis que Charlie observe avec bonheur les chevaux se régaler de luzerne dans notre sillage. Leurs mouvements autour du Hummer attire son attention dans tous les sens, et de petits cris euphoriques s'échappent régulièrement de ses lèvres étirées au maximum. Après un cinquième sac éparpillé dans nos traces, je tapote sur la carlingue pour que Tara m'entende.

– C'est bon, vous pouvez vous arrêter.

Un freinage un peu trop brusque nous déséquilibre et le rire à gorge déployée de Charlie s'invite jusque dans mes muscles. Tombés tous les deux à la renverse sur le chargement restant, nous peinons à nous remettre debout et visiblement, cette situation l'amuse beaucoup. Peu habituée à entendre sa fille s'esclaffer ainsi, Tara sort de l'habitacle pour comprendre ce qu'il se passe.

– Oh mince, je suis désolée ! bafouille-t-elle lorsqu'elle me découvre en train de me relever.

– Ça va, il n'y a rien de grave, tenté-je de la rassurer devant son air affolé.

– Vous ne vous êtes pas fait mal ?

– Du tout. Et apparemment elle non plus, grommelé-je en montrant Charlie d'un geste du menton.

Hilare, la môme se tord encore de rire sur les sacs de luzerne. Le regard ému que porte la jeune femme sur sa fille me touche en plein cœur. Je comprends alors à quel point les simples choses de la vie sont devenues compliquées en ce qui les concerne et que voir la gosse les redécouvrir signifie énormément pour toutes les deux. Nous vivons finalement un peu les mêmes sentiments avec la maladie du vieux Ed et les conséquences qu'elle peut avoir sur le quotidien. En réalité, la situation de Charlie est assez similaire à celle de mon père. Elles provoquent en tout cas les mêmes effets sur leur entourage, puisque chaque petit pas est une victoire et que l'on n'a pas le choix que de redéfinir nos exigences vis-à-vis d'eux.

– On vient de faire le plus facile, déclaré-je une fois que tout le monde a retrouvé place à l'intérieur du pick-up.
– Comment ça ? s'inquiète Tara.
– On va faire la même chose chez les bisons.
– Hein ?!

La panique résonne avec puissance dans sa voix, et le sourire rassurant que je lui adresse ne semble pas vraiment produire son effet.

– Non mais vous n'allez pas me faire conduire au milieu des bisons, n'est-ce pas ?
– Bien sûr que si, puisque vous en êtes parfaitement capable.
– Non, je ne peux pas faire ça...
– Vous le pouvez. Ils ont l'habitude. Si vous suivez bien les quelques consignes que je vais vous donner, il n'y a aucune raison que cela se passe mal.
– Votre phrase commence par un « si », j'en déduis qu'il existe bien une possibilité que les choses se passent mal.
– Tara, tout ira bien.

À la façon dont elle passe nerveusement les deux mains sur son visage crispé, je sais qu'elle ne me croit absolument pas.

– Je vous ai suivi pour échapper à Jack, mais si j'avais su que vous nous emmèneriez nous faire piétiner par vos bisons, peut-être que j'aurais finalement préféré rester en cuisine à endurer ses provocations.

L'évocation de ce sale type me hérisse le poil.

– Je vous le répète, Miss Reed. Je peux le foutre dehors sans problème, vous n'avez qu'à prononcer un mot.

Elle baisse la tête sur ses doigts entrelacés avec ceux de sa fille. Son air dérouté trahit sans peine l'incertitude qui la saisit à cet instant, et je devine que si ma proposition est bien tentante, quelque chose la retient.

— Je crains que sa présence ici ne signifie que mon avocate ait échoué dans ses plans, soupire-t-elle avec fatalisme.

— L'avez-vous contactée ?

— Pas encore. Je crois que j'ai peur de ce que je pourrais entendre.

Cette fragilité dans sa voix me tord les tripes. Parce que je sais désormais que Tara possède une force dont elle n'est pas consciente. Un courage extraordinaire qui l'a poussée jusqu'ici, de l'autre côté des États-Unis, au beau milieu des Rocheuses. Une ténacité hors norme qui lui a permis d'endurer mes manières de grizzly asocial et de se faire une place parmi nous. La voir douter de sa capacité à encaisser une nouvelle épreuve m'oblige à l'encourager.

— Il n'y a peut-être pas de mauvaise nouvelle à encaisser, Tara. Et au pire, si c'était le cas, vous n'êtes plus seule pour y faire face.

Le regard profond qu'elle plonge dans mes yeux me déstabilise. Son visage fin et gracile traversé par cette peur que je voudrais pouvoir balayer d'un revers de main, cette voix fébrile qui hante encore chacun de mes silences, ces lèvres pleines et délicieuses qui viennent narguer ma mémoire sans relâche depuis que je les ai goûtées. Si nous étions seuls à cet instant, j'y retournerais très probablement...

— Merci, Wade... murmure-t-elle avec une douceur qui termine de malmener mes sens tout en me ramenant à la réalité.

Je secoue la tête pour reprendre le contrôle, puis démarre le pick-up et récupère la piste qui mène au premier troupeau de bisons.

***

— Oh là là, c'était tellement impressionnant ! piaille Tara en se décalant sur le siège passager pour me laisser reprendre place au volant.
— Vous vous êtes parfaitement débrouillée, la félicité-je tandis que nous quittons la plaine. Mais je n'en doutais pas.
— Je n'aurais jamais pris la peine d'essayer si vous ne m'aviez pas poussé à le faire ! Oh merci Wade, grâce à vous je me sens capable de tout !

Son visage désormais rayonnant fait plaisir à voir. Ce qu'elle vient de vivre a effacé la moindre trace de ce qui pouvait la terroriser quelques heures auparavant, et je suis heureux d'avoir pu lui permettre ce moment d'évasion mais surtout, cette exploration de ses capacités réelles. De son côté, Charlie aussi savoure le bénéfice de cette matinée. Le visage collé à la vitre pour regarder s'éloigner les bisons de son champ de vision, elle y ajoute une main lorsque nous passons la barrière naturelle érigée par les premiers arbres.

— Auwoir, bisons...

Mon cœur bondit dans ma poitrine à la seconde où je réalise à qui appartient cette petite voix encore jamais entendue autrement que dans des cris d'excitation, si bien que je manque de poser brutalement mon pied sur le frein pour graver cet instant dans le temps. Mais le regard ahuri de Tara me happe au même instant, et je comprends dans ses yeux déjà embués que la meilleure attitude consiste à ne surtout pas donner à cet événement une dimension exagérée. Complètement prise par l'émotion, la jeune femme se contente de caresser les cheveux de sa fillette avant de les embrasser longuement.

– Au revoir, bisons, répété-je alors comme si nous avions l'habitude d'entendre Charlie parler.

Le reste du trajet jusqu'au ranch se déroule dans un silence heureux. Tara m'adresse quelques regards reconnaissants tandis que Charlie repose contre son épaule, savourant les caresses maternelles sans même réaliser à quel point elle a chamboulé notre monde aujourd'hui.

De retour aux écuries, de brefs signaux d'angoisse réapparaissent inévitablement dans l'attitude de la jeune femme. Son corps se redresse, ses yeux vont et viennent de gauche à droite pour scruter les alentours, et ses bras se resserrent autour de la petite.

– Tout va bien, lui soufflé-je afin qu'elle n'oublie pas ma promesse de veiller sur elles.

Elle acquiesce en me regardant serrer le frein à main puis pousse un soupir avant de descendre pour me suivre dans les écuries, sa main agrippée à celle de Charlie.

C'est sans surprise que je retrouve mon père assis devant le box de Banjo, en proie à son questionnement quotidien sur la présence dans nos écuries de ce cheval qu'il ne reconnaît plus.

– Salut le vieux, lancé-je en marchant jusqu'à lui, suivi de mes apprenties du jour.

Le regard perdu de mon père se tourne dans notre direction.

– C'est quoi ce cheval, fils ? demande-t-il avec ce détachement qui déchire mon cœur chaque jour un peu plus.

– C'est le tien, p'pa.

– Raconte pas de conneries, j'ai pas de cheval. Et c'est qui, ça ?

Son mouvement de tête désignant Tara et sa fille, celle-ci ralentit brusquement le pas en réalisant à quel point le vieil Ed est touché par un mal qu'elle n'avait probablement pas encore identifié avec précision.

– C'est Tara, papa. Et la petite Charlie.

– Je les connais pas.

Le ton sec qu'il emploie heurte la jeune femme qui s'arrête désormais derrière-moi. Comprenant que je lui dois une explication sur cette attitude à laquelle elle ne s'attendait pas, je rebrousse chemin et prend doucement sa main dans la mienne. Immédiatement, ce contact fait frémir tous les muscles de mon bras et mon rythme cardiaque déraille.

– Ce n'est rien, assuré-je en captant son regard incertain, d'ici quelques minutes, sa mémoire lui reviendra.

– Peut-être devrions-nous vous laisser, murmure-t-elle pour que le vieux bougon n'entende pas.

Avant que je ne puisse lui répondre, la silhouette de Charlie se détache de nous sans laisser à sa mère le temps de la rattraper. D'un pas décidé, la fillette se dirige droit vers mon père et se place entre ses genoux pour se blottir contre lui. La confusion remplace la méfiance dans les yeux du vieux Ed. Puis, comme si ce contact venait soudainement de ranimer la connexion manquante, il referme ses bras autour de l'enfant.

Il y a bien longtemps que je n'avais pas vu la moindre marque d'affection chez le patriarche, même avec les fils de Rosie. Malgré l'amour sans limite qu'il leur porte, celui-ci ne se traduit qu'à force de conseils judicieux et longues parties de pêche, ou encore de démonstrations de sculpture sur bois. Mais, tout comme moi, Ed est très peu démonstratif. Il évite tout contact physique, qu'il n'est pas prêt à donner à une autre personne que celle qui habite encore son cœur. Est-ce pour cette raison qu'une émotion inconnue remonte le long de ma poitrine pour enserrer douloureusement ma gorge ? Probablement.

– Papa, je vais raccompagner Tara et Charlie auprès de Rosie, elle doit les attendre.

– D'accord fils, moi je reste avec Banjo. Ça fait un moment qu'on s'est pas causé, tous les deux. Où est-ce qu'il était passé ?

Le regard inquiet de Tara m'interroge devant cette nouvelle manifestation d'égarement, mais je sais de mon côté qu'il s'agit justement d'un retour à la réalité. Lorsque sa mémoire revient, il ressent souvent le besoin de comprendre pourquoi certains éléments restent comme dans un trou noir sur lequel il ne détient aucun contrôle. Nous devons alors éviter de lui mentir, sans pour autant le pousser vers la culpabilité d'oublier les choses qu'il fait ou les gens qui l'entourent. Cela n'aurait pour effet que de le braquer dans une défense virulente et totalement contreproductive. Il est parfois conscient qu'il oublie, alors tenter de lui faire croire le contraire lui donnerait l'impression qu'on le prend pour un idiot. Mais il souffre de voir sa mémoire s'effacer, alors le lui dire ou le lui reprocher le placerait émotionnellement en difficulté.

— Il était là, p'pa. Et tu lui as manqué.

Ému, mon père reçoit mes mots comme ils viennent sans ressentir besoin de les analyser. Il sait que je ne lui cache rien, il apprécie que je ne l'épargne pas. D'une main affectueuse, il ébouriffe brièvement les cheveux de Charlie avant de se lever de sa chaise pour aller saluer son vieil ami par-dessus la porte du box. Discrètement, Tara rappelle la petite et nous quittons lentement les écuries, laissant l'homme et son cheval retrouver leur complicité.

Sur le court trajet qui mène à la maison de ma sœur aînée, je perçois à nouveau de flagrants signaux d'angoisse dans les gestes de Tara. Son regard balaie sans cesse chaque recoin du ranch, ses épaules remontent, son dos se voûte, ses lèvres se crispent. Et si jusqu'ici je n'y avais pas spécialement fait attention, je remarque cette fois-ci que Charlie montre également quelques marques de stress. Elle qui avait pris l'habitude de marcher seule loin devant nous reste désormais contre la cuisse de sa mère et porte régulièrement une main à sa bouche pour se mordre violemment les doigts. Plus je les observe, plus il me semble percevoir ce que Tara refuse encore d'avouer. Une telle peur ne s'installe pas qu'avec des menaces ou quelques insultes humiliantes. Non. Elles ont vécu bien plus que ça, et cette idée me rend fou.

— Ah enfin, les voilà ! s'exclame Rosie en nous voyant débarquer dans sa cuisine.

C'est avec soulagement que nous découvrons l'absence de l'abruti qui sert de père à Charlie, et tout le monde se détend.

– Alors, tout s'est bien passé ? s'enquiert ma sœur en essuyant la vaisselle qui vient d'être lavée, tu n'as perdu personne au milieu des bisons ?

– Visiblement non, grogné-je avant d'aller me servir une tasse de café.

– C'était une très belle expérience, intervient Tara pour ne pas me laisser endurer les reproches de ma frangine. Charlie a adoré, et moi aussi.

Cette manière de venir tout en douceur à mon secours étonne Rosie autant que moi. Tara ne prenait jusqu'ici part à aucun de nos échanges parfois houleux, encore moins à mon bénéfice. Bien au contraire, elle semblait constamment s'excuser d'être là et nous en venions même parfois à oublier sa présence.

– Bien, alors j'en suis ravie, abdique Rosie en reposant son torchon sur le bord de l'évier. Nous allons avoir besoin d'œufs pour les préparations de ce soir, est-ce que je peux vous confier le ramassage, les filles ?

– Oui, avec plaisir.

– Parfait ! Le panier est dans l'entrée.

Après un ultime regard reconnaissant dans ma direction, Tara récupère la main de Charlie et toutes les deux quittent la cuisine sous l'œillade suspecte de Rosie.

– Bon, tu m'expliques ? grince cette dernière une fois que nous nous retrouvons seuls.

– T'expliquer quoi ?

– Ce qu'il se passe, à quoi tu joues, tout ça tout ça ?

– Je ne vois pas de quoi tu parles.

— Tu sais très bien de quoi je parle. C'était quoi, cette petite crise devant Jack Weston ?
— Quelle crise ? Il n'y a pas eu de crise.
— Wade... Tu étais prêt à dégoupiller. Je te connais.

Oui, elle me connaît. Un peu trop à mon goût, d'ailleurs. Les choses seraient tellement plus simples si elle n'était pas capable de détecter la moindre de mes humeurs.

— Tu t'es attaché à Tara et sa petite, pas vrai ?
— Dis pas de conneries.
— Voilà, je le savais.

Sa clairvoyance m'agace et me pousse de plus belle dans mes retranchements. Avalant le reste de mon café d'une traite, je rajuste mon chapeau avant de tourner les talons.

— Tu racontes vraiment n'importe quoi, bougonné-je avant de quitter la pièce.

Son rire moqueur accompagne mes pas frustrés jusqu'au dehors, et même le claquement de la porte d'entrée derrière-moi ne suffit pas à étouffer le son insupportable de ses gloussements. J'ai horreur de me sentir percé à nu comme ça. Et je hais encore plus ma réaction à cet instant, qui ne fait que confirmer qu'elle n'a probablement pas tort.

Que se passe-t-il réellement, bon sang ? Pourquoi cette situation me rend dingue à ce point ? Pourquoi mon cœur s'emballe dès qu'on me parle d'elles ? Que vient faire ce sentiment de responsabilité face aux problèmes de Tara ?

Perdu au beau milieu de tout ce que je ne parviens pas à identifier, je laisse mes pas me guider jusqu'à l'enclos de mon ami mustang. Mon cerveau tourne à vive allure, cherchant des réponses qui ne viennent pas. Je ne sais plus où j'en suis, ni ce qu'il m'arrive, car rien dans tout ça ne me ressemble. Je ne me mêle jamais des affaires de qui que ce soit, et n'avais jamais laissé de place à personne dans mon quotidien. Les femmes que je croise se valent toutes, depuis toujours. Elles n'ont aucun intérêt, aucune saveur, rien qui ne les rende spéciales pour leur permettre de marquer ma mémoire. Et tandis que les mots de Rosie résonnent en écho incessant dans ma tête, je réalise que Tara représente leur exact opposé.

Elle ne cherche rien, n'attend rien de moi. Elle a fait sa place parmi nous sans même le vouloir, et s'est ancrée dans mon âme sans s'en apercevoir.

CHAPITRE 24 - Tara

Après cette longue et intense journée, Charlie vient enfin de s'endormir dans mon lit. Ses cauchemars réapparaissent de plus belle depuis que Jack est arrivé au ranch, et la voir régresser ainsi au terme de tant de progrès me laisse un sentiment amer. Nous avons déjà tant souffert par sa faute... J'espérais que cette nouvelle page serait la bonne, celle que nous pourrions enfin réécrire sereinement dans un lieu sûr et auprès de belles personnes.

Mais il nous a retrouvées.

Et tout a changé.

Les souvenirs que je souhaitais laisser derrière-nous reviennent nous hanter, sa présence constitue sans nul doute la preuve que j'ai fait fausse route. Ce en quoi j'ai voulu croire n'existe pas et notre vie demeurera toujours liée à la sienne, notre souffle constamment pendu à sa volonté. Quel indice a pu le mener jusqu'à nous ? Mais surtout, à quoi dois-je m'attendre désormais ? Je ne suis même plus certaine qu'il reste un quelconque combat à mener. Si mes plans se sont écroulés, alors il reprendra Charlie et je n'aurai d'autre choix que de reculer dans cette vie à ses côtés. Car il m'est impossible d'abandonner ma fille à son sort entre des mains aussi douteuses que celles de Jack.

Les encouragements de Wade se rappellent à ma mémoire tandis que j'élabore déjà cet avenir désastreux. Poussée par son soutien, j'attrape mon téléphone et mon carnet.

Trois longues sonneries durant lesquelles tous les scénarios possibles me viennent en tête.

— Allô ?
— Maître Alvarez ?
— C'est moi. Qui est à l'appareil ?
— Tara Reed... Weston, bafouillé-je avec hésitation.

J'appréhende sa réaction à l'écoute de mon nom, parce que je sais que celle-ci me révélera l'état de la situation en Floride.

— Tara ? Est-ce que tout va bien ? Vous ne deviez pas m'appeler avant le lancement de la procédure...

Son étonnement apaise légèrement mon angoisse, même si je ne peux encore rien déterminer.

— Il est ici, la coupé-je dans un souffle.

Le silence qui s'installe me donne une grosse indication. Elle n'a pas été abordée par Jack ou l'un de ses associés pour l'intimider.

— Depuis quand ?
— Hier.
— D'accord.
— Laury, s'est-il passé quelque chose ?
— Je ne sais pas comment il vous a trouvées. Tout ce que je peux vous donner comme indication, c'est qu'il a reçu la demande de divorce il y a un peu plus de deux semaines, accompagnée de tous les éléments que nous avons récoltés contre lui et ses contacts les plus influents. Il disposait d'un délai de vingt jours pour signer le divorce sans remous,

dans le cas contraire nous entamerions les hostilités. Le dossier est en béton, je suppose qu'il a pris peur et que sa démarche est une ultime tentative pour éviter la déchéance. Je vous conseille de tenir bon, Tara. D'ici quelques jours, quel que soit son choix, tout sera terminé.

Ses explications me rassurent dans une certaine mesure parce qu'elles me confirment que mon plan était le bon et qu'il continue de suivre la bonne direction, mais pour autant, je ne me sens absolument pas tirée d'affaire. Jack se sent acculé, probablement désespéré, et je sais à quel point cela peut le rendre dangereux.

– Tara ? Êtes-vous en sécurité là où vous vous trouvez ?
– Oui, je... Je pense que oui.
– Bien. Je voudrais pouvoir faire quelque chose pour assurer votre protection, mais tant que rien n'est sorti, Jack bénéficie encore de ses appuis. Ce serait vous jeter dans la gueule du loup.
– Je sais bien...
– Ne vous laissez pas impressionner, vous êtes plus forte que lui.

Son objectivité m'arrache un sourire réservé. Si seulement les choses pouvaient se passer aussi simplement.

– Appelez-moi à ce numéro dès que vous avez du nouveau, réponds-je avec un peu plus de détermination. Puisqu'il nous a retrouvées, il ne nous sert plus à rien de tenir notre position secrète.
– Comptez sur moi. Prenez soin de vous, Tara.
– Merci. Faites attention à vous également. Il est capable de tout.
– J'ai bien saisi. On se dit à très vite.

– Au revoir.
– Aurevoir Tara.

Je raccroche, une pointe de satisfaction dans l'âme mêlée à de grosses réserves qui ne me quittent jamais lorsqu'il s'agit de Jack. Même si les jours à venir s'annoncent particulièrement critiques, nous voyons enfin une toute petite chance que le cauchemar prenne fin. Les épaules nouées par la tension accumulée ces dernières heures, je passe les deux mains sur ma nuque pour tenter d'en atténuer les contractures. Alors que je m'apprête enfin à me laisser tomber lascivement sur le canapé, le son significatif d'un impact puis de verre brisé perce le silence. Suspendue au moindre bruit qui suivra, je sens déjà mon cœur entamer cette folle cadence qu'il connaît bien. Mes muscles se raidissent les uns après les autres, et ma poitrine se serre violemment lorsque je comprends que ce bruit venait de la salle de bain. Parce qu'il est parfaitement rodé à ce genre de situation, mon corps réagit aussitôt pour m'inciter à me réfugier dans ma chambre à coucher. Sans attendre d'avoir la certitude qu'il s'agisse bien de Jack, je pousse la commode derrière la porte avant de récupérer Charlie dans mes bras, qui dormait profondément sur mon lit. Habituée à nos fuites incessantes, elle ne proteste pas lorsque je la dépose sur le rebord de la fenêtre le temps de me hisser à l'extérieur. Il fait nuit noire et je dois prendre sur moi pour ne pas gémir de panique lorsque je me mets à courir de toutes mes forces, ma fille serrée contre ma poitrine. Je ne sais pas combien de temps sera nécessaire à Jack pour comprendre par où nous sommes sorties et se mettre à nos trousses. Probablement pas beaucoup. Il me faut donc trouver un endroit facile d'accès, qui puisse nous offrir une cachette efficace. Pour le moment, je me précipite pour rejoindre le chemin menant au ranch avant que notre persécuteur ne puisse nous voir dans la clairière trop dégagée. Mon cœur bat à tout rompre, mes quatre membres tremblent ardemment tandis que ma gorge serrée me permet tout juste de respirer. Il me faut une solution, et vite.

C'est un hennissement qui éclaire ma lucidité alors même que j'excluais de toute possibilité la maison des Spencer. Sans réfléchir plus longtemps, je rejoins les écuries à la hâte avant de courir jusqu'au dernier box vide, m'engouffre à l'intérieur la peur au ventre puis me recroqueville dans le coin qui me semble le plus à l'abri, Charlie toujours blottie contre moi. Tant que je n'entends aucun son suspect, je m'efforce de retrouver le contrôle de moi-même à l'aide de profondes expirations les plus discrètes possibles. Nous avons gagné quelques minutes, mais je sais que rien n'est joué.

Bien au contraire...

CHAPITRE 25 - Wade

La nuit est particulièrement sombre ce soir. Malgré une longue marche dans les allées du ranch, je n'ai toujours pas réussi à trouver le sommeil et profite du silence assis devant l'enclos. À mes côtés, Big observe le mustang déguster son tas de foin tandis que, les coudes en appui sur mes genoux fléchis, je fais rouler une brindille entre mes doigts en songeant à cette réflexion qui ne me quitte pas depuis cet après-midi. Les mots de Rosie ont tout retourné en moi. Et si elle avait raison ? Si cette boule qui m'oppresse la cage thoracique lorsqu'il s'agit de Tara ou Charlie était bien de l'attachement ? Ou si c'était même plus que ça ? Je ne suis pas habitué à identifier ce genre de choses, et ne me sens pas prêt à ressentir quoi que ce soit pour qui que ce soit. Peut-être devrais-je prendre mes distances avec elles…

Le gémissement surpris de Big vient subitement balayer mon introspection. Dans l'enclos, l'ami mustang semble lui aussi avoir perçu quelque chose puisqu'il pointe oreilles et regard dans la même direction que mon chien.

– Qu'est-ce qu'il y a, les gars ?

À mon tour, je crois entendre des bruits de pas précipités dans l'allée qui rejoint l'entrée opposée des écuries. Alors que je me lève et plisse les yeux pour aiguiser mon regard gêné par la pénombre, il me semble apercevoir une silhouette entrer en courant dans la grange.

– C'est quoi ce bordel ? grommelé-je en contournant l'enclos pour aller jeter un œil à l'intérieur du bâtiment.

Le calme qui y règne me ferait presque douter de ce que j'ai cru voir, mais je garde en tête que les animaux eux, n'hallucinent jamais. Convaincu que quelqu'un est entré ici, je vérifie les boxes un par un tout en rassurant les chevaux qui semblent eux aussi avoir vu quelqu'un passer de manière inhabituelle. Arrivé au dernier, je m'apprête à battre en retraite lorsqu'une masse se détache du décor dans le coin le plus proche de la porte. Je m'apprête à dégoupiller sec lorsqu'un gémissement enfantin s'échappe de cette silhouette mystérieuse. Surpris, j'approche d'un pas et m'accroupis devant l'intrus. Malgré l'obscurité qui ne me permet aucune certitude, il me semble bien reconnaître cette manière de trembler. Elles sont deux, et elles sont terrorisées.

– Tara ?

Un second gémissement me répond et je comprends que la peur l'empêche d'articuler.

– Hey, ça va aller, je suis là... Dites-moi ce qu'il se passe.

– Il... Il...

Elle a beau essayer, rien ne sort. Mais je saisis aisément la situation.

– Il est après vous ?

Elle acquiesce d'un sanglot étouffé. Mes muscles se bandent les uns après les autres. Une vague de colère inonde mes veines tandis que je pose une main sur sa joue trempée de larmes.

– Est-ce qu'il vous a fait du mal ?

– Non... parvient-elle à me répondre.
– Bien. Venez.

Je l'aide à se relever puis passe une main dans les cheveux de Charlie pour l'apaiser. Soudain, le cheval occupant le premier box de l'écurie frappe violemment contre sa porte. Je ne m'en préoccupe pas tout de suite, soucieux de rassurer les deux proies effrayées que j'ai promis de protéger, mais la situation devient critique lorsque les coups se multiplient et que l'animal agit comme s'il était bloqué quelque part.

– Ne bougez pas d'ici, je vais le calmer et je reviens.

Je rejoins le box, y entre en prenant soin de refermer derrière-moi pour qu'il ne s'échappe pas, puis calme l'animal avant de me pencher pour vérifier chacun de ses membres. Si l'obscurité m'empêche de distinguer correctement son état, une légère sensation d'humidité juste au-dessus d'un sabot m'indique une légère égratignure. Ça n'a pas l'air bien méchant mais il va me falloir vérifier ça.

– Tiens tiens tiens, grince une voix masculine alors que je suis encore accroupi près des pieds du cheval, tu croyais que je ne te verrais pas ici, ma chérie ?

En me redressant, je distingue la silhouette de Weston qui vient de dépasser le box dans lequel je me trouvais sans même se rendre compte de ma présence. La démarche lente et victorieuse, il s'approche de ses victimes tout en prenant le temps de savourer l'angoisse qui se lit dans leur attitude prostrée.

– Tu pensais sérieusement que j'allais te laisser partir comme ça, mon amour ?

Tara ne répond rien et se contente de serrer sa fille plus fort contre elle. Je sais à quel point elle est terrifiée par ce type, je peux sentir sa peur d'ici. Et ça me rend dingue. Sortant discrètement du box pour qu'il n'arrête surtout pas de me filer des informations que je saurais retenir contre lui, je le suis à distance, prêt à intervenir.

— Est-ce que tu imagines, Tara chérie, à quel point le petit courrier de ton avocate m'a mis en colère ? Tu sais bien qu'il ne faut pas me mettre en colère, n'est-ce pas ?

Touche la... Touche la et je te jure que je te fais la peau ici, dans la seconde.

Il se trouve désormais tout près d'elles. J'hésite à l'empoigner maintenant ou attendre encore un peu.

— Tu vas arrêter ces conneries et rentrer à la maison avec moi, persifle-t-il en avançant une main vers son visage.

Ma mâchoire se serre aussi fort que mes poings.

— Elles ne vont nulle part.

Surpris, l'homme abandonne son geste et se retourne juste à temps pour voir mes phalanges s'abattre sur son profil parfait. Un bruit de craquement d'os significatif confirme la justesse de mon coup, et j'ai le temps d'atteindre tranquillement l'interrupteur des écuries avant qu'il ne se redresse, le nez en sang. L'intensité subite de la lumière agresse nos regards mais le plus gêné reste celui qui vérifie fébrilement l'intégrité de son visage amoché.

— Mais vous êtes fou ! braille-t-il, la voix modifiée par la douleur.

— Si tu savais à quel point, confirmé-je en revenant face à lui avec un flegme qui le déstabilise. Maintenant, on va mettre deux trois petites choses au point.

– Ça va vous coûter très cher...
– Ta gueule. Ici c'est moi qui parle.

En toute sérénité, je fais signe à Tara de passer derrière-moi. Son regard désormais visible à la lueur des néons laisse transparaître la crainte qui l'étrangle. Je sais qu'elle redoute ce qu'il pourrait se passer pour nous après mon intervention, mais il est hors de question pour moi de reculer et laisser cette ordure les emprisonner dans une vie qui n'est plus la leur.

– On n'est pas en Floride ici, Weston. Tes petits copains ne jouent pas dans ma cour.
– De quoi parlez-vous ? crache-t-il avec dédain.

Une autre droite ajuste la couleur de sa mâchoire avec celle de son nez. Il vacille sous la force du coup et peine à se redresser. La peur a maintenant changé de camp, et c'est très bien comme ça.

– Tu sais parfaitement de quoi je parle. Regarde-les bien, ordonné-je en montrant Tara et Charlie du doigt, c'était la dernière fois qu'elles te fuyaient. Elles vont rester ici. Et si tu repointes ta sale gueule dans leur périmètre, c'est moi que tu trouveras sur ta route. Toujours.
– Vous n'avez aucun droit sur elles ! vocifère-t-il comme s'il s'était mordu la langue. Tara est MA femme !
– Elle ne l'est plus, non. Parce que tu vas signer sa demande de divorce et disparaître de sa vie.
– Je n'ai pas d'ordre à recevoir de...

Ma patience s'amenuise. Agacé par ce faux courage, je l'attrape par le col et le force à me regarder droit dans les yeux.

– C'est pas un ordre, abruti. Tu vas disparaître de sa vie, que ce soit en signant ce foutu papier sans faire d'histoires, ou parce que je me serais occupé de toi. C'est toi qui choisis.

– Vous me menacez ?!

Ma deuxième main vient rejoindre la première pour l'obliger à reculer vivement. Parce que Charlie n'a pas besoin d'entendre ce que je vais dire et que je sais combien Tara exècre la violence.

– Tu crois que j'ai besoin de te menacer, connard ? Tu sais combien de touristes n'écoutent pas les consignes et se font bouffer par un grizzly ou piétiner par un troupeau de bisons ?

– Wade...

La voix fébrile de Tara ébranle la fureur qui navigue dans mes veines. Je saisis ce menton ridicule pour l'écraser entre mes doigts, déformant sa bouche sans aucune pitié.

– Dégage d'ici avant que ce ne soit moi qui décide pour toi...

Une poussée ferme l'envoie quelques mètres en arrière. Vexé, et probablement un peu effrayé, il frotte sa joue d'une main tout en me désignant de l'autre.

– Vous... Vous êtes dingue !

– Tu l'as déjà dit, et tout le monde le sait ici. Alors fous le camp loin de chez moi.

Son regard accroche celui de Tara tandis qu'il recule maladroitement. Afin de bien lui faire comprendre que je ne blaguais pas, je me place entre eux pour briser ce foutu contrôle qu'il pense encore détenir sur elle. Sans demander son reste, Jack Weston tourne les talons et s'enfuit en courant.

— Je suis désolé pour tout ça, murmuré-je alors que les iris noirs de la jeune femme me scrutent longuement, il fallait se montrer plus con que lui.

Elle baisse la tête et je peux sentir la confusion l'envahir.

— Je... Je sais que vous avez agi pour nous aider, mais...

Le pas qu'elle effectue en arrière dans une attitude craintive confirme que mon attitude l'a marquée.

— Wade... Toute cette violence, c'est...

— Je sais.

Ma main s'avance pour caresser ses cheveux. Son corps réagit aussitôt et mon cœur se serre à la seule idée qu'elle puisse avoir peur de moi.

— Je sais, répété-je en l'amenant contre moi pour resserrer mes bras autour d'elle.

Tara se laisse aller pendant que Charlie nous rejoint, et à cet instant, rien ne me semble plus important que leur confiance et leur sécurité.

— Il ne laissera pas tomber aussi facilement, souffle-t-elle dans mon tee-shirt avec fatalisme.

— Tant pis pour lui.

Son visage se redresse et ses yeux défaits plongent dans les miens. Comme je voudrais pouvoir effacer cette tristesse insupportable...

— Wade... J'ai si peur...

Ma seconde main quitte les cheveux de Charlie pour prendre le visage de sa mère en coupe. De mes pouces, j'efface les larmes qui dévalent ses joues, puis ses lèvres. Comme je voudrais la déguster encore, la marquer de ma dévotion la plus totale et lui offrir toute la loyauté qu'elle mérite.

– Reste ici. Et je te jure que tu ne craindras plus jamais rien.

Ce tutoiement spontané me surprend tandis que son regard complètement perdu m'interroge, tout comme ma conscience. Quelle est la signification exacte de ce que je viens de prononcer ? Je ne le sais pas moi-même. Tout ce dont je suis conscient à cette seconde, c'est de mon envie débordante d'embrasser ces lèvres.

Reprends-toi, Baker !

Effectuant un pas en arrière pour rompre le contact, j'ébouriffe la chevelure de Charlie et lui adresse un sourire.

– Je vais vous ramener, articulé-je sans trop savoir comment me comporter.

– Il... Il a cassé une fenêtre pour entrer...

L'ordure. Je peux comprendre qu'elle soit aussi effrayée, quand on voit à quel point ce minable est prêt à tout pour l'intimider. En revanche, cet élément compromet mes chances d'instaurer la distance dont j'avais besoin pour retrouver mes esprits. Je n'ai pas beaucoup de solutions en attendant de pouvoir mettre Rosie au courant.

– Bien, vous allez passer la nuit chez moi.

À son manque de réaction, je déduis qu'elle s'attendait à cette proposition, voire qu'elle l'espérait pour se sentir en sécurité.

***

Allongé sur mon vieux canapé, je peine à trouver le sommeil. Les images de ce soir tournent en boucle dans ma tête pour venir s'ajouter à celles des semaines écoulées. Cette peur dans les yeux de Tara, cette façon de vouloir constamment protéger sa fille de tout et de tout le monde, l'enfermement silencieux de Charlie... Quelques minutes à observer ce connard se comporter comme s'il était seul avec elles m'ont suffi pour comprendre le calvaire qu'elles ont pu vivre jusqu'ici. Je m'en veux tellement de m'être montré aussi brusque dès leur arrivée au ranch. Elles avaient besoin d'aide, de distance et de sécurité, je ne leur ai procuré que mépris et soucis supplémentaires.

Tandis que je me fustige pour mon incapacité à nouer des liens avec qui que ce soit, des gémissements me parviennent depuis ma chambre. S'il me semble au départ que cette petite voix fluette ne puisse appartenir qu'à Charlie, je commence à avoir des doutes lorsqu'ils s'intensifient. Interloqué, je quitte mon sofa et approche discrètement dans le couloir sans trop savoir si je dois intervenir ou non. Mais lorsque la porte entrouverte me laisse percevoir une Tara aux prises avec un cauchemar semblable à ceux qui se sont enchaînés lors de sa nuit de forte fièvre, je suis incapable de reculer. Poussant lentement la porte pour ne pas réveiller Charlie qui dort encore à poings fermés malgré les geignements douloureux de sa mère, j'avance dans l'obscurité, porté par ce besoin d'être présent pour elles. Sous mes yeux, Tara se débat désespérément contre un adversaire imaginaire et ses gestes menacent à plusieurs reprises de bousculer la fillette.

– Chuuuut... murmuré-je en m'allongeant à ses côtés pour l'entourer de mes bras et contenir les coups qu'elle envoie dans le vide.

Aussitôt, ma voix l'apaise et ma présence la tire de son mauvais rêve. Ses mains s'agrippent à mes bras, son regard se lève dans le mien. Malgré la pénombre, cette lueur de crainte qui subsiste encore dans ses yeux me déchire le cœur. Je voudrais pouvoir effacer ce passé intolérable de sa mémoire et lui offrir l'amour qu'elle mérite.

Le quoi ?

Bordel, mes propres sentiments m'effrayent à un point que je n'aurais osé imaginer.

Tes quoi ?

Impossible. Je n'éprouve rien pour personne, jamais. Elle m'attendrit, voilà tout. C'est certainement dû à sa gosse. Rien de plus.

Alors pourquoi ses lèvres tremblantes m'appellent-elles aussi fort ? Pourquoi les battements de mon cœur martèlent-ils ma poitrine avec autant de véhémence ? Pourquoi est-ce que je parviens tout juste à respirer ? Sans aucun contrôle de ma part, ma main s'élève à la rencontre de sa joue dans une caresse qui me remue les entrailles. Un puissant frisson foudroie mon corps entier tandis que sa peau brûle la mienne. Bon sang, si la gosse ne se trouvait pas dans ce lit, je serais probablement déjà sur elle...

Calme-toi, Baker. Elle est différente.

Il me faut bien tout mon self control pour garder cette précision en tête alors que nos lèvres se rapprochent dangereusement. Saurais-je seulement me contenir si ce désir fou continue de gonfler en moi ? Son visage fin et fragile éteint la flamme de ma raison dans un souffle perdu, et en un battement de cils, nos bouches s'effleurent une première fois. Enivré par son odeur vanillée, je dévie le long de sa mâchoire pour en mordiller lentement le contour et lui laisser l'opportunité de mettre un terme à ce rapprochement périlleux. Mais lorsque ses doigts tremblants viennent se poser sur mon torse pour remonter lentement jusqu'à mon cou tendu d'impatience, je comprends qu'elle souhaite ce baiser aussi fort que moi. Aussitôt, ma main quitte sa joue pour empoigner tendrement sa chevelure désordonnée. D'un geste lent mais assuré, j'incline légèrement son visage pour mieux atteindre ses lèvres offertes.

Putain, ce qu'elle est belle...

Abandonnée dans mes bras, Tara m'accueille comme si elle m'attendait depuis toujours. Le cœur saisi par la douceur de cette langue qui se laisse apprivoiser par la mienne, je passe mon bras libre autour de sa taille pour la hisser un peu plus haut contre moi. Le gémissement qu'elle laisse alors échapper dans ma bouche termine de me rendre dingue. Il n'y a plus rien de chaste ni de fragile dans ce baiser, mais une fougue grandissante qui déclenche mon alarme intérieure. Hors de question d'entreprendre quoi que ce soit d'impudique avec la petite à nos côtés, il me faut stopper ça immédiatement avant de perdre le contrôle pour de bon.

– Tara... On ne peut pas. Pas ici, pas maintenant.

Murmurer l'exact opposé de ce que je ressens m'est particulièrement difficile à cet instant. Je n'ai d'habitude aucun mal à clôturer un rapprochement lorsqu'il s'agit de ces femmes qui me sautent littéralement dessus, mais avec elle tout est différent. L'émotion qui me dévore le bas-

ventre ne m'avait encore jamais traversé, et j'étais loin d'imaginer pouvoir ressentir ce manque cruel lorsqu'elle s'écarte de mon torse pour acquiescer timidement.
— Pardon, s'excuse-t-elle.
La voir aussi confuse, presque honteuse, provoque immédiatement en moi une vague de remords inattendue.
— Hey... soufflé-je en rattrapant son visage d'une main.
Je refuse qu'elle s'imagine le moindre regret de ma part. Si Charlie se trouvait dans une autre pièce, je serais déjà en elle à me repaître de son corps et de ses gémissements exquis. Désireux de le lui faire comprendre, je la ramène contre ma poitrine, remonte le drap sur nous deux puis caresse ses cheveux dans un mouvement lent et régulier. Je ne sais absolument pas ce qui me prend de me comporter de cette manière. Tout ce dont je suis certain, et c'est probablement ce qui me déboussole le plus, c'est que pour la première fois de ma vie, je me sens bien.
Simplement bien.

CHAPITRE 26 - Tara

Les premières lueurs du jour transpercent mes paupières encore lourdes de fatigue. Préoccupée comme chaque matin de savoir si Charlie se trouve toujours dans les parages, j'ouvre les yeux et constate avec soulagement qu'elle dort à poings fermés à mes côtés. Prenant conscience à l'instant même de l'endroit où nous nous trouvons, je me redresse pour balayer la pièce du regard. Une chambre de cowboy solitaire à n'en pas douter, en témoignent cet ameublement sommaire et ces chemises portées qui s'amoncellent sur le dossier d'une chaise. Un sourire prend naissance sur mon visage tout juste réveillé. La nature profondément sauvage de Wade me semble encore plus touchante lorsque je réalise à quel point il se montre désormais attentionné pour nous.

Charlie toujours endormie, je récupère doucement mes vêtements au bout du lit, les enfile aussi silencieusement que possible puis m'éclipse après un dernier coup d'œil pour m'assurer qu'elle ne s'est pas réveillée.

Face à la fenêtre, le cowboy observe le lac en dégustant un mug de café fumant. Incertaine quant à ce nouvel écart que nous avons commis hier soir, j'ose tout juste avancer de quelques pas avant de me racler timidement la gorge.

– Bonjour, articulé-je avec hésitation.

Ses larges épaules pivotent dans un demi-tour calme et assuré. Aussitôt, son regard sombre me perturbe. Que peut-il bien penser d'une femme qui se laisse aller comme je l'ai fait ?

— Bonjour. Il y a du café chaud.

Ce timbre rauque intensifie brusquement mon rythme cardiaque. Encore plus lorsqu'il approche à pas comptés alors même que je n'ose lever mes yeux dans les siens. Paniquée par cette proximité à laquelle je ne sais comment réagir, je le laisse replacer une mèche de mes cheveux sans répondre à son geste.

— Est-ce que tout va bien ? demande-t-il en cherchant mon regard.

J'acquiesce en silence, le temps de chercher quoi répondre.

— Tara ?

Cette fois-ci, je n'ai pas d'autre choix que de relever la tête pour croiser ses iris ébène qui me fixent avec intensité.

— Je... Pensez-vous que Jack soit encore au ranch ?

Cette question me travaille effectivement depuis le réveil, mais j'avoue qu'elle tombe à point nommé. Wade s'assombrit et serre les dents.

— Rassurez-vous, grogne-t-il en se détournant pour aller poser son mug et en attraper un vide, s'il n'a pas trouvé le chemin de la sortie je le lui montrerai avec plaisir.

Le visage assombri, le cowboy verse du café dans sa nouvelle tasse puis me la tend.

— Vous auriez dû me dire qu'il vous frappait, ajoute-t-il avec gravité.

Ces mots simples prononcés par un homme qui m'inspirait presque plus de crainte que Jack il y a encore quelques semaines me noue la gorge. Il a compris ce qu'il se passait en quelques minutes, alors que de mon côté, il m'a fallu des années. Des années et un drame...

Face à mon silence, Wade approche d'un pas supplémentaire pour relever mon menton de ses doigts robustes.

– C'est pour ça que vous êtes parties, n'est-ce pas ? Rien à voir avec un quelconque besoin de rapprocher Charlie de la nature...

Un léger haussement d'épaules de ma part lui confirme ce qu'il sait déjà, même si j'ai tout de même choisi cet endroit parmi plusieurs autres pour les possibilités qu'il offrait à Charlie de renouer avec son environnement.

– Est-ce que le mutisme de la petite a un lien avec tout ça ?

L'évocation de ma responsabilité dans le mal-être de ma fille fait immédiatement naître au creux de ma gorge une boule acide qui me brûle jusque dans la poitrine. Comment nier l'évidence, mais comment avouer que si j'avais agi plus tôt elle n'aurait jamais vécu ce traumatisme... Honteuse, je baisse les yeux le plus loin possible de ceux de Wade pour me soustraire à leur poids inévitable.

– C'était un soir parmi tant d'autres, soufflé-je pour me débarrasser enfin de ce fardeau. Jack rentrait d'un colloque à Orlando. J'avais refusé de l'y accompagner car Charlie avait été malade la nuit précédente, il était très contrarié. Nous pensions qu'elle dormait quand il a commencé à... à...

Comme je peine à trouver mes mots, Wade s'avance encore pour poser ses deux mains sur mes bras prostrés. Il semble sentir mon besoin d'évacuer cette douleur atroce, et je lui en suis vraiment reconnaissante.

– Ça va aller, murmure-t-il. Je suis là.

Les sanglots m'envahissent dangereusement. Je n'ai pas l'habitude que l'on m'écoute, encore moins que l'on me soutienne.

– Les premiers coups n'étaient pas si douloureux, continué-je alors que ma voix part déjà dans les aigus. Tout ce que je voulais, c'était qu'elle ne nous entende pas. Je ne ressentais presque plus rien tellement j'étais concentrée sur l'importance de ne pas faire de bruit. Et ça l'a rendu fou.

Je peux sentir les muscles de Wade se tendre, puis les miens frémir en réponse. Comme s'il se réveillait pour se placer en alerte, mon corps réagit sur la défensive sous le contact pourtant bienveillant de l'homme qui se tient devant moi.

– Il frappait de plus en plus fort. D'abord avec ses mains, puis avec tout ce qu'il pouvait trouver. Ses cris et les bruits de casse ont fini par réveiller Charlie…

Cette fois-ci, je suis incapable de retenir les pleurs de culpabilité qui m'oppressent la gorge. Revoir ces images aussi nettement que si elles se déroulaient sous mes yeux me transperce de douleur. Comment ai-je pu infliger ça à ma petite fille ? Touché par le désarroi qui m'envahit, Wade ignore mes coudes qui se lèvent en défense lorsqu'il avance une main pour la passer derrière mes cheveux, et ramène mon visage contre son torse.

– Quand je l'ai vue au coin de cette porte, j'ai… J'ai eu tellement peur qu'il s'en prenne à elle… À chaque coup, je trouvais la force de me relever pour essayer de la rejoindre et la protéger, mais à chaque tentative, Jack frappait de plus belle pour me renvoyer à terre.

Le souffle du cowboy s'accélère tandis que ses muscles pectoraux se gonflent de colère. Une nouvelle fois, mon corps réagit instinctivement à ce qu'il identifie comme une menace, mais Wade me contient pour l'apaiser et me permettre de continuer à vider mon sac.

– J'ai fini par perdre connaissance...

Un sanglot plus puissant que les autres m'empêche de continuer. Dans mes cheveux, les doigts de Wade massent consciencieusement mon crâne pour affirmer sa présence tandis que son menton vient se poser au-dessus de ma tête. Il est là, attentif et protecteur, et pour la première fois de ma vie je ne me sens plus seule.

– Je n'ai pas su rester debout pour elle, pleuré-je contre ce tee-shirt imprégné de l'unique odeur masculine qui puisse désormais me procurer un sentiment de sécurité.

Aussitôt, ses deux mains prennent mon visage en coupe pour relever mon regard dans le sien. Son air grave s'immisce jusqu'au fond de mon âme, jamais encore je n'avais perçu cette expression sincère et impliquée à mon égard.

– Hey, murmure-t-il en essuyant mes larmes de ses pouces, tu n'as rien à te reprocher, tu m'entends ?

Ce tutoiement percute mon cœur avec une force phénoménale. Il confirme à lui seul une proximité à laquelle je n'aurais jamais osé croire de moi-même, et qui m'effraie autant qu'elle m'attire. Ses yeux sombres arrimés aux miens, Wade m'envoie toute sa force rien que dans ce contact.

– C'est à ce moment-là que tu es partie ? demande-t-il doucement pour m'aider à terminer.

Je hoche la tête dans un mouvement de négation. Si seulement ce courage coulait dans mes veines...

– C'était impossible, soufflé-je avec remord, je n'avais aucun poids face à lui. Au départ, je pensais que Charlie souffrait seulement d'un léger choc émotionnel et qu'elle avait besoin d'un peu de temps pour retrouver un comportement normal. Mais les jours sont passés, puis les semaines. Elle s'enfermait de plus en plus dans ce silence effrayant. L'école a commencé à poser des questions, j'ai cru y voir une opportunité d'obtenir de l'aide mais dès que Jack a pris connaissance des rendez-vous qui nous étaient proposés avec une psychologue scolaire, il a manœuvré comme toujours. Il a retiré Charlie de l'école et fait rédiger un courrier d'inscription dans un autre établissement.

– Et l'enseignant suivant n'a rien remarqué ?

Je relève les yeux dans les siens.

– Il n'y a jamais eu d'autre école. Ne me demande pas comment il s'y prend, mais Jack obtient toujours ce qu'il veut, quand il veut. Et là encore, je n'ai pas réagi. Charlie s'est enfoncée dans les ténèbres, et je n'ai pas été capable de l'aider...

– Tu n'avais aucun moyen de le faire, me coupe-t-il.

Les larmes reviennent menacer mes paupières alourdies. Rien ne saura atténuer cette culpabilité qui lacère mon cœur.

– Un matin, alors qu'il n'en prenait jamais la peine, Jack s'est adressé à Charlie. Et voir qu'elle ne lui répondait pas l'a mis hors de lui.

Les sanglots m'étranglent douloureusement.

– Ce n'était pas du dédain, tenté-je de justifier l'attitude de ma fille comme si cela avait encore la moindre importance, ça faisait des mois qu'elle ne communiquait plus, elle n'en était plus capable, tu comprends ?

Wade acquiesce, visiblement inquiet de ce qu'il va entendre.

– Il levait le ton de plus en plus fort mais elle ne le regardait même pas, comme si son esprit s'était extrait de son petit corps fragile.

Ma voix n'est plus qu'un gémissement plaintif.

– Il l'a saisie par le cou…

Je peux sentir les muscles de Wade se contracter sous l'effet de mes mots. Comme j'aurais voulu que ce moment n'existe jamais…

– Je l'ai vu lever cette main au-dessus d'elle, balbutié-je entre deux spasmes larmoyants. J'ai sauté sur son bras pour l'empêcher de l'atteindre. Je voulais qu'il s'en prenne à moi…

Les pleurs m'empêchent d'articuler correctement et je dois reprendre une inspiration pour continuer.

– Pas à elle…

Wade me serre un peu plus fort contre lui pour atténuer cette peine qui m'envahit.

– Pas à elle…

– Je suis là, murmure-t-il contre ma tempe, c'est terminé.

Ses mains solides relèvent mon visage pour lui permettre de capter mon regard. Je plonge dans le sien avec une détresse qui me dépasse, mais me sens immédiatement rattrapée par les promesses que je peux lire dans ces iris ténébreux.

Oui, il est là.

Et rien n'est plus pareil depuis.

– Tara, il va falloir qu'on en parle à Rosie et Tommy. Il ne s'agit plus de quelque chose qu'on peut garder entre toi et moi maintenant que cette enflure sait que je suis au courant.

Consciente qu'il a parfaitement raison, j'acquiesce lentement. J'appréhende tellement ce qui pourrait se produire…

– Je suis désolée de vous avoir tous impliqués, sangloté-je contre sa paume.

– Tu n'as impliqué personne. C'est moi qui t'ai forcée à parler, et je suis heureux que tu l'aies fait. Laisse-nous gérer ça et concentre-toi uniquement sur ce que tu veux pour Charlie.

Sa voix rauque et protectrice déclenche un frisson étourdissant qui remonte du bas de mon dos jusque dans ma poitrine. Saurais-je seulement retourner à une vie ordinaire en Floride après avoir ressenti autant de quiétude auprès de cette famille ? Sans m'écarter de lui, Wade attrape son téléphone. Son odeur musquée envahit mon système nerveux tandis qu'il porte l'appareil à son oreille.

– C'est moi. Il faut qu'on se voie, tu es dispo ? Non, maintenant. Parfait. Elles sont avec moi. On arrive.

Il raccroche sans plus de cérémonie, puis s'écarte d'un pas pour poser la tasse qu'il vient de récupérer dans mes mains.

– Ils nous attendent.

La panique me gagne. Impossible de reculer désormais.

– Bien… Je vais réveiller Charlie.

Résignée, je m'exécute avec fébrilité. Personne ne s'était jamais intéressé à nous, à notre histoire. Seulement quelques questions sur le mutisme de ma fille que je parvenais à éluder sans trop de peine, puisqu'il ne s'agissait en réalité que de curiosité de la part des gens qui nous croisaient.

***

Comme le reste du ranch, la maison des Spencer est particulièrement calme lorsque nous y entrons. Charlie s'est rendormie dans les bras de Wade, bien au chaud sous la couverture qu'il a déployée autour d'elle avant de quitter le chalet. Son visage angélique frémit à peine lorsque le cowboy la dépose délicatement sur le canapé du salon, tandis que Rosie nous fait signe de la rejoindre dans la cuisine. Je suis surprise d'y trouver Ed attablé devant un café à une heure aussi matinale.

– Où sont les garçons ? demande Wade en tirant une chaise pour me la proposer.

Désorientée par l'angoisse qui monte, je me laisse guider par le seul homme conscient de ce qui se trame dans cette pièce.

– Ils viennent de finir leur déjeuner, ils sont montés se préparer.

– Bien. Ne les laisse pas sortir pour le moment.

Le visage de Rosie se tend immédiatement.

– Tu commences à me faire peur. Crache le morceau, petit frère. Qu'y a-t-il de si important pour que tu demandes à nous parler aussi tôt alors que tu ne supportes personne avant dix heures ?

Cet élément gonfle mon cœur de manière inattendue. Wade s'est montré adorable avec nous ce matin, quelle que soit son habitude à l'égard des autres. Et lorsque le silence qui suit amène Rosie à baisser un regard interrogateur sur ma silhouette abattue, la main qu'il pose sur mon épaule me réconforte considérablement. Je comprends que c'est à moi de parler désormais, pourtant rien ne vient. Je ne sais de quelle manière aborder le sujet, encore moins par quoi commencer.

– Je... La fenêtre de notre salle de bain est cassée, je suis désolée. Je paierai pour les dégâts...

Perplexe, Rosie lève un sourcil en croisant les bras tandis que Tommy se frotte la moustache.

– Quoi, c'est pour une pauvre fenêtre cassée qu'on est tous réunis ici comme si quelqu'un allait mourir ? Wade, tu...

– Laisse-la parler, coupe le cowboy avec autorité.

Les yeux baissés sur mes doigts crochetés les uns aux autres, je cherche comment continuer.

– En fait, il se trouve que... Charlie et moi...

Ma respiration devient erratique, mes épaules remontent peu à peu autour de mon cou, une vague de chaleur déferle dans tout mon corps. Mon histoire entière m'envahit, m'engloutit alors que je ne parviens pas à en extraire le moindre mot.

– Oui ? tente de m'aider Rosie.

D'un regard désespéré par-dessus mon épaule, je cherche une aide auprès de Wade.

– Je ne peux pas... soufflé-je avec remords.

Comprenant qu'un fardeau bien trop lourd pèse sur mes épaules, sa sœur pose un genou à terre pour venir chercher mon regard perdu. Ses mains douces et chaudes enveloppent les miennes.

– Tara, je n'ai aucune idée de ce qu'il se passe, mais sache que tu peux tout nous dire.

– Ben oui, confirme Ed sans lever le nez du toast qu'il termine de tartiner de sirop d'érable.

Leur bienveillance me touche au plus profond de mon âme, une fois de plus. Je m'efforce de trouver au fond de moi le courage d'entamer au moins un commencement d'explication, mais tout s'embrouille dans ma tête.

– Je... En fait, nous ne sommes pas venues pour... Charlie et moi avons...

Plus je bafouille, plus la panique me gagne et moins je parviens à construire une véritable phrase. Devant mon désarroi, Wade resserre ses doigts autour de mon épaule pour affirmer sa présence à mes côtés.

– Elles ont fui la Floride, intervient-il pour poser ici ce que j'aurais été parfaitement incapable de révéler.

– Fui ? s'étonne Tommy.

– Fui. Pour échapper au père de Charlie.

– Oh mon Dieu, gémit Rosie en caressant mes doigts, est-ce qu'il t'a fait du mal ?

Les larmes qui perlent au coin de mes paupières lui donnent la réponse que je ne peux exprimer.

– Il la battait et l'empêchait de reprendre sa liberté, continue Wade comme s'il voulait m'empêcher de reculer.

Je sais qu'il le fait pour moi, pour m'aider à mettre un terme à tout ça. Mais c'est tellement douloureux. J'appréhende le jugement que ceux qui ne connaissent pas ce genre de situation peuvent porter, je redoute cette culpabilité qui lacère déjà mes entrailles.

— Je comprends mieux, murmure Rosie en baissant les yeux sur le côté, autant tes réactions craintives que le silence de la petite.

— Ce n'est pas tout, ajoute le cowboy.

— Oh bah merde, c'est déjà bien assez, grommelle Ed en repoussant sa tasse vide.

— Il est ici.

— QUOI ?! s'écrient-ils tous les trois à l'unisson.

— C'est Jack Weston.

— Bordel, je savais que ce type était une ordure ! enrage le vieil homme en claquant ses deux mains sur la table. Dès que je l'ai vu pointer sa gueule au chalet de Miss Reed, j'ai su qu'il était pas net !

Préoccupée, Rosie se relève et fixe son frère avec gravité.

— Il veut quoi ?

— Que Tara abandonne sa demande de divorce, et les ramener en Floride pour pouvoir continuer de taper dessus à sa guise. Il a le bras long là-bas et se pense visiblement intouchable.

Le regard autoritaire de la jeune femme s'abaisse aussitôt dans le mien.

— Hors de question. Tu vas au bout de cette démarche, hein ma belle ?

J'acquiesce sans même être sûre de ma capacité à tenir parole. Sans un mot, Tommy quitte la cuisine. Un bruit de vitrine qui s'ouvre puis se ferme et il réapparaît, un fusil dans chaque main, le regard fermé. D'un geste souple, il envoie l'une des deux armes à Wade, qui l'attrape au vol sans sourciller. La seule idée de les voir se mettre en difficulté par ma faute m'aide à retrouver la parole.

– Qu'est-ce que... Non, attendez, qu'allez-vous faire ?

– Ce qui doit être fait, grogne Tommy sur un ton que je n'avais encore jamais entendu dans sa bouche.

Une boîte de cartouches suit dans les airs le même chemin que le fusil pour finir dans la main de Wade derrière-moi. Silencieux, le cowboy rejoint son beau-frère en terminant de charger son canon. L'air s'amenuise dans mes poumons, ma gorge se resserre dangereusement tandis que je me lève pour tenter de les dissuader.

– Non, Wade ! S'il te plaît, ne fais pas ça ! Je ne veux pas que vous preniez des risques pour nous...

Les deux mains de Rosie me retiennent posément tandis qu'il ne me répond que d'un regard sombre et profond, presque effrayant.

– Ne t'en fais pas, m'assure la maîtresse des lieux, ici on n'est pas en Floride et les choses se passent à notre manière.

Les sanglots m'envahissent sans que je ne puisse les contrôler.

– Oh Rosie, je suis tellement désolée ! Je ne voulais pas vous attirer d'ennuis...

– Hey, ça va aller. Ne t'inquiète surtout pas. C'est moi qui suis désolée de ne pas avoir vu ce qu'il se passait sous mes yeux. Je n'ose imaginer comme ça a dû être difficile pour toi. Bon sang, il t'a traquée jusqu'ici !

Soulagée de ne plus me trouver seule dans ce cauchemar, je me laisse aller contre son buste lorsqu'elle m'offre ses bras réconfortant pour évacuer mon chagrin.

— On va lui faire la peau, à ce gugus, grogne Ed en reprenant un toast dans lequel il croque avec rage. Est-ce qu'il a touché à la petite ? Parce que s'il lui a fait du mal, je vais sculpter moi-même dans la peau de son cul avec mon canif ! Et croyez-moi qu'il va pouvoir chouiner, cette espèce de trou d'balle !

— Papa, le reprend sévèrement Rosie, on est tous en colère mais s'il te plaît, il y a des enfants dans la maison.

— Ouais, ben justement ! Les enfants, on n'y touche pas !

L'attitude grincheuse du vieil homme me tire un léger sourire. Depuis le premier jour, Ed me touche par ce côté brut et franc, sous lequel se cache une réelle sincérité doublée d'une gentillesse débordante.

— Il ne l'a pas frappée, tenté-je de répondre au plus juste afin de ne pas lui mentir sans pour autant jeter de l'huile sur le feu.

— Bien, il a sauvé sa fesse gauche. Mais je ne suis pas contre un petit tatouage sur la droite...

— Papa !

— Qui va se faire tatouer ?

Déjà habillés et fraîchement coiffés, Nate et Simon entrent dans la cuisine en me saluant d'un sourire.

— Personne, marmonne Rosie avec humeur. Vous allez remonter ranger votre chambre, les gars.

— Quoi ? s'étonne Nate, mais on devait...

— Vous allez ranger votre chambre, et ensuite vous trierez vos armoires. Il n'y a pas d'école aujourd'hui, c'est le moment de faire ce pour quoi on n'a jamais suffisamment de temps.

— Mais...

Un doigt pointé en l'air suffit à stopper net les protestations qui s'apprêtaient à fuser.

– Peux-tu me rappeler qui, dans cette pièce, donne les consignes ?

– Toi.

– Alors ça, ça tombe bien dis-donc. Allez hop, au boulot.

Sans plus rechigner, les deux garçons rebroussent chemin. Comme j'aimerais savoir faire preuve d'une autorité aussi nette lorsque Jack me met en difficulté.

Ses fils repartis, Rosie se tourne à nouveau vers son père.

– Toi, tu gardes ton canif rangé là où il est et tu laisses faire les garçons. Sinon, je t'envoie ranger ta chambre aussi.

– Mon chalet est parfaitement rangé, bougonne le vieil homme en croisant les bras dans une mous boudeuse.

– Ce n'est pas ce que j'ai vu hier.

– Dis donc Rosie Baker, qui est ton père et qui est ma fille ?

– C'est Spencer, papa. Depuis bientôt vingt ans.

– Ouais, ben Spencer ou pas, tu restes une Baker. Et ça se voit.

– Parce que je suis aussi têtue que Wade et toi ?

– Peut-être.

Leur échange a au moins le mérite de me distraire. Même dans leurs chamailleries, je trouve les membres de cette famille criants d'amour les uns pour les autres. Je les envie.

Le claquement de la porte d'entrée retentit, puis celui de la vitrine. Quelques secondes plus tard, Wade et Tommy réapparaissent.

– Il est déjà parti, annonce ce dernier en se servant un café.

Wade revient se placer à mes côtés, interceptant mon regard comme si nous nous trouvions seuls dans cette pièce. L'espace d'un instant, l'impression d'une réelle connexion entre lui et moi vient me chatouiller la poitrine.

– Très bien, marmonne Rosie, ça nous arrange. Je pense qu'il faut prévenir les autorités.

– Non !

Ma voix vient de retentir bien plus fort que ce que j'aurais voulu, et semble surprendre tout le monde.

– Je... C'est trop risqué. Il vaut mieux attendre la fin du délai qui a été donné à Jack sans chercher à faire d'histoires.

– Des histoires ? intervient Ed avec colère, c'est quand-même lui qu'est venu chercher les emmerdes jusque chez nous !

Le regard ombrageux de Wade le stoppe tandis que Rosie lui ressert un café pour le faire taire.

– Ça a été trop dur, imploré-je en les regardant tour à tour, je ne pourrais pas tout recommencer si j'échoue cette fois-ci.

– Tu n'échoueras pas, m'assure ce timbre grave qui déclenche un frisson jusque dans ma gorge, on est là.

– Tout dépendra du juge qui recevra mon dossier.

– Demande à ton avocate de nous envoyer une copie de ce dossier. Si ça ne fonctionne pas en Floride, alors on recommencera ici.

– Si c'était aussi simple...

– On fera ce qu'il faut pour que ça le soit, me coupe Rosie. Personne ici ne te laissera tomber, Tara.

La manière dont ils acquiescent à l'unisson me confirme ce que je sais déjà. Pour la première fois de ma vie, je suis entourée. Aujourd'hui, à des milliers de miles de ce que je croyais être chez moi, je compte pour des gens. Des gens merveilleux, fiables et incroyablement généreux.

Si c'est un rêve, je voudrais ne jamais me réveiller…

CHAPITRE 27 - Tara

Une semaine plus tard

– As-tu réfléchi à ce que tu voudrais faire après l'été ?

La question de Rosie me prend de court. Voilà plus d'un mois maintenant que je vis au jour le jour, et sa remarque m'oblige à réaliser que je n'ai absolument aucun plan pour la suite.

– Non, me contenté-je de répondre en terminant de lisser l'édredon que nous venons de poser sur ce lit fraîchement refait.

Un nouveau chassé-croisé de vacanciers se prépare, le travail ne manque donc pas ce matin. Entre les chalets à nettoyer, les lessives et les repas à préparer, sans oublier toute l'intendance liée au ranch lui-même, nous ne sommes pas trop de deux pour venir à bout de tout ce qu'il y a à faire.

– Je te demande ça parce que... Enfin, si tu souhaitais rester avec nous, on devrait peut-être s'occuper de l'inscription de Charlie à l'école de Jasper.

Déconcertée par cette évocation d'un avenir ici, je n'ose l'interpréter comme une proposition quelconque. Je ne sais pas de quelle manière Rosie voit les choses mais de mon côté, tout est déjà tellement flou et incertain que je me sens incapable d'imaginer que notre place ici soit réelle. Wade voudrait-il que nous restions ? Simplement après avoir échangé quelques baisers et passé une nuit l'un contre l'autre ? Je doute fort que la tonne d'ennuis que je représente puisse donner l'envie à un homme de me faire une place dans sa vie. Ce n'est peut-être pas pour rien que Wade a quitté le ranch depuis bientôt six jours. Officiellement, on lui a demandé de se rendre dans cette station de détention dans le Wyoming pour y récupérer deux mustangs en difficulté. Mais dans le fond, je suppose qu'il s'est senti piégé par la situation. Un homme aussi solitaire et sauvage que Wade Baker n'est certainement pas voué à s'enfermer dans une relation quelconque avec femme et enfant, surtout dotées d'un passé aussi lourd que le nôtre.

— Je... Je ne sais pas où nous nous trouverons à la rentrée, articulé-je avec hésitation.

Rosie lève un sourcil incrédule.

— Tu te sens bien ici, et ta fille aussi. Qu'est-ce qui t'oblige à repartir ?

La peur.

La honte.

La certitude que les belles histoires sont réservées aux autres.

L'impression effrayante de tomber peu à peu amoureuse d'un homme qui n'a aucune raison de vouloir s'encombrer du fardeau que je représente.

— La réalité... me contenté-je de répondre sans lever les yeux.

Les mains pleines de flacons de produits ménagers, je m'avance vers la porte du chalet pour les ranger dans leur panière de transport.

– La réalité, ma chérie, c'est que tu as trouvé un toit, un job et une famille. Alors je te repose la question, qu'est-ce qui t'oblige à repartir ? Bien évidemment, tu as le droit de me dire que tu ne vois pas ton avenir ici, dans notre trou paumé et auprès de mon frangin, mais bon. Mon instinct me ferait douter.

Surprise par ces suppositions qui ressemblent fort à des certitudes, je me redresse pour la considérer sérieusement.

– De quoi parles-tu, Rosie ?
– Oh, eh, pas à moi, hein. J'le connais.
– Je ne comprends rien à ce que tu racontes, mais...
– Je raconte que mon frère est dingue de toi, de ta fille, et que ça se voit comme le nez au milieu de la figure. Alors, si tu veux te voiler la face, libre à toi. Mais à moi, tu ne me feras pas croire que ce n'est pas réciproque.
– Rosie, je ne pense pas que...
– Il est parti à reculons, Tara. Il m'a fait promettre de veiller sur vous deux et de l'appeler si Weston revenait dans les parages. Que tu acceptes de t'en rendre compte ou non, tu es déjà dans sa vie.

Les battements de mon cœur cognent jusque dans mes tempes. Moi qui pensais qu'il avait accepté cette mission pour fuir un je ne sais quoi qui avancerait trop vite... L'imaginer se sentir concerné par notre sort malgré les complications qu'il connaît désormais me prend de court et m'oblige à réviser mon jugement. Wade n'a strictement rien à voir avec Jack.

Ce constat me trotte dans la tête durant le reste de l'après-midi. L'intégralité de nos échanges me revient en mémoire, mais cette fois-ci, je les vois d'une manière différente. Au lieu de n'en retenir que les démonstrations d'hostilité de la part d'un cowboy rustre et sauvage, j'en perçois maintenant les marques d'affection envers Charlie ajoutées aux efforts de communication qu'il a tentés à mon égard.

En fin d'après-midi, un détour par le chalet pour prendre une douche avant d'aller aider Rosie à préparer le repas m'octroie une pause salvatrice. Charlie est restée jouer avec les garçons, qui ont décidé de lui apprendre à se servir d'un lasso. Elle adore passer du temps avec eux pour découvrir les diverses occupations qui rythment leur quotidien. Leur bonne entente me soulage et me permet de prendre un peu de temps pour moi sans m'inquiéter. Nate et Simon veillent sur ma fille comme si elle était leur propre petite sœur, ce que je n'aurais espéré trouver lorsque nous avons entrepris cette fuite totalement hasardeuse.

Alors que je termine de me sécher les cheveux, la sonnerie de mon téléphone retentit. Consciente que seule mon avocate pourrait m'appeler sur cet appareil puisque Rosie n'utilise que le talkie-walkie qu'elle m'a confié, je me dépêche de l'attraper pour y répondre.

– Allô ?

– Bonjour Tara, comment allez-vous ?

Même si son nom affiché sur l'écran m'a confirmé qu'il s'agissait bien d'elle, entendre sa voix détendue me tire un soupir de soulagement.

– Je vais bien, merci. Et vous ? Où en est-on ?

– Je vous appelle pour ça. Le délai est écoulé et le dossier a été transmis au juge cette semaine, en même temps que la motion par défaut. Compte tenu des éléments à charge, il a déjà examiné notre requête et fixé une audience très rapide pour la prononciation de votre divorce. Elle se tiendra jeudi prochain, il va falloir que vous soyez présente.

— Jeudi... Dans une semaine ?

— C'est cela.

Tout tourbillonne dans ma tête. Autant le soulagement d'un dénouement positif que la peur de retourner à Tampa et me retrouver face à Jack, maintenant qu'il sait que je suis allée au bout de ma démarche. Mais je ne peux plus reculer.

— Bien, euh... Il va falloir que je trouve comment m'organiser mais j'y serai.

— Tara ?

— Oui ?

— Si vous le pouvez, je pense qu'il vaudrait mieux ne pas emmener votre fille.

— Je crois que je préfèrerais effectivement qu'elle n'assiste pas à ça. Mais, ne va-t-on pas me le reprocher ?

Au vu de la situation, personne ne vous tiendra rigueur de vouloir protéger votre enfant. Si le juge a besoin d'entendre Charlie, il programmera une audition ou une expertise psychologique, qui se déroulera à une date ultérieure et certainement pas en présence de son père.

— D'accord, je vais essayer de m'arranger. Madame Alvarez, pourriez-vous envoyer l'intégralité du dossier sur la boîte mail du Baker Old Ranch, s'il vous plaît ?

— L'intégralité du dossier ?

— Oui. Au cas où notre démarche n'aboutisse pas en Floride. Je voudrais être en possession de ce dossier pour pouvoir relancer une procédure, et ce avant que Jack ne trouve quelqu'un pour effacer toutes les preuves.

– Je comprends. Mais je ne peux pas transférer un tel dossier de cette manière, Tara. Il comporte des éléments extrêmement graves qui ne peuvent tomber entre n'importe quelles mains. Cela pourrait me coûter très cher. Transmettez-moi les coordonnées d'un avocat sur place, et là oui, je pourrai lui transmettre tous les documents sans problème.

Même si je comprends tout à fait ses arguments, l'idée de repousser cette sauvegarde avant l'audience m'angoisse. J'espère vraiment que Rosie aura une solution à cette condition.

– Bien, je vais me renseigner, soufflé-je un peu abattue.

– Ne vous inquiétez pas Tara, nous avons tout ce qu'il faut pour le faire tomber. Vous arrivez au bout du cauchemar.

– Je l'espère.

– Je vous envoie très vite un message avec l'heure et l'adresse exacte où vous rendre.

– D'accord. Merci beaucoup.

– Je vous en prie. Passez une bonne fin de journée, Tara.

– Vous aussi. Au revoir.

– Au revoir.

Hagarde, je raccroche puis laisse mon téléphone glisser sur le sofa. Retourner à Tampa était fatalement inévitable, mais je pensais disposer de plus de temps pour m'y préparer et surtout, je n'avais absolument pas imaginé devoir me séparer de Charlie. Cette double peine ajoutée à l'angoisse de me retrouver à nouveau face à Jack me donne le vertige. Les cheveux encore trempés, je retourne à la salle de bain pour les sécher tout en analysant les options qui s'offrent à moi. Demander à Rosie de garder Charlie afin de partir seule, ou bien emmener ma fille avec moi et trouver quelqu'un qui puisse la gérer sur place ? Impossible. Je n'ai plus personne vers qui me tourner là-bas, et je me sens complètement incapable de la confier à quelqu'un qui ne la connaîtrait pas. Devrais-je demander à Rosie de m'accompagner jusqu'à Tampa et de s'occuper de Charlie sur place ? J'avoue que la perspective d'un voyage seule m'effraie, surtout maintenant que Jack sait où nous nous trouvons. Il aurait largement les ressources pour envoyer quelqu'un m'intercepter sans que personne ne s'en aperçoive. Complètement perdue, je décide d'en parler aux Spencer ce soir afin de leur demander leur avis. Je suis sûre qu'ils sauront me conseiller avec sagesse et me rassurer.

Une fois les cheveux secs et la salle de bain rangée, je quitte le chalet pour rejoindre Rosie en cuisine. Tommy a commandé une nouvelle fenêtre pour changer celle que Jack a cassée chez nous, mais en attendant, tout le monde a insisté pour que nous restions chez Wade durant son absence.

En longeant les enclos au sein desquels quelques bisons sont parqués, j'aperçois Ed approcher, l'air un peu hagard. Visiblement désorienté, il regarde tout autour de lui en bougonnant. Son regard accroche le mien tandis que nous nous croisons.

– Excusez-moi Madame, pourriez-vous me dire à quelle heure doit arriver le train en provenance d'Edmonton ?

Son timbre fébrile et son attitude incertaine me serrent le cœur. J'ai bien compris qu'il ne fallait ni chercher à le raisonner, ni lui mentir pour abonder dans son sens. Mais à cet instant, je me sens complètement à court d'idées pour trouver les bons mots.

– Vous devez confondre avec un autre jour, Ed. Il n'y a aucun train aujourd'hui. Vous m'accompagnez pour préparer le repas ? J'aurais bien besoin de votre aide.

Croisant les doigts pour que cette tentative de diversion fonctionne, je l'interroge du regard en observant discrètement sa brève réflexion. Me reconnaît-il seulement ? Et cette simple proposition suffira-t-elle à le ramener à la réalité ?

– D'accord, mais je m'occupe pas des légumes.

Un sourire de soulagement étire mes lèvres.

– Aucun problème, affirmé-je avant de lui tendre mon bras, qu'il saisit en m'accordant un clin d'œil espiègle.

– J'vous aime bien, se réjouit-il.

– Je vous aime bien aussi.

Nous reprenons la marche en direction de la grande maison en pierres. Comme si son trouble de la mémoire s'était éteint d'un seul coup, Ed ne mentionne plus aucune histoire de train mais préfère me complimenter sur les sandales que je porte.

Alors que nous rejoignons le perron, un bruit de moteur et de taules qui s'entrechoquent s'invite depuis le bout de la longue allée. Le pick-up de Wade apparaît dans un soulèvement de poussière, traînant derrière-lui sa large remorque bétaillère dont plusieurs hennissements s'échappent presque en continu.

– Tiens, voilà les p'tits nouveaux, grommelle Ed en suivant le convoi du regard jusqu'au écuries. Venez, on va aller voir à quoi ils ressemblent.

Réfuter sa proposition pourrait le frustrer, alors au risque de me mettre en retard, j'accepte de me laisser entraîner.

– Attendez avant d'ouvrir, lance le timbre rauque de Wade avant même que je ne l'aperçoive, ils ne vont pas au même endroit.

– On a préparé deux parcs comme tu l'as demandé, répond l'un de ses hommes, de chaque côté de celui où on a installé le groupe de hongres.

– Parfait. Il me faut un couloir jusqu'au premier enclos.

Tandis que les employés s'affairent, il apparaît enfin. Sa silhouette imposante, ses larges épaules, son allure solidement ancrée ou ce regard sombre qui s'arrime au mien lorsqu'il approche, je ne sais ce qui m'écrase le plus à cet instant. Les bracelets de cuir qui ornent ses avant-bras en soulignent les muscles saillants et me procurent toujours ce même frisson venant picoter mes reins.

– Ils ont bien voyagé ? demande Ed pendant que je cherche où poser mon attention, gênée par cette œillade appuyée que je ne saurais définir.

Je n'ose le saluer avec des mots, et le constat que son père ne s'embarrasse pas de cette politesse m'évite de m'en sentir coupable.

– Un peu agités, mais ça aurait été difficile de faire mieux.

Ses yeux ne quittent pas mon attitude fuyante.

– Et ici ? Tout va bien ? demande-t-il à mon attention.

– Oui...

Ma voix tremblante frise le ridicule. Je ne sais où me mettre, sur quoi poser mon regard errant ni de quelle manière occuper mes doigts paniqués. La pudeur m'étrangle aussi fort que la peur de croire en quelque chose qui n'existe pas.

– C'est bon patron, tout est prêt ! lance l'un des cowboys dans notre direction.

Levant enfin les yeux dans les siens l'espace d'une seconde, j'ai tout juste le temps d'intercepter un clin d'œil discret avant de le voir retourner à sa tâche. Je devrais me dépêcher de rejoindre Rosie en cuisine, pourtant mes jambes restent bloquées ici et m'obligent à assister au débarquement de deux chevaux particulièrement agités. En quelques minutes sportives, les hommes parviennent à les guider chacun dans l'enclos qui leur est dédié. Entre les deux, cinq autres chevaux calmes et curieux observent la scène sans paniquer.

– Parfait, déclare Wade en repliant ses longes, on va les laisser réfléchir ici quelques jours et prendre contact avec les autres. Veillez à ce qu'ils aient constamment de la luzerne et de l'eau, il faut qu'ils reprennent de l'état.

Les deux nouveaux arrivants me semblent effectivement bien plus maigres que les autres, mais vu l'accumulation de stress que l'on peut aisément lire dans les yeux, je suppose que ce n'est pas très étonnant.

– Comment va Charlie ? demande Wade dans mon dos.

Absorbée par le spectacle des chevaux qui prennent contact à travers la clôture au moyen d'une sorte de danse fascinante faite d'approches prudentes et de retraits vifs, je ne me suis pas aperçue que chacun était reparti à ses occupations. La proximité du cowboy accentue encore mes incertitudes et enflamme mon rythme cardiaque.

– Elle va bien, prononcé-je en tentant d'ignorer les muscles de son torse qui frôlent désormais ma colonne vertébrale.

– Et toi, comment vas-tu ?

Son souffle arpente ma nuque dans une caresse frissonnante. Immédiatement, son odeur musquée parvient à se frayer un chemin jusque dans ma poitrine tandis que mes paupières s'alourdissent sous l'effet du désir. Sans que je ne puisse le contrôler, Wade provoque en moi cette attirance jusqu'ici inconnue et seulement destinée aux femmes chanceuses. Il y a bien longtemps que j'ai tiré un trait sur une quelconque perspective d'attirance charnelle, coincée entre les griffes acérées de Jack et de ses exigences primaires. Aucun amour, aucune tendresse, pas même une once de respect. Je suis rapidement devenue sa chose, parfois utile mais le plus souvent bien trop encombrante. Il prenait ce qu'il voulait puis m'écrasait de toute sa puissance, de toute sa supériorité. Pas la moindre place pour une quelconque sensualité.

– Tara ?

Le timbre rauque de Wade me ramène à l'instant présent. À ses mains qui se posent doucement sur mes hanches pour capter mon esprit perdu, à ce frisson qui parcourt immédiatement mon bas-ventre et aux larmes qui se pressent à mes paupières tant je crains que tout ceci ne soit qu'un rêve.

– Hey...

Lentement, Wade tourne mes hanches pour me placer face à lui. Puis il relève mon menton d'un geste doux et prévenant.

– Que se passe-t-il ?

– Je ne sais pas, je... Tout ça est si...
– Tout ça ? C'est quoi, tout ça ?
– Ce que nous avons... Enfin ça, je ne sais pas comment le définir.

Il semble immédiatement comprendre ce que je ne parviens pas à prononcer, et laisse un sourire étirer son visage aux traits robustes.

– Tara. Laisse-toi le droit de vivre. Fous-toi la paix.

Je suppose que nous tenons là sa façon la plus poétique de me pousser à lâcher prise. Ce côté rustre m'amuse à peu près autant qu'il m'inquiète parfois, parce qu'il définit exactement à quel point cet homme est insaisissable.

– Je ne sais pas ce que nous sommes. Et ça me fait peur.
– Tu sais très bien ce que nous sommes. Tara, je ne suis pas un romantique. Je ne sais pas rassurer une femme, et je n'ai aucune idée de ce qu'elles attendent.

On dirait bien que c'est à mon tour d'effectuer un pas vers lui. Wade se montre extrêmement présent pour moi, pour Charlie, et je refuse qu'il pense ne pas donner suffisamment.

– Je ne sais pas non plus ce que les autres femmes attendent, murmuré-je timidement, mais je sais que je me sens rassurée avec... avec toi...

Ce premier tutoiement dans ma bouche résonne comme une porte s'ouvrant enfin à lui, mais surtout à moi. À mon droit de me sentir vivante, sereine et heureuse. Ses deux bras entourent ma taille et me ramènent contre lui. Mon corps tout entier est immédiatement happé par ce regard ombrageux.

– Bien, alors laissons faire les choses et voyons où elles nous mènent, propose-t-il avant de déposer un baiser sur mon front.

Je commets peut-être une erreur en accordant ma confiance à un homme que je connais depuis peu de temps, mais quelque chose d'inexplicable me pousse à croire en lui. Après tout, j'ai confié ma vie à Jack en le pensant bien sous tous rapports, digne de sa réputation et affublé d'une image brillante. Pour ce que cela m'a apporté...

***

– Attention chaud devant !

Une marmite fumante à bout de bras, Tommy se fraie un passage jusqu'au centre de la tablée. Pour une fois, aucun locataire ne dîne chez les Spencer ce soir et le retour de Wade alimente les conversations.

– Je rêvais d'une soupe d'orge au bœuf, apprécie ce dernier en lorgnant sur l'assiette que lui remplit sa sœur.

– Alors, tu en sais un peu plus sur les bestiaux que tu as ramenés ? le questionne-t-elle.

– On a Bart, un petit jeune qui vient d'être retiré à son dresseur pour non-respect des règles d'éthique et pour lequel il va falloir minimiser les dégâts, et Buddy, un étalon d'une dizaine d'années fraîchement castré...

Le regard de Rosie se fige un instant.

– C'est pas bon, ça.

– Non, c'est pas bon, confirme Wade.

– Pourquoi c'est pas bon ?

La voix du petit Simon devance ma propre interrogation. Touché par l'intérêt qu'il porte à la situation, son oncle le considère avec affection.

– Parce qu'il avait une vie sociale établie, un troupeau en charge. Dans sa capture, ce cheval n'a pas perdu que sa liberté. On l'a privé de sa raison de vivre.

– Mais pourquoi on fait ça ?

Un court silence suit cette seconde question lourde de vérité. Conscient qu'il va lui falloir trouver les bons mots, Wade s'adosse à sa chaise et saisit le coin de sa serviette pour se concentrer en le roulant entre ses doigts.

– As-tu déjà vu les troupeaux de mustangs à l'état sauvage ?

– Non.

– Moi, oui. Et crois-moi, la jolie légende du cheval libre et heureux à la robe luisante, qui galope crins au vent et vit sa plus belle vie, tu peux la ranger au placard. La vérité, mon grand, c'est que non seulement il n'y a plus assez de terres pour leur permettre de manger à leur faim, mais qu'en plus, les sècheresses répétées amenuisent d'année en année les ressources en nourriture et en eau qui leur sont nécessaires. La vérité, c'est que beaucoup de chevaux se blessent en combattant pour accéder à ces ressources trop rares, et que dans les plaines, il n'y a pas de vétérinaire. Les juments n'ont plus suffisamment à manger pour se nourrir et allaiter leurs poulains. Va rencontrer les troupeaux libres, je te mets au défi de me trouver un seul cheval qui soit dans un état physique acceptable. Alors oui, tout ça c'est notre faute. Parce que l'homme prend de plus en plus de terres pour poser ses fermes d'élevage, ce sont les mustangs qui payent.

– Eh ben pourquoi on n'arrête pas de construire des fermes ?

– Ce serait bien qu'on arrête, oui. Mais je doute fort que ça arrive. Alors, tu as ceux qui prennent sans regarder les dégâts qu'ils causent et qui vont jusqu'à organiser des exterminations en hélico pour réduire cette population de chevaux qui dérange, et tu as ceux qui tentent d'en sauver au moins quelques-uns.

– Le BLM ?

– Le BLM.

– Mais ils les capturent, et après ils sont malheureux...

– Ils les capturent, et après ils sont vivants. Le BLM organise le Mustang Makeover non seulement pour donner leur chance à une poignée de chevaux afin de leur permettre d'être achetés et de vivre par la suite une vie sereine, mais aussi pour attirer l'attention sur le sort des mustangs sauvages.

– Et l'argent qu'ils gagnent grâce aux ventes ? demande Nate, suspicieux.

– À ton avis ?

– Je sais pas.

– Cet argent est en grande partie réinjecté dans la capture du groupe suivant. Tu sais, ce genre d'opération coûte très cher. Entre la capture en elle-même qui mobilise beaucoup de monde et de véhicules, puis les soins, et ensuite le transport jusqu'aux différentes stations de détention, on est à un chiffre que tu n'imagines même pas. Le reste des recettes sert à couvrir les frais de l'événement chaque année et à subvenir aux besoins des stations de détention.

– Alors toi, tu participe à leur sauvetage ?

— C'est un peu ça.

— On est fiers de toi, oncle Wade !

Des sourires sincères illuminent les visages autour de la table, et mon cœur se gonfle d'une admiration débordante.

— Moi aussi je suis fier de vous, les garçons.

— Un jour je dresserai des mustangs et je gagnerai le Makeover, comme toi ! déclare Nate avec honneur.

— Moi je serai avocat, poursuit Simon, parce que les gens aussi ont besoin qu'on les défende.

— Les gens prennent les terres des mustangs !

— Non, pas tous ! Regarde, nous on les prend pas !

— On fait forcément partie du problème...

— Hop hop hop les garçons, intervient Rosie. Vous avez raison tous les deux, mais pas sur tout, alors on se calme. Je ne veux plus entendre vos jolies petites voix tant qu'on ne voit pas le fond de votre assiette.

Le désaccord prend fin immédiatement entre les deux frères, qui se concentrent désormais sur leur morceau de pain de maïs à tremper dans la soupe. Une fois le calme revenu, le regard de leur mère se pose sur moi.

— En parlant d'avocat, as-tu eu des nouvelles ?

Si j'avais l'intention de les en informer ce soir, j'étais loin d'imaginer que Rosie me mettrait aussi facilement sur la voie.

— Euh, oui. Justement, elle m'a téléphoné tout à l'heure.

Il n'est visiblement plus question de mustang pour personne autour de la table. Toutes les attentions se tournent dans ma direction.

— Concernant le dossier, elle ne peut pas l'envoyer comme ça. Il faut que je lui donne les coordonnées d'un confrère à qui le transmettre.

— Aucun problème. Sam, le frère de Tommy, est avocat à Edmonton. Je vais lui demander de la contacter.

Comme toujours, cette femme incroyable trouve une solution pour chaque problème et j'avoue qu'à cet instant, m'en remettre à sa capacité d'analyse m'aide beaucoup.

— Je dois partir pour Tampa... lâché-je dans un soupir alourdi par l'angoisse de ce voyage.

— Quand ?

— L'audience est prévue pour jeudi.

— Jeudi ? s'étonnent-ils quasiment tous ensemble.

— Oui.

— Alors en comptant le voyage, il te faudrait partir mardi, non ?

— Ou mercredi. Si je peux éviter une nuit à Tampa, je crois que je préfèrerais.

— Mais tu vas être épuisée !

— La fatigue m'inquiète moins que les agissements et les contacts de Jack.

Compréhensive, Rosie tord les lèvres dans une moue concentrée.

— Bien. Tu comptes partir seule ?

— Justement... C'est de ça dont je souhaitais vous parler ce soir. D'après mon avocate, il vaudrait mieux que Charlie ne m'accompagne pas.

Leurs regards se croisent et semblent s'accorder dans une discussion silencieuse qui m'échappe.

— Aucun problème, continue la maîtresse de maison, nous allons garder Charlie ici et Wade t'accompagnera.

Ce n'est absolument pas le scénario que j'avais envisagé, et je suppose que lui non plus, pourtant l'absence de réaction du cowboy me laisse penser qu'il approuve cette proposition.

– Ah ? Mais, euh... N'a-t-il pas trop de travail ici pour perdre du temps par ma faute ? Enfin je veux dire, avec ces deux nouveaux chevaux, et le délai déjà bien court pour cette compétition, je ne voudrais pas que...

– Je t'accompagne.

Son timbre rauque claque dans l'air comme une décision irrévocable, et je ne peux pas prétendre que l'envie de l'en dissuader me submerge. Avoir Wade à mes côtés dans un tel périple ne peut être que favorable.

– Bien, alors merci, accepté-je avec reconnaissance.

– Je vais m'occuper de votre voyage, reprend Rosie. Tu auras seulement à te concentrer sur cette audience, et après ça, tu rentres à la maison et tu décides du reste de ta vie.

Comme toujours, le dévouement de cette famille me va droit au cœur. Si j'avais seulement osé croire qu'un beau jour, une poignée de personnes aussi adorables que les Baker-Spencer me tendraient la main... Ma gorge se serre sous l'effet de leurs regards chaleureux. Auprès d'eux, j'ai enfin le sentiment d'exister.

Je suis vivante, libre et respectée.

Jusqu'ici, je ne savais absolument pas ce que c'était.

CHAPITRE 28 - Wade

4 jours plus tard.

– Super, mon grand.

Dans une attitude calme et attentive, Poco vient appuyer son chanfrein contre le centre de mon buste et attend patiemment que je lui accorde son morceau de carotte. Voilà quelques jours qu'il s'est enfin laissé tenter par cette gourmandise qui lui était totalement inconnue, et il a visiblement trouvé ça plutôt sympa. Depuis, j'ai pu instaurer ce rituel de politesse qui me permet de valider les bonnes réponses pour renforcer ses apprentissages. Ce qui m'importe, ce n'est pas seulement qu'il exécute ce que je lui demande, mais principalement qu'il agisse dans une attitude positive et sereine. Hors de question pour moi de valider un exercice s'il est exécuté avec humeur ou dans la rébellion. Je ne le réprimande pas pour autant s'il se comporte ainsi, seulement je ne le renforce pas non plus. Peu à peu, il apprend qu'il existe un comportement qui déclenche la friandise, et identifie rapidement celui qui ne rapporte rien.

Durant ces quelques semaines de travail, nous avons bien avancé sur les manœuvres de base qui me permettent désormais d'aborder le reste du dressage en sécurité. Nous apprenons à nous lire tranquillement, mais je suis au moins capable de capter son attention et surtout, de contrôler ses pieds ou la direction que prend le bout de son nez. On se focalise bien trop souvent sur le cheval tout entier, en oubliant que tout commence par l'orientation de ce nez. La trajectoire de ses postérieurs notamment, potentiellement son arme la plus efficace. Et que le ciel m'en soit témoin, un coup de pied de mustang n'a absolument rien à voir avec celui d'un cheval domestique. Lui, ne va pas commencer par envoyer trois ou quatre signaux pour prévenir que le coup va partir. Le coup part, point. Et généralement, le coup arrive. Que ce soit par une ruade ou un jeté d'antérieur, un mustang ne frappe pas pour montrer son mécontentement. Il frappe pour survivre. Pour tuer un prédateur ou blesser un adversaire, rien de moins.

– Je peux regarder, oncle Wade ?

La voix de Nate perce le silence de notre bulle, mais Poco se fie à mon calme et ne réagit pas. Entre nous deux, la sentinelle qui veille à notre sécurité, c'est moi.

– Bien sûr, fiston.

Sans me détourner plus longtemps de ma concentration, je reprends les manœuvres de désensibilisation à la longe. Je l'envoie sur le dos du cheval, autour de ses jambes, sur sa tête, le tout en me plaçant d'un côté puis de l'autre. Poco connaît bien ces gestes désormais, mais je continue de les utiliser en début de séance pour prendre la température de son humeur. Encore plus lorsque, comme aujourd'hui, j'ai l'intention d'introduire un nouvel outil. Pour cette fois-ci ce sera la Green-Ball, un grand ballon d'un mètre de diamètre qui me permettra de travailler la confiance sous divers angles.

Comme depuis le début de sa mise au travail, ce mustang me fascine par sa capacité d'analyse et d'adaptation. Il se montre curieux et cherche à comprendre chaque proposition de ma part, ce qui facilite grandement les choses. Jusqu'ici, je n'ai à déplorer aucune contestation menaçante et c'est mon principal objectif pour le moment car cela signifie que ma présence est tolérée. Surviennent bien quelques décrochages de temps en temps, mais lorsque Poco décide qu'il en a marre, il se plante là où il se trouve et attend que je me fatigue tout seul, point.

Après une séance particulièrement productive puisque j'ai pu travailler plus de points que je ne pensais aborder, je le ramène dans son enclos puis lui accorde un long massage, toujours sous les yeux observateurs de Nate.

– Je ne vois jamais les autres cowboys masser leur cheval, note ce dernier.

– Et c'est bien dommage. C'est simple et surtout utile sur bien des plans.

– Ah oui ?

– Oui. Ne serait-ce que pour augmenter ton capital sympathie, renforcer la relation qui se tisse jour après jour avec ton partenaire, ou encore identifier des points de tension et agir dessus. Lorsque ton cheval te porte toute la journée, tu peux prendre quelques minutes pour dénouer les muscles qui lui ont servi à le faire.

– Poco ne te porte pas encore.

Sa lucidité m'arrache un sourire.

– C'est vrai, bonhomme. Mais dans ce cas, le massage me permet justement de vérifier qu'il en soit capable. S'il souffrait d'une douleur chronique par exemple, ou d'un pincement de nerf, le massage m'aiderait à identifier la zone concernée au lieu de monter dessus un beau matin et de me demander pourquoi il bondit en l'air comme un bronco.

– Il bondira peut-être en l'air quand-même, non ?

– Si j'aborde correctement tout ce dont il a besoin avant de me hisser en selle, il n'y a aucune raison qu'il cherche à se débarrasser de moi.

– Je vais aller masser mon cheval, moi aussi.

– Très bonne idée.

– À plus tard, oncle Wade.

– À plus, minus.

Qu'est-ce que j'aime ce gosse. Il est doué dans tout ce qu'il entreprend, mais n'hésite jamais à se remettre en question. Tout l'intéresse.

De retour chez moi, je laisse Big me devancer le temps de retirer mes chaussures et mon chapeau. La pièce me semble vide maintenant que Tara et Charlie ont réintégré leur chalet. C'est bien la première fois que je me sens... seul.

Il m'a fallu partir quelques jours, et lorsque Tommy m'a appelé pour m'annoncer qu'il avait enfin pu faire changer cette fenêtre, j'ai eu le sentiment qu'on me reprenait quelque chose. Une sérénité qui ne m'appartient pourtant aucunement, une présence féminine qui comblait visiblement un manque que je ne soupçonnais pas. Alors, quand Rosie a suggéré que j'accompagne Tara en Floride, même si ce genre de voyage me rebute profondément, j'ai ressenti cette proposition comme une évidence. Me retrouver loin de mes montagnes ne m'enchante guère, mais la savoir seule là-bas encore moins.

Là-bas, et loin de moi.

À proximité de cet homme qui l'a malmenée, enfermée dans un mal-être destructeur et poursuivie jusqu'ici. Bien sûr, que je vais y aller. Pas seulement parce que j'ai désormais du mal à ne pas la voir graviter dans mon périmètre. Je veux être là. Pour elle, pour sa fille et pour montrer à ce connard que je ne mentais pas. Il me trouvera sur sa route chaque fois qu'il l'approchera.

Revigoré par l'envie de graver l'empreinte de ma main sur sa sale gueule, je mets de côté la nostalgie qui m'étranglait en rentrant et jette mon sac de voyage sur le lit. J'en retire les quelques affaires de rodéo qui y traînaient encore, avant de retourner le bagage pour vider les restes de terre sèche et de paille rapportés de mon dernier déplacement. Un coup de chiffon humide plus tard, je l'estime prêt à accueillir mes fringues propres.

Alors, on emmène quoi, en Floride ?

Sacrée question. Je ne suis habitué ni à l'endroit, ni aux grandes villes en général et encore moins aux événements aussi stricts qu'une virée au tribunal. Même si je ne suis pas du genre à me soucier du regard extérieur, je ne voudrais pas que l'originalité de mon apparence dérange Tara ou lui porte préjudice. J'empile donc deux jeans sans trous, quelques tee-shirts unis et des chemises simples à mettre par-dessus. Pas de carreaux, pas de boucle de ceinture, d'ailleurs mon chapeau restera sagement ici, tout comme ma bonne vieille veste en cuir tanné. Celle en jean conviendra très bien en cas de besoin.

– Tu seras sage, hein ? lancé-je à Big qui m'observe depuis son tapis molletonné.

Un gémissement coopératif s'échappe de son museau tendu. Je culpabilise de devoir le laisser ici, mais un voyage aussi long et pour le traîner dans un univers aux antipodes du notre serait purement égoïste. S'il m'accompagne dans chacune de mes expéditions, cette fois-ci c'est impossible.

– Je compte sur toi pour surveiller le vieux et la petite, ajouté-je en m'asseyant à ses côtés pour le gratifier d'une caresse amicale.

Je sais qu'il ne s'agit que de quelques jours et que Rosie saura gérer sans aucun problème, mais ce sentiment d'abandonner les miens me reste difficile. La seule chose qui pèse suffisamment fort dans la balance, c'est qu'au terme de ce voyage, Tara sera enfin libre.

CHAPITRE 29 - Tara

Lendemain matin

À mesure que les montagnes et les lacs se succèdent devant mes yeux, je réalise à quel point ce retour en Floride m'est douloureux. L'impression d'abandonner le seul endroit qui m'ait permis de ressentir une liberté dont j'ignorais l'existence m'oppresse la poitrine. Rien ne m'assure que je pourrai revenir vivre ici. Peut-être que le jugement ne sera pas prononcé en ma faveur, peut-être que l'on me contraindra à rester à Tampa pour que Charlie puisse voir son père, peut-être que ce dernier aura de toute façon déjà conclu des arrangements pour écraser mes plans. J'ai peur, j'ai mal et je sens la panique me gagner peu à peu.

Au volant, Wade reste concentré sur sa route, visiblement tout aussi pensif que moi. Sa présence à mes côtés me rassure et m'aide à relativiser sur l'absence de Charlie. Jamais encore nous n'avions été séparées en dehors de ses journées d'école. Même si j'ai toute confiance en Rosie pour s'occuper d'elle en mon absence, mon cœur de maman ne peut s'éloigner avec sérénité. J'ai peur de la laisser, peur que rien ne se déroule comme prévu et que Jack réussisse à me séparer d'elle définitivement.

Devant mes yeux, les paysages majestueux me rappellent notre arrivée à Jasper. Ce sentiment d'aller vers l'inconnu, d'être constamment poursuivie par un passé chargé de danger, mais surtout cet apaisement lorsque nous avons posé nos valises au Baker Old Ranch. Ici, Charlie et moi avons enfin trouvé la sérénité, le respect et le sourire. Je ne veux pas que tout cela se termine.

***

Quatre heures de voiture et dix heures d'avion plus tard, nous arpentons les couloirs d'un hôtel réservé par Rosie à Miami. Elle pensait avoir trouvé un établissement bon marché qui nous permette simplement de passer une nuit tranquille avant de reprendre à nouveau la route pour Tampa, mais il s'agit en réalité d'un hôtel haut de gamme qui proposait une offre promotionnelle afin de remplir ses dernières chambres. En se basant sur un tarif plus que raisonnable, Rosie nous a finalement offert une halte de luxe et nous nous retrouvons à suivre un bagagiste dans un couloir tapissé de miroirs et de moulures dorées.

– Voici la première chambre, annonce ce dernier en déverrouillant la porte, la seconde se trouve juste à côté, je vais y mener monsieur en suivant.

– Je devrais trouver seul, grogne Wade quelques pas en arrière.

J'ai pu sentir sa réticence dès que nous avons passé le seuil de cet endroit bien trop fastueux. Il n'apprécie pas les fantaisies et a discrètement tiqué sur chaque phrase un peu trop travaillée que le personnel nous adressait pour nous donner des informations en somme très basiques. Le regard gêné du majordome glisse de Wade à moi, cherchant de quelle manière il doit répondre au cowboy mal luné qui avance dans la pièce pour y déposer mon bagage. Car bien évidemment, il a également refusé qu'un employé les monte pour nous et a préféré charger un sac sur chaque épaule avant de suivre notre pauvre guide dans l'ascenseur. D'une œillade rassurante, je fais signe à ce dernier de ne pas prendre garde à la brute qui m'accompagne et de me donner les indications qu'il souhaite.

– Vous trouverez des boissons dans le réfrigérateur. Notre restaurant sert le dîner jusqu'à vingt-trois heures. Un téléphone vous permettra de joindre la réception à tout moment, et vous...

La stature de Wade l'interrompt lorsque celui-ci approche avec nonchalance pour l'obliger à reculer jusque dans le couloir.

– Il y a un code pour ces foutues portes, je suppose ?
– Euh, oui, les voici...

L'homme tend deux cartes comme il le peut, totalement écrasé par la largeur d'épaule du cowboy.

– Bien, merci.

Wade se saisit des tickets sans cérémonie, puis referme la porte avant de vérifier toutes les fermetures de la pièce.

– Je crois qu'il attendait que nous lui donnions un pourboire, suggéré-je avec une pointe de gêne.
– Pour avoir appuyé sur un bouton d'ascenseur et ouvert une porte ? Il suffisait de nous donner l'étage et la chambre, on pouvait gérer ça tout seuls.

Le contraste saisissant entre la nature sauvage de mon accompagnateur et les coutumes citadines de l'endroit me tire un sourire sincère. J'ai conscience des efforts énormes qu'il fait en quittant ses montagnes pour me soutenir aussi loin de chez lui.

— Merci d'être ici, Wade.

Ma voix tremble aussi fort que les battements de mon cœur martèlent ma poitrine lorsque son regard se lève dans le mien.

— Tu n'es pas seule, on te l'a dit.

— Mais je sais que ce voyage est aux antipodes de tes habitudes et je vois bien que cela te coûte d'être ici...

Ses sourcils se froncent tandis que le sac qu'il venait de lancer sur son épaule pour rejoindre sa chambre tombe brusquement sur le sol. D'un pas lent et assuré, Wade s'avance jusqu'à moi.

— Non, Tara, ça ne me coûte pas d'être ici. Ce qui m'aurait coûté, c'est de te laisser partir et affronter ça sans aucun soutien. Ce qui m'aurait coûté, c'est de te savoir loin de moi sans pouvoir intervenir si cette ordure venait à s'en prendre à toi.

Ses mots atteignent mon cœur avec puissance tandis que ses mains englobent tendrement les miennes. Je ne sais s'il est conscient de la force qu'il m'insuffle à cet instant, mais je l'accueille dans un soupir ému.

— Il va falloir que tu comprennes que tu peux être le centre du monde de quelqu'un, Tara. Et il se trouve que tu es devenue le mien.

À ses muscles qui se contractent subitement, je peux sentir que ces mots ont forcé la barrière de ses lèvres sans même qu'il ne s'y attende. Sa sincérité ne fait aucun doute, mais la singularité visible de cet aveu m'est encore plus touchante. Wade vient de se livrer sans armure, sans contrôle, sans détour.

– Je n'attends aucune réciprocité de ta part, parce que je sais à quel point tu as peur. Mais je refuse que tu penses être un fardeau pour moi. Je suis ici parce que je l'ai choisi, et il n'y a rien qui puisse me le faire regretter.

Les larmes se pressent au bord de mes paupières alourdies par l'émotion. Jamais encore on ne m'avait offert une place aussi belle, aussi grande, aussi importante. Jamais je ne m'étais sentie aussi considérée par qui que ce soit. D'une main tremblante, j'accède à son visage rugueux dont la chaleur m'investit tout entière. Son regard sombre pénètre mon âme avec une simplicité qui me désarme et fait monter en moi une vague de désir inattendue. Je ne veux pas qu'un mur nous sépare cette nuit.

– Reste...

Ce feulement qui s'échappe de ma gorge semble disséminer le doute en lui. Son visage se tend.

– Quoi ?

Que t'arrive-t-il, Tara ? Serais-tu inconsciente ?

Bien au contraire. Je suis libre, jugement prononcé ou non. Car soit celui-ci ira dans mon sens, soit Jack fera le nécessaire pour éteindre totalement mon existence. Ce soir, je veux me sentir vivante et comprends désormais que seul Wade possède ce pouvoir.

– Ne prends pas cette chambre... confirmé-je dans un murmure lubrique.

Ses iris ébène me scrutent avec une intensité telle que je me sens déjà nue. Sous le poids de son regard, un incendie puissant prend naissance au creux de mes cuisses pour me consumer jusqu'à la poitrine.

– Es-tu sûre de toi, Tara ?

Son timbre rauque termine de me faire basculer dans les abîmes d'une sensualité qui ne me ressemble pas. D'un pas qui me ramène contre lui, je me colle à son torse avant de laisser mes doigts remonter jusque dans ses cheveux. Son odeur musquée m'envahit, et lorsque ses mains hésitantes se posent sur mes hanches, j'autorise mes lèvres à lui donner la réponse qu'il attend.

Dans la seconde, je suis enlacée par ses bras larges et solides puis emportée par-dessus le sac qui gît encore au sol. Comme si ce désir le tourmentait depuis longtemps, Wade prend désormais l'initiative de ce baiser passionné qui nous extirpe totalement de la réalité. Plus rien n'existe, qu'importe où nous nous trouvons et ce qui nous attend. Seul cet instant compte pour lui comme pour moi. La peur qui me tenaillait se retrouve vigoureusement chassée par le contact de ses mains lorsqu'il retire mon chemisier sans quitter mes lèvres plus longtemps que nécessaire. Je ne suis plus ni proie ni mère, seulement une femme submergée par une onde divine, une tornade de désir qui emporte tout sur son passage. Et peut-être parce que nous ne sommes ni à Tampa, ni à Jasper, je ressens ce besoin d'explorer une féminité qui m'était jusqu'alors totalement inconnue.

Jack n'éveillait rien en moi. Absolument rien. Je n'étais personne, ne possédais ni qualités ni valeur quelconque à ses yeux si ce n'est le portefeuille de clients que lui a rapporté mon père avant que la faillite ne le pousse à mettre un terme à sa vie en emportant ma mère avec lui.

J'ai tout perdu dans ce mariage, là ou lui a tout gagné. Mais aujourd'hui enfin, abandonnée dans les bras d'un autre, je ressens la vie brûler en moi comme une flamme rebelle que plus rien ne saurait étouffer. Ce soir, sous les baisers fougueux de Wade, je sens le désir crépiter sous ma peau et la sensualité arpenter mes veines. J'ai envie d'être belle, d'être aimée, d'exister.

D'un bras puissant, il me soulève à nouveau contre lui pour me guider jusqu'au lit. Sa main libre agrippe ma chevelure tandis que sa langue dévale désormais mon cou, laissant dans son sillon un frisson délicieux qui s'ajoute à la liste de ce que je n'avais encore jamais ressenti.

– N'oublie pas que tu peux stopper ça à tout moment, murmure-t-il contre ma tempe tout en m'allongeant sur les draps.

J'acquiesce sans aucune intention d'arrêter quoi que ce soit, et me contente de reprendre ses lèvres entre les miennes. Dépassé, mon corps me supplie d'apaiser cette vague féroce qui le malmène de part en part. Il retire son tee-shirt avant de revenir au-dessus de ma poitrine, qui gonfle vigoureusement sous les saccades de mon souffle erratique. La proximité de sa peau m'électrise, le contact de ses muscles contre la mienne fait palpiter de plus belle mon cœur déjà tambourinant.

Jack n'existe plus.

Ni lui, ni la Tara éteinte et soumise qu'il a fabriquée de toutes pièces.

Ce soir, ne subsiste que celle que j'ai vue grandir dans le regard de Wade, naître dans son estime et s'illuminer dans ses bras.

– Tu me rends fou...

Cet aveu rauque, presque bestial, déclenche un frisson le long de mes reins tandis que sa main vient habillement dégrafer mon soutien-gorge. D'un geste lent, il me libère et contemple cette partie dévoilée que je m'apprête à recouvrir de mes bras.
— Qu'est-ce que tu fais...
— Je... Je ne sais pas... balbutié-je avec gêne.
— Tu es magnifique, Tara.
Ces mots inattendus me bouleversent. Je ne me suis jamais sentie attirante, et n'ai à aucun moment envisagé la possibilité que qui que ce soit puisse me complimenter puisque Jack ne s'en donnait aucunement la peine. Le regard de Wade est différent et me pousse à me considérer. Ses mains glissent le long de chacun de mes muscles comme pour les raviver un à un après des années de prostration, puis d'un geste souple, il se relève pour retirer son jean et saisir son sac. La distance soudaine que son absence impose me couvre d'un voile glacial. Sa chaleur me manque cruellement jusqu'à ce qu'il revienne contre mon buste tremblant pour y déposer de tendres baisers apaisants. La tornade reprend vie au creux de mon ventre tandis qu'il se pare discrètement d'une protection que Jack ne prenait jamais la peine d'utiliser. Je peux sentir mon intimité se préparer à l'accueillir, aidée par ses caresses et coups de langue provocateurs. Puis, lorsqu'il me surplombe en appui sur ses bras solides pour capter mon regard enfiévré, sa patience me transperce aussi fort que la douceur qu'il m'offre en cet instant.
— Toujours sûre ?
L'intonation presque douloureuse de sa voix grave me tambourine de l'intérieur. Wade m'honore d'un respect

que personne ne m'avait jusqu'ici démontré, il me considère à chaque instant de nos échanges et m'offre constamment la chance de reculer si j'en ressens le besoin. Mais ce soir, je ne veux que vivre dans ses bras. Je brûle de savourer cet abandon qui ne survient que lorsqu'il se tient contre moi, de sentir sa force combler ma fragilité, de découvrir chacun de mes sens éteints par les ténèbres qui m'ont habitée jusqu'à présent.

Et c'est exactement ce qui se produit lorsqu'il se glisse lentement au cœur de mon plaisir, m'arrachant un gémissement de délectation. Cette étreinte ne ressemble en rien aux assauts que m'imposait brutalement le seul homme que j'avais autorisé à accéder à mon corps résigné. Pourtant bien plus puissant que lui, Wade se montre tendre, protecteur et soucieux de ne pas me brusquer. Je le sens dans chacun de ses gestes, la moindre de ses caresses et la chaleur de ses baisers sur ma peau frémissante.

Il ne prend rien. Il m'offre.

Et dans mon cœur de femme malmenée, cela change tout. S'il me restait encore un peu d'appréhension quant au fait de laisser à nouveau un homme atteindre mon sanctuaire, ce que je vis dans les bras de Wade me confirme que cette fois-ci, je ne fais pas fausse route. Son attitude concernée me rassure, son regard ému me transporte, son souffle rauque me ressuscite. Ballotée par son va-et-vient empreint de douceur et de délectation entre mes cuisses, je laisse enfin ma féminité se révéler. Rapidement, une vague incendiaire s'empare de mes reins puis de tout mon corps, suivie de puissants tremblements divins qui me soulèvent contre lui. Accueillant mes spasmes par des baisers mordants juste sous ma mâchoire, il accélère pour sombrer à son tour. Nos deux corps s'entrechoquent avec autant de ferveur que d'émotion, emportés dans un tourbillon d'extase qui ne semble détenir ni limite, ni pudeur.

Lorsque cette lame de fond venue de nulle part se calme enfin, Wade colle son front au mien avant d'y déposer un long baiser. Nos souffles se mêlent encore à un rythme effréné, ponctués par quelques baisers tout aussi haletants. Il s'allonge à mes côtés et, l'espace d'un instant, la crainte que tout change après cela me foudroie les entrailles. Pourtant, comme pour répondre à la moindre de mes inquiétudes, son bras passe par-dessus ma tête puis vient se glisser sous mes épaules pour me ramener contre son torse. Apaisée par son geste, je hume son odeur masculine et ose poser mes doigts sur ses pectoraux encore palpitants.

En effet, plus rien ne sera comme avant.

Parce qu'aujourd'hui, je suis vivante.

CHAPITRE 30 - Tara

Lendemain matin

L'alarme stridente de mon téléphone me tire d'un sommeil profond que j'aurais volontiers prolongé. Pour la première fois depuis bien longtemps, mon corps s'est totalement éteint et aucun cauchemar n'est venu me tourmenter. Les seuls instants d'éveil fugace m'ont rappelé la présence de celui qui partageait mon lit, et ce sentiment de sécurité me replongeait immédiatement dans une somnolence réparatrice. Il se trouvait là, ses bras me maintenant contre lui, son souffle berçant le mien et son odeur rassurante enivrant mes sens. Ce n'est pas la première nuit qu'il passe à mes côtés, pourtant celle-ci n'est aucunement comparable aux précédentes. Cette fois-ci, nos deux corps se sont révélés l'un à l'autre, nos deux âmes se sont mêlées comme si elles s'attendaient depuis toujours. Je me réveille totalement différente, sans trop savoir s'il s'agit d'une bonne chose ou non.

D'un bras hésitant, j'explore les draps pour vérifier sa présence. Mais l'endroit est vide, et immédiatement, un sentiment de manque cruel me traverse. Regrette-t-il d'avoir laissé ce rapprochement nous dépasser ? Cette nuit signifiait-elle seulement la même chose pour lui que pour moi, ou bien je ne représente qu'une expérience supplémentaire sur une liste probablement déjà bien fournie ? À cet instant, je m'en veux de m'être montrée aussi faible, et me sens ridicule d'avoir justement pensé faire preuve d'assurance et d'indépendance en me dévoilant ainsi. Une boule de culpabilité m'enserre la gorge tandis que je cherche mes affaires sur le sol. Comment ai-je pu être aussi bête ? Quel homme sensé s'encombrerait d'une femme traînant avec elle une petite fille traumatisée ainsi qu'un procès impliquant l'un des hommes les plus influents de Floride ? J'enfile mes vêtements à la hâte puis rassemble le peu d'effets que j'ai sortis de mon sac hier soir. Les larmes brouillent déjà ma vue, mais je n'ai pas le choix que de me dépêcher. Il me faut trouver un moyen de rallier Tampa au plus vite pour ne surtout pas manquer ma convocation.

Alors que j'enfile mes chaussures, le déverrouillage de la porte résonne.

– Qu'est-ce que tu fais ?

Le timbre rauque de Wade me stoppe net. Ma respiration s'accélère. Je ne comprends plus rien à tout cela et n'ose ni bouger, ni même lever les yeux.

– Tara ? Est-ce que tu comptais partir seule ?

Je m'étouffe dans une recherche d'explications qui ne viennent pas. La panique monte en moi pendant que je me perds dans des doutes contradictoires.

– Je... Je croyais que toi, tu étais parti...

– Sans toi ?

J'acquiesce honteusement. Le ton de sa voix vient de me donner l'indication qui me manquait. Non, il ne m'a pas abandonnée ici. Assise sur le bord du lit, je lâche les lacets de mes chaussures et cache mon visage dans mes deux mains pour y déverser les sanglots qui m'opprimaient la trachée. Une seconde plus tard, les doigts de Wade enserrent mes poignets pour libérer mes joues.

– Quand vas-tu comprendre que ça n'arrivera pas ?

Il relève mon menton d'un geste empreint de douceur. À genoux face à moi, Wade plonge son regard dans le mien comme pour venir me rattraper au bord de ce gouffre qui m'aspire dangereusement.

– Je ne vais pas t'abandonner, Tara. Ni maintenant, ni jamais.

– Je suis désolée... J'ai cru qu'après cette nuit...

– Que quoi ? Que j'avais pris ce qu'il y avait à prendre et que je te laissais là ? Tu es sérieuse ?

La pointe de colère qui émane de cette intonation grave et rocailleuse me déchire le cœur. Je le blesse malgré moi, je pulvérise tout le soutien qu'il m'offre depuis des semaines. Pourtant, ma maladresse ne le fait toujours pas reculer. À l'inverse, ses mains saisissent mon visage pour coller mon front au sien.

– Tu ne vois pas qu'au contraire, tu viens de me marquer à vie ? Putain, Tara, c'est moi qui ai pris un risque cette nuit. Parce que je savais qu'après ça, je t'aurais définitivement dans la peau...

Ses lèvres rejoignent les miennes dans un baiser langoureux et passionné. Plus de place au doute. Je sais que le mensonge n'existe pas chez cet homme et que chaque mot qu'il prononce n'est que pure vérité.

– Pardon, Wade... J'ai vu la chambre vide et j'ai cru... Je suis trop bête...

– Arrête ça. Je suis parti prendre l'air, j'aurais dû te laisser un mot pour te prévenir.

L'inquiétude ne peut s'empêcher de revenir en moi l'espace d'un instant.
— Prendre l'air ? Est-ce que... Tu regrettes ?
Son regard me couve avec gravité.
— Certainement pas. Je craignais seulement d'avoir été trop vite pour toi. Tu sais, je ne me suis jamais senti prêt à offrir quoi que ce soit à une femme. Alors, maintenant que je le voudrais, je ne sais absolument pas ce que je peux te donner. Je ne possède rien d'autre que des bisons, des mustangs et un sale caractère. Je m'absente souvent, je parle peu...

C'est à mon tour de le rassurer. Cet homme est merveilleux et je ne peux le laisser se dévaloriser ainsi. Ce sont désormais mes mains qui s'élèvent à la rencontre de ses joues pour en caresser la fine couche de barbe rugueuse.
— Stop... Tu es... Wade, je n'ai pas besoin que tu sois différent.

Son regard me scrute à la recherche d'une sincérité dont il n'a visiblement pas non plus l'habitude. À nouveau, nos bouches s'entrechoquent dans un échange exaltant, fiévreux, transporté par des sentiments qui se révèlent en lui comme en moi. Puis, la respiration aussi saccadée que la mienne, Wade s'écarte avant de poser un doigt sur mes lèvres.
— Il faut qu'on s'arrête là, ou bien je ne répondrai plus de rien. Rosie nous a réservé une voiture et on a encore pas mal de route.

J'acquiesce les yeux fermés, désireuse de prolonger encore ces quelques secondes hors du temps et de les graver en moi au cas où tout s'écroule dans quelques heures.

***

Lorsque Wade serre le frein à main entre deux berlines luxueuses, je ne sais plus de quelle manière reprendre le contrôle sur ma respiration. Le regard rivé sur mes mains crochetées l'une à l'autre, je tente de me concentrer pour ne pas laisser l'angoisse me terrasser.
– Ça va aller, murmure Wade en dégageant une mèche de cheveux de mon cou, n'oublie pas que tu n'es plus seule.
Touchée par sa présence réconfortante, je laisse mes yeux s'élever dans les siens. Immédiatement, sa force s'insinue jusque dans mes veines pour me donner le courage de prendre une inspiration vigoureuse. J'acquiesce d'un sourire avant de passer la bandoulière de mon sac par-dessus mon épaule.
– Allons-y.

À l'instant où les marches du parvis apparaissent sous nos yeux, ma poitrine me semble bien trop étroite pour contenir les battements de mon cœur. Plusieurs silhouettes masculines se tiennent en haut du grand escalier et je reconnais très rapidement celle de Jack. Comme mes jambes ralentissent instinctivement, la main discrète de Wade se pose dans le creux de mes reins pour me rappeler sa présence.
– Tu vas y arriver, souffle-t-il derrière-moi.

Le bruit d'une paire de talons résonne sur le macadam.
— Madame Weston ?

Resplendissante dans un tailleur parfaitement ajusté, mon avocate vient à notre rencontre en me tendant la main, que je serre avec appréhension. Ça y est, tout devient désormais concret. Plus question de retour en arrière.

— Bonjour Maître Alvarez, la salué-je d'une voix tremblante, voici monsieur Baker, qui m'accompagne.

Elle salue Wade avant de reporter son attention sur mes épaules déjà tremblantes.

— Prête ?

Je n'ose répondre. J'ai rêvé de ce jour durant des années et pourtant, maintenant qu'il ne me reste plus qu'à clôturer cette douloureuse page de ma vie, voilà qu'une hésitation malsaine capture ma raison.

— Tara ? Ne vous inquiétez pas, vous ne risquez absolument rien. Monsieur Weston n'ayant pas répondu à la notification de demande de divorce, le juge ne peut qu'approuver votre requête et ne prêtera pas attention à son opinion.

Si les choses pouvaient être aussi simples...

— Nous parlons de Jack, rappelé-je avec suspicion.

— Justement. Nous avons assuré nos arrières avec un dossier en béton sur ses activités illicites. Même si le juge faisait partie de son réseau, ce que je ne crois absolument pas puisque nous sommes ici, il aurait les mains liées et ne pourrait rien pour le sauver. Vous avez déjà gagné, Tara. Venez prendre votre liberté.

Rassurée par ses arguments assurés autant que par le regard concerné de Wade à mes côtés, je reprends la marche en direction du parvis.

Arrivés à quelques mètres des marches, Jack et ses avocats remarquent notre présence et se tournent dans notre direction. Sa proximité exerce toujours le même effet sur mes muscles qui se tétanisent les uns après les autres. Il le sait et s'en amuse, appuyant son regard de manière exagérée jusqu'à ce que Wade change de côté pour se placer en barrière dans son champ de vision. Aussitôt, le sourire narquois de Jack disparaît tandis que nous les devançons pour entrer dans le bâtiment. Une fois à l'intérieur, je prends une profonde respiration pendant que mon avocate nous annonce à l'accueil.

– Il ne t'arrivera rien, assure mon protecteur d'un souffle contre ma tempe. Si tu paniques, souviens-toi que dès ce soir, je te ramène à la maison.

Je voudrais pouvoir me blottir contre lui, mais toute cette situation ne me le permet pas. Je ne peux risquer que le moindre argument soit retenu contre moi et menace l'avenir de ma fille. Alors je me contente de plonger dans son regard profond et sécurisant.

***

Les échanges entre nos avocats et le juge ne se matérialisent que par un brouhaha incompréhensible dans ma tête. Je suis comme hors de mon propre corps, spectatrice inattentive de ma vie qui se joue sous mes yeux. Incapable de me protéger de ce que je pourrais entendre, mon esprit semble préférer se réfugier dans une autre dimension qui m'empêche d'analyser quoi que ce soit.

– Je prononce donc le divorce au profit du demandeur, retentit la voix du juge dans mon crâne alourdi. Madame ne demande ni patrimoine ni pension alimentaire, vous vous en tirez donc plutôt bien, monsieur Weston. Sa seule condition était de conserver la garde exclusive de l'enfant. Au vu des éléments qui ont été portés à ma connaissance ainsi que du fait de l'absence totale de protestation à ce sujet de votre part, je lui accorde également cette requête. Si une quelconque âme paternelle devait surgir dans les jours prochains, sachez que je ne reviendrai sur cette clause qu'une fois que vous aurez été entendu par les autorités sur les affaires pouvant remettre en doute votre capacité à exercer votre droit parental. J'impose bien évidemment une ordonnance restrictive à votre encontre. Que l'on soit bien clair, monsieur Weston, cela signifie que vous avez interdiction formelle d'entrer en contact direct ou indirect avec madame comme avec l'enfant. En outre, vous êtes attendu dès la fin de cette audience par les services de police qui vous conduiront devant le procureur afin de vous expliquer sur les dossiers qui lui ont été transmis. Mademoiselle Reed, je vous félicite pour votre courage et vous souhaite le nouveau départ que vous méritez. L'audience est terminée.

Le bruit du marteau claquant sur son socle ne m'aide pas à décrocher mon regard de l'attitude colérique de Jack. D'un geste brusque, il renverse sa chaise et menace ses avocats d'un doigt tendu. Je n'entends rien de ce qu'il leur promet, et ne distingue pas non plus la voix de Laury Alvarez qui se réjouit en prenant mes deux mains dans les siennes. Toujours en hypnose incontrôlée, je suis des yeux les gens qui quittent la salle sans parvenir à déclencher la moindre réaction. Est-ce que tout est réellement terminé ? Ces longues années de terreur prennent-elles vraiment fin aujourd'hui, dans cette salle et sans le moindre coup ? Mon corps rodé aux réactions de celui qui se fait désormais escorter par deux officiers ne peut l'intégrer. Ce n'est que lorsque le visage de Wade s'impose devant moi que mon esprit revient enfin sur Terre et que mes oreilles laissent à nouveau les sons s'y engouffrer pour atteindre ma conscience.

– Viens, on rentre… murmure-t-il en ignorant les hurlements qui nous parviennent depuis le couloir.

– Je… Ça y est ?

– Oui Tara, intervient mon avocate, ça y est. Vous êtes libre.

– Oh, merci, merci ! sangloté-je en me laissant tomber dans ses bras.

Submergée par l'émotion, je lâche dans cette étreinte tout ce que je me suis interdit d'exprimer durant ces années où il m'a fallu me taire, me cacher et endurer les pires traitements.

Libre…

Ce mot martèle mon esprit comme pour se graver de lui-même dans ma mémoire à tout jamais.

Libre.

Je suis libre.

CHAPITRE 31 - Wade

L'émotion qui se lit sur son visage gracile me touche profondément. Je la sens aussi perdue que soulagée, en témoigne sa façon de tout observer autour d'elle comme si ce cauchemar ne pouvait prendre fin aussi facilement. Voir un traumatisme si viscéralement ancré me rend dingue.
– Merci, merci pour tout.
Sa voix chevrotante vibre jusque dans mes veines. Puis, lorsque ses grands yeux s'arriment aux miens, une boule bien trop large m'obstrue la gorge.
– Merci, Wade. Jamais je n'aurais trouvé le courage d'affronter ça sans le soutien de ta famille, sans toi à mes côtés.
– Tu as trouvé le courage de partir et de traverser les États-Unis sans l'aide de personne. Tu ne dois ta liberté qu'à toi-même.
– Monsieur a raison, Tara. Vous pouvez être fière de vous. Moi, je vous admire.
L'émotion grandit encore et les deux femmes se tombent une dernière fois dans les bras. Puis, après une énième salve de remerciements pour l'une et d'encouragements pour l'autre, Tara glisse sa main dans la mienne.
– Allons-y, sourit-elle.

***

Durant les quatre heures de trajet qui séparent Tampa de Miami, j'observe dans de brèves œillades la beauté de sa fraîche émancipation. Un sourire lumineux plaqué sur le visage, Tara savoure les caresses du soleil sur sa peau en fermant régulièrement les paupières. Comme si elle ressentait le besoin constant de confirmer que tout cela n'est pas qu'un simple rêve, elle les rouvre de temps en temps pour affirmer silencieusement cette réalité qui réarme son sourire à chaque vérification.

– Heureuse ? la questionné-je en empruntant la voie d'accès à l'aéroport.

– Incroyablement soulagée, oui.

L'impression que quelque chose a définitivement changé en elle me frappe depuis notre départ du tribunal. Comme si le poids du passé était resté là-bas, accroché aux chevilles de son ex-mari tandis qu'elle reprenait enfin son existence à bras le corps.

– Je suis fier de toi, affirmé-je en serrant le frein à main sur la place de parking attribué à notre voiture de location.

Son sourire libéré suffit à me répondre. La noirceur qui ternissait ses traits et faisait ressortir sa fragilité n'existe plus. Elle a repris naissance au sortir de cette salle, et s'apprête à savourer la vie qu'un enfoiré lui avait volée. Pour l'heure, il est temps de rendre cette foutue bagnole pour enfin quitter les terres de son malheur. Un bagage sur chaque épaule, je claque le coffre et lui adresse un clin d'œil en guise de top départ. Après un petit tour au guichet de l'agence de location jouxtant l'aéroport pour rendre les clés, nous nous dirigeons vers l'entrée la plus proche.

J'ai très peu pris l'avion dans ma vie et clairement, je ne le regrette pas. Fendre la foule pour accéder à l'un des écrans d'affichage, y repérer notre vol parmi des dizaines de lignes qui se ressemblent, tenter de comprendre quelque chose à ce joyeux bordel composé de terminaux, de portes d'embarquement et de je ne sais quoi d'autre pour pouvoir attribuer des lettres ou des chiffres à un simple avion... Je sens l'agacement monter en moi à une vitesse fulgurante, mais lorsque la main de Tara se glisse dans ma paume, plus rien ne compte.

– Je... Je ne me sens pas très bien, murmure-t-elle en fixant du regard une nouvelle affluence de touristes arrivant dans notre direction.

Je comprends qu'une crise d'angoisse se profile et me dépêche de repérer les éléments qu'il faut sur ce putain de tableau pour nous rendre au bon endroit. Puis, resserrant mes doigts autour de ses phalanges fébriles, je l'entraîne à l'écart de cet attroupement d'abrutis. Mes deux mains contre ses joues pour lui faire relever le visage, je capte son regard.

– Hey, tout va bien. Je suis là.

– Et s'il avait envoyé quelqu'un ? Il y a tellement de monde, je...

– Tara, je te jure sur ma vie que personne ne nous empêchera de prendre cet avion.

Et je ne mens pas. Le premier qui se pose en travers de notre route devra ramasser ses dents une par une. Elle acquiesce timidement, mais je vois bien que sa conscience reste bloquée dans cette peur viscérale qu'il a ancrée dans chacun de ses réflexes.

– Allez viens, on trouve ce Boeing et on rentre à la maison.

Après un dernier baiser sur ses lèvres pour atténuer son appréhension, je l'emporte avec moi à travers les immenses couloirs de l'aéroport.

Le regard rivé sur le tarmac qui défile à travers le hublot, Tara s'accroche aux accoudoirs de son siège lorsque les moteurs ronflent bruyamment. L'avion prend de la vitesse d'un seul coup et je pose une main sur ses doigts crispés.

– Ça va ?

Son visage se tourne pour m'offrir un sourire à la fois inquiet et épanoui.

– Oui. C'est maintenant que je réalise. Je quitte enfin ce sol et tout ce qu'il représente.

Cette image me percute le cœur. Aucun membre de ma famille n'a jamais vécu ce qu'elle a pu endurer, pourtant je ne peine pas à comprendre ce qu'elle ressent à cet instant. L'avion pousse encore plus fort son accélération, et lorsque le frottement des roues sur le bitume s'interrompt pour laisser place à un petit rebond signifiant que nous ne touchons plus Terre, je passe mon bras autour de ses épaules pour la ramener contre moi. Dans cette nouvelle vie vers laquelle l'appareil nous emporte, mon épaule sera la sienne si elle le souhaite.

C'est ainsi que se déroulent les dix heures de vol suivantes. Dans un silence respectueux des autres passagers, nos deux corps ne se décollent pas tandis que nos regards se croisent régulièrement. Comme si nous avions toujours voyagé ensemble, je partage avec Tara la musique que j'écoute sur mon écran digital, elle m'offre les composantes du plateau-repas qui ne lui inspirent aucun appétit, et lorsque vient l'heure où tout le monde s'endort à bord, je relève l'accoudoir qui nous sépare pour lui permettre de s'allonger plus confortablement contre moi puis déroule nos deux couvertures le long de son corps épuisé. Sous mes doigts attentionnés, ses cheveux s'étalent voluptueusement sur mon jean et je réalise qu'elle est la première à m'offrir ces instants de communion presque instinctive. Une autre femme a-t-elle déjà posé la tête sur ma cuisse ? Jamais. Avais-je déjà caressé ainsi le visage abandonné de l'une de mes partenaires ? Absolument pas, et cela ne m'est aucunement venu à l'idée. Tara est la première dont je partage les ressentis, la première capable de créer un manque dans ma poitrine lorsque je dois me tenir loin d'elle, la seule à part Rosie dont la simple présence peut atténuer ma mauvaise humeur.

Arrivés à Calgary, nous récupérons mon pick-up resté au gardiennage avant de rejoindre notre motel pour le reste de la nuit. Enfin un établissement simple, dans lequel j'ai mes habitudes et qui ne me donne pas l'impression d'être à la ramasse. Comme toujours, l'accueil y est chaleureux sans pour autant nous servir de courbettes hypocrites. J'apprécie de pouvoir accéder à notre chambre comme un grand garçon, sans avoir à suivre un gugus qui ouvrirait la porte pour moi.

– Tu viens souvent ici ? demande Tara lorsque je dépose nos sacs sur l'un des deux lits jumeaux.

– Assez régulièrement durant la saison de rodéo.

Son regard arpente la pièce au décor minimal, et j'appréhende que son jugement diffère du mien. Après tout, rien ne m'assure que nous soyons compatibles sur tous les points mais j'avoue que la simplicité reste essentielle pour moi.

— J'aime bien, sourit-elle, c'est exactement comme ça que j'imaginais tes voyages.

Sa sincérité me touche bien plus intensément que ce à quoi je m'attendais. Bordel, cette femme est définitivement celle que j'attendais.

— Tu imaginais mes voyages ? la taquiné-je, curieux de creuser cette révélation.

Légèrement gênée, elle récupère ses affaires de toilettes dans son sac pour ne pas avoir à me regarder dans les yeux.

— Eh bien, oui, c'est vrai que je me suis demandé de quelle manière tu vivais lorsque tu te trouvais loin du ranch, si tu étais seul ou non...

Cet aveu me tombe dessus sans crier gare. Bon sang, si j'avais seulement soupçonné qu'elle puisse se poser ce genre de question alors que je me suis comporté comme un enfoiré dès son arrivée...

— Et alors, tu visualisais ça comment ?

— De longs trajets, souvent de nuit, des motels simples et réconfortants exactement comme celui-ci, et... des femmes.

— Des femmes ?

— Des femmes.

Une légère pointe de rivalité ressort de son timbre chancelant. Un soupçon de jalousie qu'elle semble vouloir refouler sans y parvenir, et qui attise encore un peu plus mon désir pour elle. Amusé par cet embarras qu'elle tente de me cacher, mais tout aussi touché par sa capacité à me livrer ses émotions telles qu'elle les ressent, je marche les quelques pas qui nous séparent pour saisir sa taille et la ramener contre moi. Je ne lui ferai pas croire que personne n'a partagé mes nuits de vadrouille, mais il est hors de question que je lui laisse leur donner un quelconque crédit.

– Et si on mettait de côté notre passé, puisque ni le tien ni le mien ne méritent qu'on s'attarde dessus ? proposé-je en déposant un baiser sur l'arrête de son nez aquilin.

Le sourire qui reprend vie sur son visage me prouve une nouvelle fois sa faculté à ne retenir que le positif de tout ce qui se présente à elle. Je crois bien n'avoir jamais décelé autant d'objectivité chez une femme, mis à part ma sœur. Si j'étais jusqu'ici persuadé que Rosie constituait un spécimen unique et qu'aucune de mes rencontres ne pouvait lui arriver à la cheville, je comprends aujourd'hui que je n'avais simplement pas croisé le bon chemin.

– Je suis d'accord, acquiesce-t-elle avant de recevoir un nouveau baiser de ma part.

C'est fou comme tout est simple à ses côtés. Malgré ce qu'elle a pu vivre, Tara cultive cette volonté d'être heureuse et ne s'embarrasse d'aucun drame inutile, d'aucune démesure afin d'attirer l'attention. Elle accueille chaque jour avec un dévouement pour sa fille qui dépasse ses propres besoins, et s'adapte à tout ce qui se présente à elle.

Le contact de nos lèvres associé à ce sentiment de me trouver à la bonne place avec la bonne personne déclenche une puissante vague de frissons qui retentissent jusque dans mes épaules. Resserrant un bras autour de son corps réceptif, je saisis de l'autre ses affaires de toilettes et nous dirige vers la salle de bain.

– Qu'est-ce que...

J'éteins sa surprise entre mes lèvres. Nul doute qu'elle n'a jamais vécu ça avec son enfoiré d'ex-mari, et je suis ravi de pouvoir prétendre à cette primeur. Ouvrant le jet d'eau d'une main, je pars à l'assaut de ses vêtements de l'autre. Le regard rivé sur son attitude pour y déceler le moindre signal d'opposition, je savoure avec bonheur l'abandon qu'elle m'offre lorsque ses doigts m'aident à déboutonner son chemisier. Ses paupières closes frémissent sous mes caresses, son souffle s'accélère au rythme de mes baisers sur sa peau crépitante. Je peux sentir l'effet de ma langue remontant jusqu'à sa gorge offerte, et lorsque j'en mordille un segment, Tara s'agrippe à mon cou dans un gémissement divin.

Je ne me déshabille pas pour nous faire entrer dans la douche. Son plaisir reste mon seul objectif, et lorsque l'eau chaude imbibe mes vêtements jusqu'à les coller sur ma peau, je soulève son corps nu contre mon torse puis replie ses jambes autour de mon jean trempé. Ses mains dans mes cheveux, son visage abandonné aux sensations que notre étreinte lui procure, ses geignements lubriques, tout en elle enflamme mes sens. Reculant d'un pas, je contemple ses formes délicieusement ordinaires et me saisis du flacon de gel douche pour en verser une dose dans le creux de ma main. Je lave alors consciencieusement chaque centimètre de sa peau, me délectant des réactions successives de son épiderme sensible. À l'affût du moindre de ses signaux, je m'attarde partout où son corps marque un plaisir plus intense.

Malgré ma récente suggestion de ne plus penser au passé, le comparatif avec mes expériences précédentes envahit mon esprit tandis que Tara se tord sous mes faveurs. Des douches endiablées, j'en ai vécu. Mais jusqu'à ce soir, le plaisir de mes partenaires répondait à ma bestialité, à une approche presque égoïste puisque je prenais ce qu'elles me donnaient sans jamais y associer plus qu'une sensation physique. Jamais la moindre répercussion sentimentale, jamais le moindre investissement personnel dans mes gestes, et encore moins l'intention d'inscrire une relation dans la durée.

Alors que je savoure désormais le goût unique de sa peau parfaite, Tara s'impose dans mon âme comme une évidence. Je me veux en elle, je la veux dans ma vie. Parce qu'elle me voit, parce qu'elle me sait, parce qu'elle me rend meilleur sans chercher à changer ce que je suis.

L'eau chaude rince la mousse qui dégouline le long de ses courbes pendant que j'en parcours chaque repli de ma langue affamée. Et plus je la mémorise, plus je sens que tout prend place en moi.

C'est elle.

C'est elle, et je ne saurais désormais me délester de ce que je ressens ici, à cet instant précis. Galvanisé par ce désir fulgurant qui tempête dans mes veines, je stoppe la douche puis empoigne ses fesses pour la soulever contre moi. Les portes de la cabine subissent l'impact empressé de mon genou et nous libèrent dans un vacarme peu discret. Mais je me contrefous qu'on nous entende. Saisissant la serviette qui nous attendait sur le bord du lavabo, je la déploie autour de ses épaules sans stopper mon avancée jusqu'au lit, sur lequel je dépose son corps délicieux avant de retirer en vitesse mes vêtements détrempés. Si elle me stoppe maintenant, ce sera la marche arrière la plus difficile de toute ma vie.

— Wade... gémit-elle alors que j'attrape le dernier préservatif qu'il me restait.

Soulagé d'entendre son feulement me confirmer ce consentement que j'estime important après ce qu'elle a pu vivre, je ne me fais pas prier pour revenir entre ses cuisses. Aussitôt, son regard capture le mien pour l'enchaîner à une communion qui me transporte. La chaleur de son désir ne ment pas, Tara éprouve le même besoin puissant et sauvage d'unir nos corps. Il ne m'en faut pas plus pour sombrer dans un échange passionné, chargé d'autant de douceur que de frénésie. Son corps se voûte sous mes mouvements de reins encore contrôlés tandis que ses mains explorent les reliefs de mon dos ou de mes épaules, ponctuant régulièrement leur tracé par quelques griffures de plaisir. Je la sens déjà au bord du gouffre, et c'est tant mieux parce qu'elle me rend tellement dingue que je me sais incapable de prolonger cet échange bien trop intense. Une lumière divine menaçant mon endurance, j'accélère le rythme puis soulève ses hanches pour mieux les conquérir. De coups de bassin en caresses sur sa poitrine radieusement ballotée, je m'approprie ce corps que je sais déjà ancré en moi comme aucun autre ne l'a jamais été. Et lorsqu'elle bascule fougueusement, fauchée par une vague féroce de tremblements et de râles rauques délicieux, l'ouragan m'atteint à mon tour. Le regard suspendu à ce visage paré d'un abandon divin, je laisse mon plaisir s'enchaîner au sien avant de tomber avec elle dans les profondeurs de cette évidence qui nous lie.

Quand nos corps s'apaisent enfin, je colle mon front quelques secondes contre son ventre pour reprendre mon souffle et y déposer une série de baisers passionnés. Le pouls battant dans mes tempes, je m'écroule à ses côtés avant de passer un bras autour de ses épaules puis récupère le drap gisant sur le côté du lit pour nous recouvrir. Haletante, Tara se blottit contre moi. Dans cet instant empli d'une plénitude que je ne ressens qu'avec elle, l'évidence me frappe à nouveau. Je veux vivre cette ivresse chaque jour, ressentir cette flamme qui brûle en moi et redonne vie à tout ce que j'avais éteint. Je veux prendre soin d'elle et de Charlie, je veux la voir s'endormir, la sentir à mes côtés au réveil chaque matin, je veux la voir sourire, croire en elle, croire en nous.

Elle est mon unique horizon.

CHAPITRE 32 - Tara

Lendemain matin.

Retrouver le magnifique défilé des Rocheuses à travers la fenêtre du pick-up me rend incroyablement heureuse. Ajoutée à la touchante proximité de Wade, qui s'applique à ne jamais lâcher les doigts de ma main qu'il garde par-dessus la sienne, je me sens plus vivante que jamais.

Si me doutais bien de l'inévitable intensité de ce voyage à Tampa, à aucun moment je n'aurais songé qu'il puisse ainsi tout changer. Je rentre radicalement différente, et c'est sans nul doute grâce à l'homme qui conduit avec concentration à mes côtés. Wade me révèle une tendresse absolument insoupçonnable, une dévotion qui me donne le sentiment d'être unique à ses yeux. Je ne sais si je peux croire qu'une belle histoire débute entre lui et moi, mais je ressens l'envie de laisser les choses se faire telles qu'elles viennent. À cet instant précis, je suis heureuse et je peux en grande partie l'en remercier.

Le rythme de mes battements cardiaques s'accélère lorsque nous passons l'entrée du ranch. Je vais enfin retrouver Charlie et notre nouvelle vie va pouvoir commencer. Ici, dans ce décor aussi unique qu'incroyable, j'ai l'impression de rentrer chez moi. Les enclos longent la grande allée, l'imposante maison des Spencer dont le charme reste toujours aussi présent, l'atmosphère unique que procurent les odeurs de cheval ou de cuir, la poussière mêlée à la senteur particulière des forêts de mélèzes toutes proches. On ne respire cela qu'ici, et je ne suis pas certaine de me sentir aussi bien ailleurs.

Alors que nous nous garons sur le parking, la présence d'un Hummer rouge semble attirer l'attention de Wade, dont le regard s'assombrit. Il serre le frein à main, puis sa main s'échappe de sous mes doigts. Un bref regard suivi d'un baiser furtif sur mes lèvres esseulées, et le cowboy quitte le véhicule dans une attitude qui me laisse perplexe.

– Enfin vous voici ! s'écrie joyeusement la voix de Rosie.

Je sors à mon tour de l'habitacle avant d'apercevoir Charlie qui accourt les bras grands ouverts.

– Maman Wade ! articule-t-elle de sa voix fluette dans un sourire aussi large que son visage.

Émue d'entendre une nouvelle fois ma fille renouer avec cette parole qui me manquait atrocement, je la réceptionne avec bonheur et savoure l'odeur de son cou en la couvrant de baisers. À nos côtés, le vieil Ed salue son fils d'une accolade virile.

– C'est quoi ça ? demande ce dernier.

Interloquée par cette question que je ne suis sans doute pas supposée entendre, je lève les yeux pour le voir désigner le véhicule d'un doigt tendu. Rosie semble embarrassée.

– Elle est arrivée ce matin, et…

– Salut cowboy ! résonne une voix féminine derrière eux.

Les silhouettes s'écartent, me laissant effectivement découvrir une jeune femme aux longs cheveux cuivrés, dont le jean ajusté révèle des jambes parfaitement dessinées et le chemisier mauve à carreaux une poitrine généreusement mise en valeur. Une brûlure aussi inattendue que lancinante me dévale l'épine dorsale. À voir comme elle se rapproche de Wade puis pose une main inquisitrice sur son avant-bras, il ne fait aucun doute que ces deux-là se connaissent très bien. Et ce n'est pas l'attitude mal à l'aise de l'homme contre lequel je me suis réveillée ce matin qui me rassure. Le regard fuyant, ce dernier s'écarte du contact qui lui est imposé d'un pas en arrière avant de fourrer les mains dans ses poches.

– Qu'est-ce que tu fais ici ? demande-t-il sans prendre la peine de lui rendre sa politesse.

La jeune femme fronce les sourcils dans un sourire incrédule.

– Ben il t'arrive quoi ? Comme chaque année mon chou, je viens avec le cheval qu'on m'a confié pour la saison et je compte sur ton aide pour le faire à ma main. Tout va bien ?

Ses yeux clairs vont et viennent de Wade à moi, je suppose qu'elle se demande si je suis responsable de ce qu'elle semble percevoir comme un changement étonnant chez lui.

– Bonjour, me salue-t-elle alors en tendant une main chaleureuse dans ma direction, je suis Tasha.

Tasha... À deux lettres près, je trouve que nos prénoms se ressemblent beaucoup et cela me met encore plus mal à l'aise. Mais si Wade a joué avec moi, elle n'y est pour rien et ne mérite pas d'animosité de ma part. Lui non plus, d'ailleurs. Après tout il ne me doit aucun compte sur son passé ni même ses choix à venir. Je ne suis personne pour lui. Intimidée, mais bien décidée à ne plus laisser personne impacter ma vie, je saisis ses longs doigts entre les miens.

— Enchantée. Je suis Tara, la maman de Charlie.

La gorge nouée par un lacet invisible qui me cisaille les cordes vocales, je prends ma fille dans mes bras et lui adresse un sourire surfait.

— Si vous voulez bien nous excuser, m'adressé-je à l'ensemble du groupe, j'ai besoin d'une bonne douche.

— Bien sûr Tara, intervient Rosie, tu nous retrouves pour le dîner ?

J'acquiesce sans m'attarder, m'efforçant surtout d'éviter de croiser le regard appuyé de Wade. Même sans avoir la moindre idée de ce que représente cette personne pour lui, je ne veux surtout pas assister à des retrouvailles qui briseraient mon cœur tout juste prêt à se régénérer. Je ne ressens aucune rancœur à son égard mais ne me sens simplement pas prête à endurer la présence d'une femme qui détient peut-être une place plus importante que moi dans sa vie. Après tout, il est tout à fait possible que je me sois fait des idées, que ces deux nuits ne représentaient absolument rien. Si j'ai mal interprété ses intentions, je ne peux m'en prendre qu'à moi-même face à cette jalousie qui me dévore les entrailles.

Le cœur serré, Charlie blottie dans mes bras, je m'éloigne pour rejoindre notre chalet à vive allure. J'ai cru en quelque chose qui n'existait probablement que dans mes rêvasseries idiotes, et suis donc seule responsable de la douleur lancinante qui me lacère de l'intérieur. Je ne sais plus ce que je me suis imaginé au cours de ce voyage hors du temps, mais la réalité s'impose à cet instant avec une clarté abrupte. Je ne suis certainement pas de taille à lutter contre les femmes qui gravitent autour de Wade Baker.

CHAPITRE 33 - Wade

Quelle plaie ! J'avais complètement oublié cette fâcheuse habitude de Tasha à débarquer chaque année à l'improviste. D'ordinaire, ça ne me dérangeait pas plus que ça. Nous sommes amis depuis la sortie de l'adolescence, et même si nous avons parfois exploré quelques expériences plus... charnelles, les choses ont toujours été claires de mon côté. Aucune relation n'existe entre elle et moi.

– Sérieux, Tasha, apprends à téléphoner avant de débarquer, grogné-je en rejoignant les écuries avec humeur.

– Mais enfin qu'est-ce qui t'arrive ? Je n'ai jamais téléphoné...

– Eh ben justement, tu devrais ! m'emporté-je en ouvrant la porte du box de ce que je suppose être son nouveau cheval.

L'animal m'observe avec méfiance tandis que Tasha stoppe net sans me quitter du regard.

– C'est cette fille, qui te rend complètement con ?

Mon sang tourbillonne dans mes veines. Le simple fait qu'on se permette de la désigner comme une vulgaire connaissance me pique au vif. Ouais, je pourrais bien devenir complètement con si mon amie ne prend pas garde aux termes qu'elle s'apprête à utiliser. Je tourne dans sa direction un œil hostile auquel elle n'est pas habituée.

— Non mais sérieusement ? Me dis pas que tu es tombé amoureux, Wade !

— Je n'aurai pas le temps de m'occuper de ton bestiau cette année, lâché-je en ressortant du box, il va te falloir trouver quelqu'un d'autre.

La déception transperce son regard suspicieux, mais je choisis de l'ignorer et de quitter les écuries sans plus d'explication. Après-tout, je ne lui ai pas demandé de se pointer comme une fleur et de foutre en l'air l'estime que Tara pouvait enfin ressentir à mon égard.

Particulièrement agacé, je traverse les allées du ranch puis la clairière pour rejoindre mon refuge, Big jappant et sautant régulièrement devant moi dans l'espoir continuel d'attirer mon attention.

Une fois à l'intérieur, mon cœur se pince sous l'effet de leur absence. Les souvenirs de leurs quelques jours passés ici ravivent le manque qui se creuse dans ma poitrine. J'espère vraiment que Tara ne s'est pas imaginé que j'aurais pu lui cacher une relation qui n'existe pas. Impatient de pouvoir lui expliquer la présence de Tasha et ce qu'il en est réellement, je file prendre une douche rapide avant de foncer chez Rosie en espérant l'y trouver pour la préparation du repas.

— Oncle Wade ! s'écrie Nate en me voyant approcher du jardin arrière.

— Salut gamin.

Ma main encore crispée ébouriffe ses cheveux d'un geste protecteur tandis que je grimpe les marches de la pergola.

— Je me suis entraîné à masser mon cheval, déclare-t-il fièrement.

— Super, ça. Il t'en sera reconnaissant.

Jetant un œil furtif par la fenêtre, j'aperçois Rosie et Tara se diriger vers nous avec deux grands plateaux remplis de boissons et victuailles diverses. Soucieux de réaffirmer ma présence à ses côtés, je récupère celui de Tara pour le déposer sur la grande table. Son regard ne soutient pas le mien mais se contente de le croiser furtivement. Elle est gênée, et je la comprends. Charge à moi de lui prouver ce qu'elle représente à mes yeux.

— Bonsoir la compagnie ! chantonne cette voix bien trop féminine dans mon dos.

Agacé par sa présence, mais encore plus par l'effet de celle-ci sur ma relation naissante, je me tourne dans sa direction sans m'éloigner de la femme qui a capturé mon cœur. L'attitude bien trop décontractée que je constate me dérange fortement.

— Prête à partir ? demandé-je dans un sourire à la limite de la provocation.

Je ne souhaite pas me montrer grossier ni renier une longue et forte amitié, mais Tasha doit comprendre que quelle que soit la place qu'elle espérait obtenir dans ma vie, je ne l'ai toujours considérée qu'avec camaraderie.

— Partir ? Non, mon chat. J'attends que la connerie te passe.

— Quelle connerie ?

— Je sais pas quelle mouche t'a piqué, mais toi et moi on a toujours bossé ensemble. Alors, pique ta petite crise si tu veux, mais quand tu auras terminé, mon cheval et moi on t'attend pour préparer la saison.

Bien, il semblerait qu'elle préfère les hostilités. Tant pis.

– Ton cheval et toi, vous allez reprendre la route. Il n'y a pas de mouche et encore moins de crise, j'ai une vie. Tu choisis de débarquer quand ça te chante, soit. Mais dans ce cas, attends-toi à ne pas être la bienvenue. Je te l'ai dit, je n'ai pas le temps de m'occuper d'un cheval supplémentaire.

La stupéfaction heurte son visage et le sourire narquois qu'elle s'efforçait d'afficher disparaît. Je sais qu'elle n'agit ni contre moi, ni contre Tara, mais même si son amitié m'est chère, je ne la laisserai pas menacer la stabilité que je viens de toucher du doigt.

– Tu es sérieux, Wade ? grince-t-elle avec douleur.
– Je suis sérieux.

À mes côtés, Tara semble se tendre. Les disputes l'angoissent, celle-ci ne fait pas exception. D'une main discrète, je caresse ses doigts fébriles pour la rassurer et lui démontrer qu'elle restera ma priorité.

– L'amour te ramolli, cowboy... grommelle Tasha en reposant le verre qu'elle s'était servi en toute liberté.

– Et ça me convient très bien.

Tout juste conscient que cette réponse dévoile des sentiments dont je n'avais encore parlé à personne, je savoure la sensation de délivrance qu'elle me procure. Mes proches suivent du regard le pas déçu de Tasha qui s'éloigne, mais le mien se concentre sur la silhouette encore hésitante de celle qui se tient à mes côtés. Je suis conscient de sa difficulté à savoir ce qu'il lui faut penser ou non. Il n'y a pourtant aucun doute à avoir.

– Je suis désolé qu'elle ait débarqué comme ça, murmuré-je en repoussant délicatement une mèche de cheveux derrière son oreille.

Le frémissement que laisse percevoir son épiderme ultrasensible me soulage. En revanche, son attitude fuyante m'oblige à me montrer plus explicite.

— C'est seulement une amie qui vient chercher mon aide de temps en temps, ajouté-je sans savoir si j'emploie les bons mots.

— Wade... Tu ne me dois aucune explication, nous n'avons rien décidé, tu ne m'as rien promis.

Bordel, la voir s'obliger à admettre un pas en arrière qui la blesse autant que moi me désarme. A-t-elle oublié ce que je lui ai dit dans cet hôtel à Miami ? Je ne peux pas lui laisser croire qu'elle ne représente rien. Le visage incliné pour récupérer son regard détourné, je saisis doucement ses coudes de mes deux mains.

— Alors décidons maintenant. Et laisse-moi te promettre que personne ne peut rien contre ce que je ressens.

Interloquée, elle me scrute désormais avec perplexité. Rosie et les autres se retrouvent également suspendus à mes paroles, mais je m'en contrefous. Que le monde entier m'entende me mettre à genoux devant cette femme, je ne ressens aucune honte à me livrer enfin à elle.

— Je suis conscient de tes peurs, et du fait que tu peux penser ne pas me connaître suffisamment pour m'accorder ta confiance. Alors je vais te dire les choses comme elles sont. Je suis fou de toi, Tara. Et je me contrefiche du passé que tu traînes. Je suis prêt à l'affronter avec toi, à chasser les démons qui te hantent la nuit et à taire tes angoisses les plus coriaces. Je me battrai pour toi, pour Charlie et pour ce qui nous attend si tu le veux. Je ne suis pas l'homme le plus parfait, loin de là. Mais je suis celui sur lequel tu pourras toujours compter. Je n'avais encore jamais fait de place pour quiconque dans ma vie mais toi, tu l'as prise naturellement. Tu t'es installée dans mon cœur sans que je m'y attende, et depuis, tu le tiens entre tes mains. On peut me prendre pour un faible, ça m'est égal. Je ne me suis jamais senti aussi fort que depuis que vous avez débarqué toutes les deux dans mon périmètre...

Les phrases s'enchaînent sans que je ne puisse contrôler quoi que ce soit. Silencieuse, Tara m'observe mais cette fois-ci, son regard ne se dérobe pas. Silencieuse, elle me laisse déballer mon âme à ses pieds tout en accueillant chacune de mes caresses dans sa chevelure désordonnée. Puis, lorsque les mots finissent par me manquer et qu'il ne me reste pour seule alternative que d'attendre une réaction de sa part, elle se contente d'élever une main jusqu'à ma joue.

Le contact de sa paume douce et chaude sur ma mâchoire tendue déclenche une onde d'espoir qui fait vibrer chacun de mes muscles. D'un pas en avant qui menace de me faire chavirer, Tara rejoint mon torse haletant sans rompre le jeu de nos regards arrimés l'un à l'autre. Puis, avec une simplicité troublante, elle dépose ses lèvres sur les miennes. Emporté par l'euphorie que me procure cette réponse explicite, j'enroule mes bras autour de sa taille pour la soulever contre moi. Désormais, elle est mon tout. Rien n'aura plus d'importance à mes yeux que son bonheur et celui de Charlie.

EPILOGUE

Deux mois plus tard

Les applaudissements de la foule vrombissent dans les gradins comme une vague déferlant sur les rochers. Surpris, Poco bondit sur le côté tandis que les douze autres mustangs manifestent également des réactions plus ou moins vives. Conscient que ce vacarme agit négativement sur la sérénité des chevaux, le public s'assagit aussitôt et le calme revient dans l'arène.

Après deux jours de démonstration, Wade remporte la seconde place du podium et aide avec émotion l'une des bénévoles de l'événement à passer la banderole autour de l'encolure frémissante de Poco. Les épreuves se sont révélées particulièrement techniques et le niveau des couples humain-cheval plutôt élevé. Malgré son parcours sans faute sur le module de dressage ainsi que sur l'enchaînement de trail, notre duo ne doit déplorer qu'un petit cafouillage lors du passage sur le show libre. Déconcentré par l'ouverture de plusieurs parapluies juste devant les barrières lorsqu'une courte averse est venue troubler le public, Poco s'est déconnecté de son partenaire et a traversé l'immense piste pour s'éloigner de ce qu'il considérait comme un danger. Outre ces longues minutes que Wade a consacrées à rassurer le mustang déboussolé, leur prestation était magnifique et nous sommes tous extrêmement fiers d'eux.

— Si les gens avaient réfléchi au lieu de ne penser qu'à leurs cheveux mouillés, oncle Wade aurait gagné ! bougonne Nate tandis que nous quittons les gradins.

— Ouais, renchérit Simon, c'est pas juste !

— C'est le jeu, les garçons, tempère Tommy en nous frayant un chemin dans la cohue, l'important dans cette compétition reste de montrer les capacités incroyables des mustangs, et de leur trouver une bonne famille.

— Et sur ce point, Poco a beaucoup de chance puisqu'il a déjà trouvé la sienne, ajoute Rosie.

— Oncle Wade devrait le garder, grogne Nate.

Enfin sortis de l'encombrement des gradins, nous nous rassemblons à l'entrée de la zone réservée aux entraîneurs et leurs chevaux.

— Les ventes aux enchères montent bien trop haut pour nous, rappelle Rosie à ses fils, mais au moins, on peut être soulagés de savoir que nos trois mustangs partiront ensemble.

Nous avons effectivement appris il y a une semaine que l'un des organisateurs, touché par le sort de Bart et Buddy, avait décidé de racheter les trois hongres qui s'entendent désormais comme des frères afin de leur éviter d'être séparés. Wade leur a permis de progresser de manière extraordinaire, et c'est sans aucun doute grâce à son travail qu'une vie apaisée s'offre à eux.

— Wade ! Wade ! les interrompt la voix excitée de Charlie qui montre une direction d'un doigt tendu.

Nous nous retournons et découvrons notre duo homme cheval en approche. Un sourire radieux sur le visage, Wade se dirige droit sur moi avant d'enrouler ma taille d'un bras pour me soulever contre lui. Ses lèvres dans mon cou délivrent une satisfaction du travail accompli particulièrement touchante. Je le sais épuisé par ces longues semaines d'entraînement, le voyage harassant depuis Jasper avec un convoi de trois chevaux et le poids symbolique de cette compétition. Lorsqu'il me relâche pour saluer le reste de la famille, Charlie piétine d'impatience puis finit par lui sauter dans les bras.

– Wade !

Si sa douce voix d'enfant ponctue notre quotidien depuis un peu plus d'un mois maintenant, je ne m'habitue pas à l'émotion qu'elle me procure. Son entrée à l'école de Jasper y est pour beaucoup, même si la vie au ranch la stimule énormément. Désormais, Charlie ne se réfugie plus dans ce silence qui la sécurisait. Elle interagit spontanément, réapprend à communiquer et y voue désormais un intérêt conséquent. Nous l'entendons constamment chantonner pour elle-même ou pour les animaux dont elle s'occupe, c'est d'ailleurs lors de ses échanges avec eux que se construisent ses plus jolies phrases. Lorsqu'elle ne se trouve pas à l'école, une multitude d'activités s'offrent à elle et lui permettent d'éveiller son envie de communiquer avec le monde qui l'entoure. Wade lui apprend à monter à poney, Ed lui donne une multitude de conseils pour entretenir son matériel comme une grande, tandis que Nate et Simon l'emmène régulièrement en promenade sur les sentiers qui contournent le ranch. Le sourire radieux qui ne quitte plus son doux visage me conforte jour après jour dans le choix que nous avons fait de rester ici. J'ai beau chercher, je ne vois pas où nous aurions pu nous sentir mieux qu'au ranch.

De retour à Jasper, et après une nuit réparatrice pour tout le monde, nous profitons d'un petit déjeuner à trois sur la terrasse de notre chalet. Charlie et moi avons naturellement emménagé avec Wade, décision qui s'ajoute à la liste des plus décisives de ma vie. Notre petit chalet au bord du lac est aux antipodes de la villa que nous occupions à Tampa, pour autant je ne me suis jamais sentie aussi heureuse. Tout y est beaucoup plus petit, mais chaque mètre carré me donne le sentiment de me trouver chez moi.

— Fini ! déclare fièrement Charlie en reposant son bol, la bouche enrobée de lait.

— Viens ici mon cœur, pouffé-je en saisissant une serviette.

Couvée par le sourire de Wade, j'essuie délicatement son visage avant de déposer un long baiser sur son front.

— Va te brosser les dents.

— Pas dents, réfute-t-elle en fronçant adorablement des sourcils, Charlie promenade avec Nate, Simon, Big.

La manière avec laquelle elle énumère les prénoms sur ses petits doigts potelés ne peut que m'attendrir, mais comme toujours, je me montre aussi têtue qu'elle.

— Tes cousins ne viendront te chercher que si tu as les dents propres, ma chérie. Et je pense qu'il vaut mieux te dépêcher car il est bientôt l'heure.

L'argument fait mouche. Surexcitée, la coquine s'empresse de rejoindre la salle de bain, accompagnée par le son de nos rires. Heureuse de cette toute nouvelle vie de famille qui ne ressemble en rien à ce que nous avons connu, je pose une main sur celle de Wade.

– J'aime la voir comme ça, affirmé-je en caressant sa peau marquée par le travail.

Le visage sérieux et impliqué, il m'adresse un clin d'œil qui martèle ma poitrine. Le poids de son regard déclenche toujours cet effet puissant sur mes sens. Je crois bien que je ne m'en lasserai jamais. Après quelques minutes à s'observer ainsi amoureusement, nous sommes interrompus par les jappements de Big en direction de la clairière. Au loin, les deux jeunes frères longent le lac et approchent en agitant les bras pour nous saluer.

– Charlie ? hélé-je vers l'intérieur du chalet, ils sont là !

Les pas précipités de ma petite demoiselle résonnent sur le parquet de la terrasse. Impatiente, elle se plante devant ma chaise pour me montrer ses jolies dents blanches.

– Parfait, jeune fille. Tu peux y aller.

Un baiser sur ma joue accordé rapidement, un autre sur celle de Wade et la voilà qui dévale les marches puis court rejoindre les garçons.

– Tu sais où ils vont ? demande mon cowboy sans la quitter des yeux.

– Nate m'a parlé du sentier bleu.

– D'accord. C'est à l'intérieur des clôtures anti-ours.

Cette préoccupation constante de chaque membre de la famille quant à la sécurité ou au bien être de Charlie me permet de réajuster ce côté trop maternant qui me dévorait la conscience. Aujourd'hui, je sais pouvoir la laisser avec les uns ou les autres. Tant qu'une passation visuelle de responsabilité s'opère, elle ne risque rien nulle part. Rosie m'a d'ailleurs parlé de cours de natation auxquels elle envoie ses fils chaque hiver. J'y inscrirai Charlie dès cette année pour que le lac représente le moins de danger possible, parce que l'eau constitue toujours une angoisse phobique que je ne suis pas certaine de savoir vaincre en cas de besoin. Peut-être envisagerais-je un jour de prendre moi-même des cours, mais pour le moment, entrer dans une piscine m'est impossible.

— J'ai quelque chose à te montrer, déclare Wade une fois que les enfants disparaissent dans l'allée qui mène au ranch.

Interloquée, je l'interroge du regard tandis qu'il se lève pour m'adresser une main tendue. Je réponds à son invitation sans parvenir à déceler ce qui m'attend. Silencieux, il me devance et m'entraîne à sa suite, ma main toujours dans la sienne.

— Où va-t-on ?

— Patience.

Son timbre rauque tranche avec la douceur de ses caresses sur mes doigts. Nous longeons l'orée du bois en arrière du chalet, et après quelques dizaines de mètres sur une piste en herbe que je n'avais encore jamais remarquée, une autre clairière s'ouvre sous mes yeux ébahis. L'endroit est époustouflant. Une vue imprenable sur les montagnes, une flore riche dont les couleurs s'harmonisent à merveille avec le reste du paysage, et toujours ce calme assourdissant que l'on n'entend qu'ici. Seul le chant des oiseaux s'élève des cimes majestueuses de sapins probablement centenaires, tandis qu'une odeur délicieusement boisée s'invite au bord de mes narines.

– C'est magnifique, je n'avais jamais vu cet endroit... m'extasié-je sans parvenir à cesser d'arpenter les lieux du regard.

– Ça te plaît ?

– Oh oui, on devrait venir pique-niquer ici de temps en temps, c'est tellement calme.

D'un pas habile, Wade se place en travers de mon champ de vision, puis se saisit doucement de ma seconde main. Ses larges épaules face à moi, je lève mes yeux dans les siens et découvre un sourire empli d'espoir sur son visage inquisiteur. Il cherche à sonder ce que je ressens, ce que je tente également à son égard.

– Qu'est-ce que tu penserais de bâtir une vraie maison ici ? tente-t-il alors d'une voix contenue.

Je peux sentir l'hésitation dans sa façon de prononcer ces mots avec une réserve qui ne lui ressemble pas. Il attend ma réaction, suspendu au moindre signe que mon attitude surprise pourrait laisser transparaître.

– Une vraie maison ?

– Une vraie maison. La nôtre.

– La nôtre...

On ne parle donc pas seulement d'une maison, mais bien d'un avenir commun. De projets, d'engagement, d'une vie à tracer ensemble.

– Tu... Tu voudrais bâtir une maison ?

– Une maison, un foyer, une famille. Si tu le souhaites toi aussi, oui, c'est ce que je veux.

C'est ce qu'il veut...

Lui, solitaire, sauvage et insaisissable. Cet homme qui fait battre mon cœur à tout rompre, auprès duquel je ne me suis jamais sentie aussi femme.

– Et le chalet ?

D'une main apaisante, il vient replacer une mèche de mes cheveux. Son sourire protecteur m'aide à encaisser l'émotion qui s'empare de moi.

– Le chalet est très bien pour un cowboy célibataire. Mais il n'a que deux chambres...

Les mots qu'il prononcent peinent à trouver le chemin de mon cerveau embué, et je mets quelques secondes à saisir leur signification.

– Oh, tu... Tu veux... Tu veux des enfants ?

S'il y a une chose que je ne soupçonnais absolument pas chez lui, c'est bien l'envie de fonder un foyer. Je me suis quelques fois posé la question, mais j'avoue avoir rapidement rangé Wade dans la case des hommes préférant une vie libre et sans enfants. À bien y réfléchir finalement, je ne sais même plus pour quelle raison cette déduction s'est imposée à moi. Wade se montre extrêmement attentionné avec Charlie ou ses neveux et maintenant qu'il en parle, je le vois tout à fait se rouler par terre entouré d'une progéniture qui lui ressemble.

– Je n'en voulais pas. Jusqu'à toi.

Cet aveu achève de capturer mon cœur. Une nouvelle fois, cet homme m'honore d'une place que je n'aurais jamais osé espérer dans la vie de quiconque. Après l'humiliation, les coups et la peur, me voici enfin aimée, respectée, honorée. Tandis que je tente de replacer tout ça dans mon esprit brumeux, ses mains glissent sur mes flancs. Sans décrocher son regard du mien, Wade s'abaisse lentement et il me faut un instant pour réaliser qu'il vient de poser un genou à terre.

– Miss Reed, prononce-t-il avec gravité, je n'ai pas grand-chose à t'offrir si ce n'est mon nom, ma protection et tout l'amour que tu mérites. Je ne peux pas te promettre de te rendre heureuse parce que je sais à quel point je peux être con, mais je te jure de faire mon possible pour ne jamais éteindre ce sourire qui me rend fou. Sache que ces mains ne porteront sur toi que la passion que tu as fait naître en moi, et si tu...

Je ne peux attendre plus longtemps. Incapable de le laisser essayer de me convaincre alors que je ne désire que lui, je m'accroche à son cou pour fondre sur ses lèvres. Penaud, il referme ses bras autour de ma taille et se relève contre moi tandis que, de nouveau surplombée par sa silhouette protectrice, je laisse sa langue délivrer toutes ses promesses à la mienne.

– Je t'aime Wade, je t'aime... prononcé-je contre ses lèvres.

Galvanisé par cet aveu encore jamais délivré, il me soulève pour me conquérir plus loin encore. Nous jetons dans ce baiser passionné la certitude d'un amour puissant et dévoué, emportés par sa pureté, son évidence.

– Bordel, je suis dingue de toi, Tara... murmure-t-il en reprenant son souffle, dis-moi que tu t'appelleras Baker...

Sa supplication ponctuée de baisers indomptables, il me laisse tout juste le temps de lui répondre.

– Je veux m'appeler Baker...

FIN

Remerciements

Nous voici donc arrivés au terme de cette aventure en Alberta, j'espère sincèrement que tu as passé un bon moment.

Comme toujours, ce roman m'a valu des heures et des heures de travail et je souhaite exprimer ma gratitude à toutes les personnes qui m'ont permis de le porter jusqu'à toi.

Tout d'abord à mon mari et mes enfants, parce que croyez-moi, vivre avec un auteur n'est très certainement pas le truc le plus marrant qui soit. Pour la sixième fois en quelques années, il leur a fallu endurer mes heures de recherches, d'écriture et de corrections, mes doutes et mes humeurs au gré de ce que vivaient mes personnages. Oui, je suis la romancière qui partage entièrement les émotions de ses héros, capable de se sentir complètement déprimée ou en colère selon ce qu'elle leur fait endurer...

Un merci tout particulier à mes parents, véritables pointeurs de coquilles lorsque je ne vois plus rien à force de travailler mon texte. Ils sont les premiers à lire mes manuscrits et je savoure ma chance de les avoir à mes côtés. Quand on est gosse, l'exigence c'est relou, mais quand on écrit des bouquins c'est un sacré atout !

J'embrasse aussi très fort ma Laetitia, lectrice de mon cœur et véritable soutien dans l'écriture de chaque roman. Tu es présente à chaque étape et si tu n'étais pas là pour surveiller la montée de mes notes sur Amazon, je ne saurais jamais où j'en suis, haha ! Merci d'être là pour lire mes manuscrits et pointer les petites bricoles qui pourraient coincer. Merci pour tes encouragements constants et ton soutien sur mon tout premier salon cette année.

Merci à notre « cowboy » made in France Ludovic Fournet, vainqueur du Mustang Makeover Germany 2021 et 3ème sur l'édition 2020. Ludovic a eu la gentillesse de bien vouloir lire ce texte pour vérifier ce que j'y racontais comme bêtises, et je pense que sur un sujet aussi important que les conditions de vies des mustangs ou leur éducation si particulière, on ne peut se permettre d'écrire n'importe quoi. Ludovic est également le seul professionnel avec lequel je suis régulièrement des stages avec mes chevaux. Ses connaissances scientifiques et son expérience du comportement équin représentent une véritable mine d'information pour qui s'intéresse à ce sujet de l'équitation éthique et respectueuse de l'animal.

De sincères remerciements à cette fabuleuse communauté qui s'est forgée autour de mes romans et qui fait battre mon cœur de bonheur chaque fois que j'ouvre mes réseaux sociaux. Merci d'être là, de liker, commenter et partager les actualités de vos héros adorés. Ils vivent grâce à vous, j'écris grâce à vous.

Et bien sûr merci à toi, qui tiens ce roman entre tes mains. Si tu es arrivé au terme de ces pages, alors tu fais désormais partie de la Team !

N'hésite pas à me laisser un petit message pour me donner ton ressenti, je réponds toujours (parfois à la bourre c'est vrai, mon téléphone me fait des blagues). Merci d'avoir tenté cette lecture, merci de m'avoir fait confiance.

Merci à tous ceux qui prendront la peine de noter et commenter cet ouvrage sur les plateformes d'achat, de partager leur ressenti sur les réseaux sociaux. Parce que, je le répète, tout cela, c'est grâce à vous. À vos partages, à vos encouragements, à vos mots extrêmement touchants.

Boot Camp a explosé les compteurs, porté par votre engouement. Je croise les doigts pour que Wade trouve lui aussi son public !

On se donne rendez-vous très bientôt pour le suivant ?

Je t'embrasse, prends soin de toi et des tiens.

Léana

Léana Soal
Romances

Suivez-moi sur les réseaux sociaux !

Page Facebook : Leana Soal - Auteur
Instagram : leana.soal
TikTok : leanasoal

Site internet : https://leanasoal.wixsite.com/my-site

Design couverture : Léana Soal
Crédit photo : Canva

Également disponibles

Romans du même auteur

FIGHT & HOPE

Passion, danger et double jeu !

Cora est joyeuse, volontaire et déterminée à réussir sa carrière de vétérinaire. Rien ni personne ne l'arrêtera !

Pourtant, dès son premier jour à la clinique, la jeune femme tombe sous le charme de son patron, Bennett. Celui-ci est charismatique, sexy, envoûtant... Trop beau pour être vrai ? Cora cède au désir, malgré les interdits et les secrets.

Dans le même temps, elle rencontre Logan, le frère de Bennett, qui est l'exact opposé de son cadet. Ténébreux, ancien prisonnier, il recèle bien des mystères et l'inquiète tout autant qu'il l'intrigue...

Et quand sa relation avec Bennett se termine avec fracas, Cora se retrouve malgré elle dans les bras et dans la vie du sombre bad boy.

Entre mensonges et secrets, à qui pourra-t-elle se fier ?

DARK LIES

Un amour fort, puissant, inattendu... mais si proche des ténèbres...

Lily.

Chaque jour, elle essaie de survivre sous les coups de son compagnon, le père de son enfant.

Chaque jour est peut-être le dernier. Jusqu'à ce que son instinct de survie prenne le dessus.

Au commissariat, elle rencontre Tony, un lieutenant aussi sombre que solitaire, mais déterminé à l'aider, la sauver.

Malgré leurs passés respectifs, leurs secrets, leurs fêlures, ils se désirent.

Sortiront-ils indemnes de cette relation ou seront-ils aspirés vers les ténèbres ?

10 JOURS AVEC LUI

Version e-book

Version broché

Dix jours à tenir ensemble ? Défi relevé !

Quand Gemma vient s'installer chez Jo avec sa fille pour des raisons aussi originales qu'inattendues, celui-ci n'en mène pas large ! Jo est ordonné, voire maniaque, et aime que les choses se passent selon ce qu'il avait prévu. Mais après tout, ce n'est que pour dix jours, pas un de plus ; il devrait pouvoir survivre !

Sauf que Gemma est une véritable tornade, fonceuse, drôle et qui n'a pas sa langue dans sa poche. La cohabitation promet d'être explosive. Et s'ils ont un point commun, c'est qu'ils sont aussi têtus l'un que l'autre.

Alors qui cédera le premier lors de leurs nombreuses joutes verbales et autres disputes de plus en plus sensuelles ?

BOOT CAMP

ELLE déteste recevoir des ordres
IL a pour mission de la mettre au pli...

Olivia, jeune journaliste au caractère impétueux et à la langue bien pendue, se retrouve envoyée avec ses collègues en séminaire de cohésion. Le but ? Recréer un esprit d'équipe et leur remettre les idées en place.

Mais lorsqu'ils débarquent au beau milieu de la jungle guyanaise dans un Boot Camp organisé par des légionnaires, le petit groupe comprend rapidement qu'il ne s'agit absolument pas de vacances organisées ou d'un simple groupe de parole.

D'épreuves physiques en leçons de morale, nos apprentis aventuriers devront se surpasser afin de prouver leur volonté de solutionner la mésentente qui gangrène le journal.

Pour Olivia, qui déteste l'autorité, les choses s'annoncent (très) mal... Et ce n'est certainement pas cet instructeur froid, distant et inflexible qui lui fera ployer un genou.

Enfin, normalement...

Auteur : Léana Soal
SIRET 904 271 111 000 18

Editeur : Léana Soal
102 rue Jules Ferry
33200 BORDEAUX

Impression : BoD – Books on Demand, Norderstedt, Allemagne
Dépôt légal : août 2023
Achevé d'imprimer : juillet 2023

Prix de vente : 18,90 euros
ISBN : 9782958093037